台灣作家全集

2 珍貴的圖片

台灣文學作家的精彩寫眞，首次全面展現，讓我們不但欣賞小說，也可以一睹作家眞跡。

1 豐富的內容

涵蓋1920年到1990年代的台灣重要文學作家的短篇小說以作家個人為單位，一人以一冊為原則。

縫合戰前與戰後的歷史斷層，有系統地呈現台灣文學的風貌。

榮譽出版發行／
前衛出版社

鍾延豪集

台灣作家全集

短篇小說卷

台灣作家全集

短篇小説卷

一九八二年十二月與愛女韻潔（十一個月大）合照

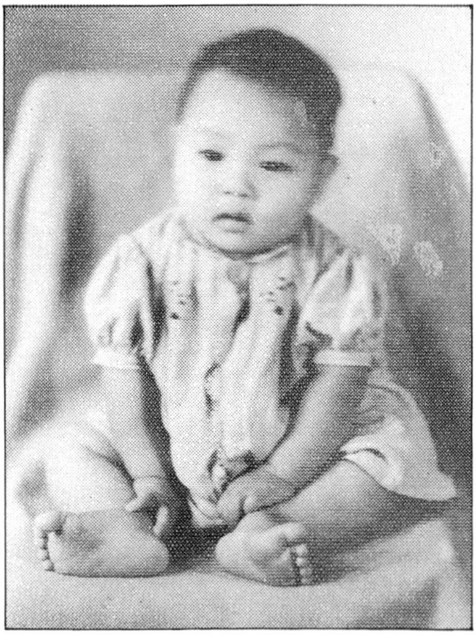
作者半歲大

作者（約五歲）與弟延威合照

作者小學時代與弟延威合照，攝於石門水庫（一九六三）

作者小學六年級

全家福。鍾延豪（左二）（一九七〇）

與作家楊逵合照

家居生活，與父母及妹妹們

與妻王菁筠

結婚照（一九八一）

文定之喜與祖母及父母（一九八〇）

鍾延豪夫婦與雙親（一九八一）

一九八三年一月于龍潭與愛妻、愛女（週歲）合照

愛女韻潔

與愛女韻潔生活照

一九八一年夏，師大畢業典禮與父（鍾肇政）合照

(一)

「金德，你要死了？不是叫你把麵送到滿春閣去的？」

黃金德蹲在盤碗前，濺了一身的油水，直起勁的忙著。

熱氣繚繞的廚房一角，陣陣肥皂味和著油膩的熱氣，緩緩昇起；二十燭光污黑的燈泡泛著微弱的黃，在煙氣中，映照著他為汗水滲溼的內衣，天花板上，沾著水珠的蛛網在油膩朦朧裡，好像寒冬的枯草結著冰在半空裡掛著，

300 275 250 225 200 175 150 125 100 75 50 25

鍾延豪手跡

一九七九年在台北書齋裡

出版說明

《臺灣作家全集》是臺灣新文學運動以來最有意義的選輯，也是臺灣文學出版上最具示範的創舉。全集係以短篇小說爲主體，以作家個人爲單位，涵蓋一九二〇年至九〇年代的重要作家，縫合戰前與戰後的歷史斷層，有系統地呈現了現代文學史上臺灣作家的精神面貌。

在內容上，包括日據時代，由張恆豪編輯；戰後第一代，由彭瑞金編選；戰後第二代，由林瑞明、陳萬益編選；戰後第三代，由施淑、高天生編選。全集計劃出版五十冊，後每隔三年或五年，續有增編，一人以一冊爲原則，戰前部分則因篇幅不足，有二人或三人合爲一集。

在體例上，每冊前由召集人鍾肇政撰述總序（文長兩萬字，首冊爲全文，其它則爲濃縮），精扼鈎畫出臺灣新文學發展的歷程、脈絡與精神；並由各集編選人執筆序言，簡要介紹作家生平及作品特色；正文之後，則附有研析性質的作家論，及作家生平寫作年表、小說評論引得，期能提供讀者參考。臺灣面臨歷史的轉捩點，瞻前顧往之際，本社誠摯希望能對臺灣文學的出版、推廣、教育及研究上有所貢獻。

台灣作家全集

短篇小說卷

緒言

鍾肇政

時代的巨輪轟然輾過了八十年代，迎來了嶄新的另一個年代——九十年代。

發軔於二十年代的台灣文學，至此也在時代潮流的沖激下，進入了一個極可能不同於以往的文學年代。

然則這九十年代的台灣文學，究竟會是怎樣的一種文學？

在試圖回答這個問題之前，我們似乎更應該先問問：台灣文學又是怎樣一種文學？

曰：台灣文學是台灣本土的文學、台灣人的文學。

曰：台灣文學是世界文學的一支。

倘就歷史層面予以考察，則台灣文學是「後進」的文學：比諸先進國的文學，即使是近鄰如日本，她的萌芽時期亦屬瞠乎其後，比諸中國五四後之有新文學，亦略遲數年。

只因是後進的，故而自然而然承襲了先進的餘緒，歐美諸國文學的影響固毋論矣，即日本文學、中國文學等也給她帶來了諸多影響。易言之，先天上她就具備了多種特色集於一身，因而可能成爲人類文學裏新穎而富特色的一支——當然這種說法恐難免落入過分單純化機械化的發展論，未必完全接近實際情形。事實上，一種藝術的發芽與成長，土地本身的人文條件與夫時代社經政治等的變易更動，在在可能促進或阻礙她的發展。證諸七十年來台灣文學的成長過程，堪稱充滿血淚，一路在荊棘與險阻的路途上踽踽而行，備嘗艱辛。

職是之故，若就其內涵以言，台灣文學是血淚的文學，是民族掙扎的文學。四百年台灣史，是台灣居民被迫虐的歷史。隨著不同的統治者不同的統治，歷史上每一個不同階段雖然也都有過不同的社會樣相與居民的不同生活情形，而統治者之剝削欺凌則始終如一。七十年台灣文學發展軌跡，時間上雖然不算多麼長，展現出來的自然也不外是被迫虐被欺凌者的心靈呼喊之連續。

台灣文學創建伊始之際，我們看到台灣文學之父賴和以文學做爲抗爭手段之一的筆跡。他反抗日閥強權，他也向台灣人民的落伍、封建、愚昧宣戰。他身體力行，諸凡當時的抗日社團如文化協會、民衆黨和其後的新文協等，以及它們的種種活動，他幾乎是每役必與，並驅其如椽之筆發而爲〈一桿稱子〉、〈不如意的過年〉、〈善訟的人的故事〉等小說與〈覺悟下的犧牲〉、〈南國哀歌〉等詩篇，爲台灣文學開創了一片天空，樹立了不朽典範。

中期，我們又有幸目睹了台灣文學巨人吳濁流之出現。第二次世界大戰進入最慘烈階段之際，在日本憲警虎視眈眈下，吳氏冒死寫下《亞細亞的孤兒》，戰後更在外來政權戒嚴體制的獨裁統治下，他復以《無花果》、《台灣連翹》等長篇突破了統治者最大的禁忌。他不但爲台灣文學建構了巍峨高峰，還創辦《台灣文藝》雜誌，創設台灣第一個文學獎「吳濁流文學獎」，培養、獎掖後進，傾注了其後半生心血，成爲台灣文學的中流砥柱。

七十星霜的台灣文學史上，傑出作家爲數不少，尤其在時代的轉折點上，每見引領風騷的人物出現，各各留下可觀作品。此處暫不擬再列舉大名，但我們都知道，在統治者鐵蹄下，其中尙不乏以筆賈禍而身繫囹圄，備嘗鐵窗之苦者，甚或在二二八悲劇裏飲恨以終者。以所驅用的文學工具言，有台灣話文、白話文、日文、中文等等不一而足，蔚爲世界文壇上罕見奇觀，此殆亦爲台灣文學之一特色。日據時，曾有「外地文學」之稱，輓近亦有人以「邊疆文學」視之，唯她既立足本土，不論使用工具爲何，其爲台灣文學則無庸否定，且始終如一。

不錯，七十年來她的轉折多矣。其中還甚至有兩度陷入完全斷絕的眞空期，其一爲戰爭末期所謂「決戰下的台灣文學」乃至「皇民文學」的年代，以及戰後二二八之後迄國府遷台實施恐怖統治、必需俟「戰後第一代」作家掙扎著試圖以「中文」驅筆創作、接續斷層為止的年代。一言以蔽之，台灣文學本身的步履一直都是顛躓的、蹣跚的。到了七十年代，鄉土之呼聲漸起，雖有鄉土文學論戰的壓抑，反倒造成台灣文學的欣欣向榮，入了八十年代，鄉土文學不僅成為文壇主流，益以美麗島軍法大審之激盪，衝破文學禁忌成了不可遏止之勢，於是有覺醒後之政治文學大批出籠，使台灣文學的風貌又有了一變。

八十年代已矣。在年代與年代接續更替之際，正如若干年來每屆歲尾年始，報章上總會出現不少檢討與前瞻的論評文學，也一如往例悲觀與樂觀並陳，絕望與期許互見。有一明顯的跡象是嚴肅的台灣文學，讀者一直都極少極少，在八十年代末期的消費社會、資訊多元化社會以及功利主義社會裏，文學的商品化及大衆化傾向已是莫之能禦的趨勢，於是當市場裏正如某些論者所指摘，充斥著通俗文學、輕薄文學一類作品，純正的文學乃又一次陷入危殆裏。

然而我們也欣幸地看到，八十年代末尾的一九八九年裏民主潮流驟起，舉世為之震動。繼六四天安門事件被血腥彈壓之後，卻有東歐的改革之風席捲諸多社會主義共產國家，連蘇聯竟也大地撼動，專制統治漸見趨於鬆動的跡象。（草此文之際，世人均看到蘇俄首任總統終告產生。）這該也是樂觀論者之所以樂觀之憑藉吧。

不錯，新的人類世界確已隨九十年代以俱來。即令不是樂觀者，不免也會睜大眼睛看著世局之演變並對它有所期待才是。而九十年代台灣文學，自然也已是呼之欲出！君不見繼八九年年尾大選、國民黨挫敗之後，台灣的民主又向前跨了一步，即令有第八任總統選舉的權力鬥爭以及國大代表之挾選票以自重、肆意敲詐勒索等醜劇相繼上演於國人眼睜睜的視野裏，但其爲獨大而專權了數十年之久的國民黨眞正改革前的垂死掙扎，彰彰在吾人耳目。

在九十年代台灣文學即將展現於二千萬國人眼前之際，《台灣作家全集》（以下稱「本全集」）的問世是有其重大意義的。過去我們已看到幾種類似的集體展示，計有《日據下台灣新文學》（明集，共五卷，明潭出版社，一九七九年三月）、《光復前台灣文學全集》（八卷，後再追加四卷，遠景出版社，一九七九年七月）、《本省籍作家作品選集》（十卷，文壇社，一九六五年十月）、《台灣省青年文學叢書》（十卷，幼獅書店，一九六五年十月）等四種。無獨有偶，前兩者均爲戰前台灣文學，後兩者則爲淸一色戰後台灣作家作品。而其中，除最後一種爲個人結集之外，餘皆爲多人合集。値得一提的是後兩者出版時，白色恐怖仍在餘燼未熄之際，前兩者則是鄉土文學論戰戰火甫戢、鄉土文學普遍受到肯定之後，因此可以說各盡了其時代使命。

本全集可以說是集以上四種叢書之大成者。其一，是時間上貫穿台灣新文學發軔到晚近的全局；其二，是選有代表性作家，每家一卷，因而總數達數十卷之鉅，堪稱自有台灣新文學以來之創舉。是對血漬斑斑的台灣文學之路途上，披荆斬棘，蹣跚走過的前輩們，以及現今仍在孜孜矻矻舉其沉重步伐奮勇前進的當代作家們之獻禮，也是對關心本土文學發展的廣大海內外讀者們的最大禮物。

（註：本文為《台灣作家全集》〈總序〉的緒言，全文請看《賴和集》和《別冊》。）

目錄

落入凡間的文學精靈

——鍾延豪集序

高天生

一九五三年生，八五年遽逝的年輕一代作家鍾延豪，由於有優異的家學淵源，他人才識又突出，曾旋風般吹進台灣文壇，以前輩作家未敢嘗試的題材和特殊的寫作風格，引起當時文壇一陣騷動，更備受期待，雖然天不假年，一場深夜突發的車禍，奪去他寶貴的生命，使他被看好的創作前途也中輟，祇是他短短數年的創作成果，已足夠在台灣作家譜系上擁有特殊的位置。

鍾延豪是戰後台灣文壇長青樹小說家鍾肇政先生的長子，祇是他的創作起步並不算早，約一九七九年前後，鍾肇政主持《民衆日報》副刊及《台灣文藝》雜誌編務，基於一貫理念極力鼓勵新人，台灣小說第四代作家如宋澤萊、吳錦發、王幼華等，即是在那個時候受到激勵而崛起，鍾延豪也是在那個時候，看到時相往來的一些同儕快速竄起文壇而奮力躍起，果然很快被期待成爲一顆有潛力的新星。

鍾延豪的大部分作品都完成於一九七九至八〇年間，八〇年以後，他爲分担父親鍾肇政的憂勞，積極參與《台灣文藝》雜誌社務，一度經營書店，欲以販賣書籍盈餘充實《台灣文藝》雜誌財務，生活上的忙碌和財務上的困窘，使他疏於寫作，這也正是八〇年出版《金排附》小說專集後，迄八五年底不幸遽逝，鍾延豪僅再發表〈陳君的日記〉等兩、三篇小說而已的最主要原因。

相較於其他同代的作家，鍾延豪寥寥十多篇作品，算是相對的單薄，但這些戔戔之數，却以質取勝，不少文壇前輩對鍾延豪一起步所發表的小說即「情有獨鍾」，謂其爲「珠玉」似的佳構，如〈高潭村人物誌〉曾獲「中國時報小說獎」，〈故事〉得「吳濁流文學獎」，〈華西街上〉、〈陳君的日記〉分別入選年度小說。

上述的獲得肯定記錄，對仍繼續創作不輟的同時代作家而言，或許算不上「豐碩」，祇是對鍾延豪短短數年的創作生命而言，却絕對是「難能可貴」，這也正是我們以較寬容的心情，不加篩選過濾地將鍾延豪的十多篇小說收集成一册，列入《台灣作家全集》的考量關鍵。

老字號的小說家兼評論家葉石濤先生，在《金排附》一書的序言中，曾對鍾延豪的可能成就，給予很高的期待，他強調：

「究竟老作家的時代已過去，這三十多年來經歷的滄桑業已證明他們並非那後來用聖靈施法的眞主『耶穌』，而頂多祇是替後來者開路的那用水施洗的先知『約翰』罷了。老一代的作家身上揹負著沉重的歷史底枷鎖，縱令有出類拔萃的才華也很難擺脫過去的亡靈；時代所帶來的誤解與裂縫既已造成，自然也鮮有釋然豁朗的心胸去凝視在眼前展開的現代各種世相瞬息即逝的多變。」

「像鍾延豪這樣的年輕作家可能成爲那被期待的『後來者』。顯然他們的包袱比老作家少。他們沒經驗過太平洋戰爭時可怕的窮乏時代，也不知工業起飛前台灣社會艱辛的奮鬥歲月，他們從小理所當然地接受現代社會豐裕的物質生活，同時吸收消化了多種文化價值系統，他們的精神負担比前一代少，他們成熟得比前一代作家快。」

當年獲得「吳濁流文學獎」時，鍾延豪也大發豪情地說：「你們不在牢裏又在幹什麼呢？」來「自我期許」，並進一步凸顯其關懷下層掙扎民衆，爲蒼生代言的寫實入世文學觀。

曾幾何時，老少作家的「惺惺相惜」，已成爲過去的「文壇佳話」，活存下來的老少作家，也都經歷台灣四十年來所未有的政治、經濟和社會轉捩變遷，未來隨著兩岸關係的質變，台灣究竟要往何處去，由於變數太多，沒有人敢遽下論斷。

惟不管如何，作爲一個曾被期待的作家，鍾延豪確實已爲台灣發展的某一片斷，留下比歷史所記載更眞實、生動的見證，雖然憑恃這些成就，他不可能是用聖靈施洗的眞主「耶穌」，甚至連用水施洗的先知「約翰」也攀不上邊，但就文化傳承的觀點而言，他絕對是催生先知約翰和眞主耶穌的「曠野呼聲」。

高潭村人物誌

楔子

要很清楚的去敍述一個小鄉村的歷史，恐怕在我們這個時代裏是很難的事了，所幸的，我們對於山村的鄉農野老們，總算還存有著一股緬懷的思緒，哪怕那些喋喋不休、聒噪著不肖子孫的讕語，是那樣深深的引起我們的厭煩，卻也在不知不覺中，勾勒出歷史的大貌來。那麼因著這樣的緣故，當我們這些後輩的小子們，瞪大了雙眼去驚訝舊事時，對於老死的上一代人來說，便也是高潭村的得意了。

一、癲坤仔傳奇

癲坤仔活著時，沒人關心他。及至他死在街頭，還是沒人注意他。不過他的一生，總算是輝煌過的，尤其是在他死前的幾年裏，他的名聲竟然遠播到左右鄰村，這對於山腳下的高潭村來說，無論如何是件偉大的事了。

癲坤仔本名吳清坤，是村裏祥順伯的大孫子。祥順伯年輕的時候，靠著家裏的產業開設碾米廠，幾年之間倒是賺了不少錢，雖然在日據時期匱乏的時代裏，仍然算是富有的人家。

這樣體面的大戶出了如此瘋癲的子弟，村人無不愕然。可是儘管大家爭相猜測著，直到如今，村人們對於癲坤仔發癲的原因，仍然不能了解，祇知道那是發生在癲坤仔當了憲兵補之後的事罷了。

在民國××年的日據時期裏，按照規定台灣人是不能當兵的，不過就在癲坤仔二十四歲那年，日本敗象已露，在台頒佈了徵兵令，開始徵召中學的學生充任憲兵補，而癲坤仔便是其中的一員。

所謂憲兵補雖然不算是眞正的憲兵，但也是需要具備良好的體魄以及相當的知識才能榮任的。對於本地人來說，這已經是不得了的大人物了。癲坤仔於是得意的披上了皇軍的服裝。

癲坤仔從落地開始便受著日本教育，對於日本皇民化多少存有一點天眞的想法，他嚮往凜凜威武的軍裝，更無時不爲自己同胞的遭受侮蔑爭一口氣，當他魁梧的身材穿上憲兵補的服裝後，他顯然使村民以他為榮了。他滿臉英氣，聲音洪偉，言行之間所表露的總是一股懾人的軍人氣勢。

他受訓完畢便調往鄰莊服勤，此後高潭村便不再有他的消息。倒是一些村人曾經看到過他，無不豎起大拇指稱讚，一致認為他會是個將軍的上好人才。

這樣雄偉的癲坤仔又怎會發癲呢？這是高潭村民的一大疑問，祇是那時戰爭已到了結束的階段，凋敝的家園需要重建，而當人人忙於餬口之時，對於這個問題也就無法詳察了。

然而這一切的發生顯然都與戰爭有關，癲坤仔生長在日本人統治的時代裏，他所接受的皇民教育，曾經那樣清楚的告訴他：每個台灣人都應以血管裏流的不是大和民族的血為恥——他正是這樣一個功課好、聽話而且知道上進的青年，他無時無刻不在效忠著天皇，為東亞共榮的天命而努力。

也正因如此，憲兵補的地位使他確認已經做到了這一點，他上不愧對天地，下不愧對父母，更使自己同胞卑屈的地位，多少提昇了起來，因此他洪亮的聲音，更加在維護皇軍尊嚴的斥罵中表露出來。

可是日本戰敗了，台灣終於歸回祖國的懷抱之中，也許除了落荒而走的日本人外，癲坤仔所受的打擊也最痛最深，他無法相信日本戰敗的事實，卻更無法拋棄「日本精神」的烙印。

當時的情形，村民是不太能知道了，總之他不知何時突然悄悄地回到高潭村，開始出現在車站附近。他衣衫襤褸，滿臉鬍髭，尖削泛黃的臉龐，唯見深陷無神的眼眶。他蜷伏在角落裏，時而喃喃低語，時而逢人便罵：

「巴格，站好。」

「那尼喋……」

這時祖國的軍隊已經開進了村裏，村民在五十年來日人的桎梏裏，終於見到了祖國的軍人，於是莫不歡天喜地的到街頭迎接，然而在一片鞭炮聲中，癲坤仔更癲了。

他原先蹲在牆角打鼾，一抬頭看到草綠軍服，先是一楞，繼而精神奕奕地從地上爬起，手舞足蹈的擠進軍人隊伍中，高聲便唱起軍歌來。

然而他唱的卻是日本歌，惹得阿兵哥嘩然笑成一團，但他猶不自覺的繼續唱著，這時的他，昂頭挺胸，眉宇間充滿了自信與得意的神情，可是這與他的邋遢形象，更使旁觀的村人愕然。隊伍漸漸過去了，癲坤仔前後左右的繞著行列打轉，當他看到隊伍後面走過幾個穿著草鞋的伙房兵時，他在那一剎那間突然變了神色，氣冲冲地衝到一雙草鞋前面，便開始罵了起來：

「巴格耶魯……立正。」

「清國奴喋，站好，皇軍喋……」

幾個兵士皺皺眉頭避開了他，並不理會癲坤仔氣急敗壞的怒罵，他怔怔的站在路中央，淚水在髒臭的臉上，緩緩淌落，留下兩道清晰的淚痕。

這以後，癲坤仔便守在車站不離了。高潭村的軍人不少，他逢著便罵，不過那也祗是些含糊的囈語，再沒有人能從他的話語中聽出有意義的話來了。

村民們因這件事情感到很不自在，不願理會他，倒是街上的孩子們喜歡逗著他玩，故意用石頭丟他，讓狗去嚇他，不過，對於癲坤仔來說，這些又有什麼關係呢？

他在幾年以後的一個冬天，被人發現殭死在車站後的水溝中，時年五十歲。他的同房哥哥正好在抗日烈士紀念亭的後面有塊茶園，便將之葬在紀念亭後面。不過那時紀念亭還不曾修建起來，祗有一個大塚及荒草罷了。

二、阿福伯公的一生

阿福伯公的名字在高潭村是無人不知的，一方面由於他是德高望重的卸任校長，另方面就是德國狼犬瑪利亞使然了。

他年紀很大了，但是託每天清晨早起運動的福，身體總還是硬朗朗的沒有一點老態。他常常自得的說：

「生病？喝！從來不吃藥的呢，我這身體啊！是德國製的呵……哈……。」

阿福伯公沒有吃過藥是眞的。不過在他八十歲那年，村民們記得有一陣子，他是顯得老態龍鍾而臉有倦容。這個當然跟他的德國搭檔瑪利亞有直接的關係。

是一個傍晚吧，住在公墓邊上的人都知道，快六點的時候，太陽已經下山了，祇剩下暈暈淡淡的殘紅在天邊遲疑著。阿福伯公十九歲的孫子林明，推著板車，載了一個大蔴袋往墳場後面的小路走去。阿福伯公臉色哀戚的在後面踱著步。

那總是很令人痛心的景象哩，一老一少低頭不語的走在荒路上，使得大家都同情的低下頭來，連招呼也不敢打，便匆匆別過頭去。

那個蔴袋裝的，便是跟了阿福伯公二十幾年的狼犬瑪利亞了。這狼犬的去世，使阿福伯公爽朗的笑聲消失了。雖然對阿福伯公來說，一條狼犬死去，算不了什麼，但到底瑪利亞跟了他二十幾年，想要不傷心也不行。何況，阿福伯公也因此更加體會到自己老境的到來。

總的說起來，阿福伯公在這一生中，是沒有什麼不滿意的事的。日本人來到台灣時，他正好七歲，村人轟轟烈烈的抗日他是親眼見過幾回，而半山坡上，偷偷掩埋戰死村民的事，他也印象深刻，在他幼小的心靈裏，卻是深深的烙下了異族來犯的創傷。

不過孩子終歸是孩子，在山野裏胡亂跑的當兒，他把什麼事都忘了。他的父親看看這種情形委實不是辦法，便想盡一切所能，偷偷地讓他跟著塾師學習漢文。

阿福伯公生性頴悟，沒有幾天，塾師的「人生必讀」「增廣賢文」便已經難不倒他。塾師拚了命，把壓箱的本領也拿出來教了，卻祇換來阿福伯公數日的安靜，於是祇得任著他去遊蕩，坐在水邊放牛了。

那時阿福伯公十六歲，整日坐在湖邊咬著青草發呆。對於有天分的孩子來說，這樣做自然是一件很痛苦的事。他的頑固父親，終於答應他去接受教育，上了日本公學校。

幾乎是從答應阿福伯公讀日本書的同時，他的祖父便開始反對，那時候，那個人不是腦勺子後面蓄著長辮子的？而公學校的學生卻腦後空空的留著東洋頭，這對於老一輩的人來說，簡直是干犯天命的大逆了。

幸好阿福伯公有著堅毅的性格，以及不凡的說服力，他終於剃了個東洋頭，搖著光腦勺子上學去了。

阿福伯公讀日本書的事，在村莊裏算是不可一世的大事，每個人都以羨慕的眼光盯著他，尤當他穿上黑色的學生服，高挺的身材在莊上走動時，簡直就像已作了官似的氣派十足。

阿福伯公十六歲入學，四年後由於成績優異，便提早畢了業去參加總督府國語學校入學會考。他一試即中師範部，二十歲那年便成了有著無限前途的師範生。

那時候的台灣在日本高壓政策的統治下，一切均以軍管來實施，爲了更加強鎮壓以及炫耀武力，連教書的老師們，也分得了文官的職位。這麼一來，二十四歲從師範畢業的阿福伯公，便名副其實的做起官來。

既是做官，是有官服的。他足登馬靴，腰佩長劍，肩飾金帶閃閃之中，加上一頂文官帽，確是集英豪武勇於一身。

此時他年輕血勇，對於這種散發著撼人的氣勢極感滿意，他因此感到生命沒有虛度，而以往所作的努力也就全有了代價，更重要的，從此，他可是青雲直上，爲家門爭光了。

阿福伯公的簡史大致如此，以後的歲月中，他娶妻生子，官位至校長職而顯赫至今。

日本統治台灣的後期，阿福伯公已是半百的人了，由於大漢民族的自識及日本武士道的軍事傳習，他仍然充滿了威勇的氣質而毫無老態。雖然他偶爾也因年華不再而稍感唏噓，但他清楚的知道，這是人生必然的程序，不必悲哀，他於是花錢買了一條名貴的德國狼犬，藉以自娛。

就在買了狼犬的第二年吧，日本人開始大量徵召台灣壯丁入伍，村子裏的子弟一個個被抓去了南洋，趕往了他鄉，阿福伯公見著那些子弟含淚的爬上卡車，而遺留的婦孺，在滾滾煙塵中嚎啕大哭，不禁悲從中來。這些人命都不值得皇軍眨下眼嗎？阿福伯公開始湧起了民族的自覺，而幼年時，先輩們抗日的慘劇更一一在眼前顯見，他搖搖頭，抓著皤然白髮，祇能含著淚水在盼望中等待著美軍飛機的到來。

也就在這個時候吧，阿福伯公便不曾再講過日本話了，他同時勸導村民不必再咒罵美國人，不要因爲他們來轟炸台灣，就以爲是自己的敵人。

「其實，那是來炸日本人的。」

他這樣的告訴大家，也同時提醒他自己，然而當一棟棟房舍倒塌，而時見斷肢殘骸的鄰人從瓦礫中尋出時，他卻祇能深深地爲自己的同胞而哀傷，爲時代的殘酷而悲痛不止了。

三、狼犬瑪利亞

在林明的記憶中，幼年時期的兩件事，是他難以忘懷的，癲坤仔的癲狀是其中之一，另外，便是狼犬瑪利亞了。

瑪利亞是林明的祖父阿福伯公所養的一條德國狼犬，在光復初期的年代裏，狼犬在村莊是極少見的。而且一般人家的狗，不是喚作「庫洛」「庫馬」便是「脫米」之類的日本名字。唯獨他家裏這隻遠近唯一的狼犬，卻有著一個西洋的名字。

這種事實，毋寧是很使林明驚訝與神奇的，雖然那時候林明才十歲，但每當瑪利亞跟著他四處遊蕩時，馬路上四面響起的「瑪利亞」「瑪利亞來了」的喚聲，便使他更加神氣起來。

至於爲什麼他的祖父阿福伯公，會那麼奇特的養著一隻狼犬，林明固然無從知道，因爲他出生，瑪利亞便繞著他的身邊，替他啣著拖鞋回來了。

當然林明慢慢懂事後，他很自然發現到瑪利亞的與衆不同，他很欣喜的跑到阿福伯公跟前：

「阿公阿公，瑪利亞怎麼叫瑪利亞？」

「瑪利亞就是瑪利亞啊，你怎麼叫林明？」

「阿爸取的啊！」林明閃動著大眼睛。

「那……瑪利亞是阿公取的呀！」阿福伯公撫著小孫子的頭。

「爲什麼嘛……」

「瑪利亞總要有名字啊……去……去玩。」

林明是永遠不會厭煩這些問話的，不過直到瑪利亞死去，他還是弄不清楚，爲什麼阿公要給瑪利亞一個那樣的名字。

「瑪利亞又不是女生？」

他常常會這樣呶著嘴唇自言自語，不過縱是有著這樣的疑問，到底一個洋名字，卻也不曾稍減德國狼犬的威風，那麼，什麼名字又有什麼關係呢？

知道瑪利亞起先有個日本名字，那已是林明十九歲時候的事了。

那時瑪利亞患病已久，趴在地上奄奄一息，阿福伯公找來了村裏所有的獸醫，然而醫生們在診斷後卻祇有搖搖頭：

「太老了，到時候啦！」

多麼讓人痛心的話啊，林明按捺不住，嚎啕大哭起來，然而祖父的傷心，卻彷彿要比林明深些，他翻轉頭去，咽咽的啜泣，嘴裏輕喚著：

「阿公，阿公。」

林明以爲祖父因傷心而神智不清了，依著祖父輕道：

「庫洛」「庫洛」

阿福伯公蹲下身去，輕輕撫弄著毛色黯然的瑪利亞，林明也跟著蹲了下去，祖父說：

「二十幾年了呢。庫洛那麼老了。」

林明見祖父又說出了庫洛的名字，不禁駭然，難道老人便那樣糊塗了？然而他並沒有糾正老人，祇怔怔的望著祖父蒼白的頭髮，徒然感受到祖父的年紀像一龐大的壓力，向自己擠壓而來。

拖了三天，瑪利亞終於死去，那是一個傍晚的時分，林明眼見瑪利亞抽搐一陣後，便悠然死去。他出奇平靜的站立著，彷彿瑪利亞已死去多時，早不存在了。

這時阿福伯公已準備了一個木牌：

「狼犬庫洛之墓。」

庫洛？林明這時有點忿然。

「阿公，寫錯啦，瑪利亞之墓才對嘛。」他眞有點生氣了，這麼重要的事，怎會錯呢？

「對，對，庫洛，庫洛，是叫庫洛。」

祖父不理會他，用了兩個蔴袋，好不容易才一前一後的把瑪利亞龐大的身軀裹住。

「可是，不是叫瑪利亞的嗎？」

「以前……是叫庫洛沒錯。」祖父點著頭。

「可是……」

「唉！阿公連這個都會弄錯嗎？」

林明祇得將信將疑的跟著點頭。就在他們一老一少，推著手推車往公墓途中時，林明不停的想知道究竟。

「是叫庫洛啊？」

「嗯！馴狗場取的，牽回來後，還是叫庫洛。」

「怎麼改了呢？」

「嗯，換了美國名字。」

「庫洛不好？」

「嗯……」

「甚麼時候改的呢？」

「很久啦……好像你沒出生……喔……改了第三年你就出生啦……」祖父思索著。

「為什麼改？」

「庫洛……庫洛是……」

阿福伯公好像憶及了很多事情，有點激動起來，不過他旋即「唉」的一聲長長歎了口氣，林明見祖父如此，也就不敢再問。他深深的體會到祖父對瑪利亞的感情，這麼多年來，瑪利亞不曾離開祖父半步，而……卻要葬到這裏了。

他沉重的拉著推車，在無言默默的步伐中，感覺到祖父蹣跚的在後面推動著，而一陣陣推力透過車身傳了過來，林明感到那力量在鼓動之中，竟像推壓在心中的淒楚而刺痛著他。一陣心酸，眼淚又湧了出來。

他抹了下眼睛，翻回頭去，祇見太陽已經下山了，血紅的餘暉映在祖父的白髮上，有點慘然有點無奈，他於是更驚見祖父的老邁了。

「不要推嘛，阿公，我拉就好了。」林明說。

「……」

祖父沒答腔，不過仍然使著力。

「阿明，你幾歲了？」祖父突然問。

「十九。」

「十九了？」

「嗯……」

「那你是光復那年生的啦……」

「嗯……」

「是那麼多年啦……」

「嗯……」

「好快……老啦……庫洛也死啦……」

林明怕祖父過度傷心，翻回頭正想把話題扯開時，卻發現祖父蒼老的臉上早已淚流滿面了，他祇得胡亂把車停下，隨口說：

「好了吧！阿公……這裏便可以啦……」

話沒講完呢！林明也跟著哭了起來。

好不容易祖孫兩人，把狼犬安葬妥善，祖父說：

「明年再來看看吧？……把木牌豎好做個記號？免得找不到了……說不定……明年我……」

林明沒聽清楚最後的那句話，朝著祖父點了下頭。走過來挽扶著祖父。

「走吧！晚了。」

祖父沒再答腔，癡呆的順著林明的扶持轉回了身子。

天要黑了，兩人向回家的路上走去。幾隻鳥雀啁啁的在蒼茫暮色中飛越，林明擁著祖父慢慢走著，遠遠傳來幾聲狗叫，祖父嗯的一聲顫巍巍的哀泣起來。

四、旺仔仙和他的響筒

在高潭村，旺仔仙是個有名的大好人。他約莫六十出頭的歲數吧，清癯的身子，佝僂的腰，再加上酒氣薰天的破嗓子，使人難免聯想到行將就木的肺癆鬼，然而憑著他待人的和氣以及隨和的美德，村莊裏老老少少沒有人不喜歡他。

有一句話是這樣流傳的：「好人沒好報。」也許正恰到好處的適用在旺仔仙身上。

不過倒是從來沒人知道，他到底是因爲沒有好報才成爲大好人，或者是因爲他是大好人才沒有好報的。總之他是個大好人的讚語，卻從來不爲村民否定過。

事實上，旺仔仙是大好人的說法，卻是像謎樣的流傳在村民的嘴中，到底他做了些什麼事，可是少有人知道，尤其歲數小一點的青年，更是祗見他醉酒裝瘋，而從來沒見他做過好事了。縱然如此，在高潭村四處遊耍的三歲小兒，也會很認眞的說：「旺仔仙是大好人呢。」

高潭村裏，靠近高潭小學的邊上，有個日據時期遺留至今的派出所。派出所內，工友室中住著的就是旺仔仙。

說起來，旺仔仙做工友的歷史，也有數十年了吧。他初來派出所時，在門前種了一棵榕樹，而今這榕樹竟比派出所要高了呢，旺仔仙閒暇時，便是靠在樹旁喝著老米酒的。

在我們這個時代裏，工友當然不算什麼了不起的工作，然而在旺仔仙年輕的日據時期，工友卻是連打個噴嚏也要吹走人的威風呢。

那時的旺仔仙就是這樣的威風，巡官在家時他是助手，巡官不在時，他便是巡官了。這樣的顯赫地位，在當時村人的心目中，自然是要恭敬巴結的了。

派出所的邊上，有一三角的瞭望台，台上安置了一個警報器，也就是高潭村民稱之爲響筒的東西。

提起警報器，就便得要說說旺仔仙的工作了。

平常旺仔仙的工作，總不外乎打掃、送公事、整理雜物等種種瑣事。雖然偶爾他也被加派些諸如擦擦馬靴、拭拭槍枝的工作，但縱是這樣也不能令自命不凡的旺仔仙滿足，他多半的時刻是很苦惱的。

但事情終於有了轉機，在他二十幾歲那年，派出所邊上突然加蓋了一座三角瞭望台，而且從上級領回來一個巡官說是「警報器」的東西。那東西就安置在高塔上。巡官說：「科喍……警報器喍……重要，交給你喍……。」

對於這天外飛來的恩寵，旺仔仙簡直要跪下來拜謝了。他謹記著巡官說的重要兩字，整天沒事就爬上瞭望台，擦了又擦，摸了又摸，並時時演練施放的動作。

「一長一短，一長一短，一長一短。」

「嘿……多簡單……」

他咧著嘴巴在瞭望台上一待便是半個鐘頭。等巡官在底下找不到人而「巴格耶魯」的時候，他才一屁股溜了下來。

「……很要緊喔……」時常他偷偷帶領了幾個朋友，爬到上面去參觀時，他總指著那長長的搖把而這樣說道。那是一個手搖的警報器，除了長長的搖把外，便祗有一個筒狀的發聲器，他很得意的解說著，但是，他的朋友們卻不相信這樣一個東西，將會發出像旺仔仙所說的聲音，一致要求旺仔仙示範一次。

這下旺仔仙碰到難題了，不過，他再三保證一定會的，一定會拉一次給他們聽。

終於那樣的日子來臨了，巡官已經通知過村民，要他們聽到警報時，採取躲避的動作。

對於旺仔仙來說，他永遠也不會忘記當天的情景。

那是一個很好的太陽天，旺仔仙一大早便爬上了瞭望台。他在台上極目遠視，看到了田裏工作的村民，也看到了在街上向他注視的人羣，於是迎面吹來的風，就像衆民的歡呼一般了，他更加興奮起來。幾乎是迫不及待的心情吧，他一看到巡官揚起右手，便猛地搖起了警報，嘴裏直唸著：

「一長一短，一長一短，一長一短。」

他遵照著巡官教他的程序，一絲不苟的搖了滿身大汗，終於巡官放下了右手，旺仔仙鬆了一口氣，探出頭來看時，正好看到村民們爭先恐後的在地面上跑上跑下，就像一窩散走的螞蟻不知所從，他見他們慌張的樣子，於是哈哈大笑起來。

對於旺仔仙來說，雖然在平時村民也敬重著他，但他卻也沒有驅使他們的力量，而這一下子，藉著這個響筒，村民們不是要乖乖的聽從了嗎？

站在高高的瞭望台上，俯視著這一切的旺仔仙，年輕的心，好像萬夫莫敵了。憑著在派出所當工友的地位，要找個妻子，當然不是困難的事，而事實上他也正好在他二十六歲那年訂了婚。

他的未婚妻阿玉是個很乖巧的村姑，對於旺仔仙倒有點勸告：

「阿旺！回來種田嘛，不要在日本鬼手下做事嘛……」

對於這種婦人的淺見，他從來是不屑一顧的，但今天旺仔仙倒有點拿不定主意了。原來，一向都是聽到巡官口裏嚷著的：

「皇軍㗎……打下××㗎……東亞共榮㗎……」卻在一夜之間變成了：

「米軍飛行機㗎……台灣投彈㗎……奮鬥……皇軍聖戰……」的話語，這樣恐怖的口氣從威風八面的巡官口中說出時，旺仔仙簡直身子都要涼掉一截了，然而就在旺仔仙猶豫不決的時候，米軍果然來轟炸了。

拉警報也就從那次開始變成不討好的工作。當他躲在上面，強打起力氣一長一短時，轟隆而過的米軍飛行機總使他幾乎從台上摔了下來。

也許，大好人的名聲，便是這樣建立起來的吧。

在高潭村的境內，靠近菜瓜山的地方，有著一個日軍零式機的臨時機場，所以很自然的高潭村也成了下彈的目標。最不巧的是，阿玉的家便在機場後頭，這對旺仔仙來說是最不放心的事了。每當電話響起時，旺仔仙都祈禱著不要炸到阿玉的家，然而一如我們聽說的「好人沒好報」那句話，旺仔仙哭鬧著在瓦礫中找出了阿玉的下半截。

這對旺仔仙來說，是一切希望的破產了，他與阿玉交往多年，卻想不到這樣遽然分手而且淒厲至此。

「我應該把響筒弄得響些的。」

在以後的酗酒歲月中，他這樣譴責自己，然而人死不能復生，這些話都是白說的，唯一能行動的便是他開始痛恨米軍了。

「狗母養的，有種下來……」

「來嘛，有種跟你阿旺伯下來嘛。」

在這種咒罵的時刻裏，他幾乎都是醉著的，但縱是這樣的醉話，連村裏的老長輩阿福伯公也不許他。

「旺仙，不要罵，人家是來救我們的，他們是來炸日本人，不是炸我們啊！」阿福伯公這樣說。

阿福伯公的話，在村裏是最有份量的了，然而這一次，旺仔仙卻不同意他。

「都不知炸死多少人喔？還要燒香感謝他，感謝米軍來炸我們啊？」

「唉！是炸日本仔的呀……」

「炸日本人？好，那下次放警報的時候，你不要走好了，站在路中央，看他們會不會請你抽番仔煙？」

旺仔仙的話也有道理，不管米軍飛機如何如何，村上的人那個不是聽到響筒一拉時，便嚇得屎尿齊流的躲了起來？

然而這樣的爭論，並沒有持續多久，戰爭終於過去了，日本人早滾了回去，但旺仔仙卻仍留在派出所當工友，過著他米酒配花生的孑然日子。

這些年來，他老了，頭髮花了，雖然戰爭的硝煙已不復聞，但是他仍然無法忘卻阿玉的半截身子。幾次三更半夜驚醒過來，他都憮然痛哭，無法相信那些拉響筒的日子會是發生過的，他希望這些都是一場夢，而有一天他會從夢中醒來。

至於他的響筒，戰爭結束之後，他以爲再也不會派上用場了，但他怎樣也沒想到，卻又換了個新的馬達響筒來了。

這一回的警報器倒是已不需要他去搖它，祇需輕輕地在底下，把開關開上便行了。幾次他爬上去作保養時，祇見他癡癡地撫摸著龐大的機器，心裏隨而哀傷起來，這響筒多麼的令他觸目驚心啊！尤其當他看到，對面學校操場中，嬉戲跑跳的兒童正天眞的笑著時，他心裏更加抽痛起來。

「希望跑警報的日子，不要再輪到他們才好啊……。」

他這樣喃喃的說。

五、林明的故事

阿福伯公去世的第二年，林明便考上了大學，他遠離高潭村來到了都市，在四年的不懈努力中，終於以最優的成績畢了業。

大學畢業的林明，在一家外國人的公司找到一份工作，那是一家美商的電子公司。他的經理山姆森先生是個美國黑人，負責台灣地區生產的業務。副經理山本太郎先生則是個矮小的日本人，從遠東區總部派來監督財務。這樣的美日搭配，使得身爲中國人的林明感到極度的可笑，尤其那高大不感光的老黑與留著仁丹鬍子的日本佬站在一起時，林明總要聯想到王哥柳哥遊台灣的故事來。

老黑山姆森先生性喜漁色，不但把錢花在吧女身上，甚至把腦筋動到公司的小姐身上。據說，南部電子分廠的女工很多都吃過他的虧，曾經醞釀過要檢舉他的糾紛，然而老黑是何等角色，幾聲嘿嘿乾笑及少數牛頭大鈔便一切「歐開」了。

日本佬山本太郎先生則是典型的錢鬼，他除了自己一毛不拔外，連付員工的薪水，他都苛得再三審核，更別提額外的補助了，同時他能說中國話，對於本地員工更有著一種高高在上的氣勢。他一直喜歡這樣說：

「台灣喋，中日同種兄弟……我哇！協助台灣喋。」一副目中無人的姿態。

這些事情，對於有著民族自尊的林明來說，眞是看在眼裏，火在心頭，然而他已是近三十歲的人了，人事的磨鍊，使他深信中國人自有一番容忍的工夫，不必在此時魯莽行事，而且他目前的工作及待遇，都是一般人所企求不及的，他實在沒有必要自毀前程，因此他勿寧說是活在煎熬的苦悶裏，他不知道要感激這些外國人，還是要怨恨這些異族，然而，這些又有什麼關係呢？到底是無論如何也需靠他們而生活啊！

他常常這樣自怨自艾著。

林明是出生高潭村的鄉下孩子，幼年時困苦的生活雖然不復記憶，但留存在他記憶中的早期的農村生活，卻仍時刻惦記在心裏。

自他成長後，幾乎所有的努力都是朝著脫離困苦環境爲目的，他初中到大學，無不時時鞭策自己，兢兢業業的向上爬升，他淸楚的知道，鄉下孩子唯一所能戰勝別人的，祇有努力再努力而已，他相信唯有駱駝般的精神，才能離開荒僻貧窮的高潭村。如今三十歲的林明似乎達到了這一點，他住在台北的公寓裏，在洋人的公司上著班，正是所謂結果的時候了，因此他格外珍惜他努力的成果。

在這種情況下，林明每聽說黑鬼又做下傷天害理的事時，他都忍了下來。而當日本佬不顧因機器運轉而致死的工人時，他祇得對著那些受害的同胞們暗彈眼淚，而深恨自己的懦弱了。

是一個星期一的傍晚，同事們都下班了，辦公室祇剩下林明及新來的同事王小姐在加班，他們兩人正默默工作著，黑鬼山姆森先生走了進來，見林明還在，顯出很驚愕的樣子，但林明不理會他，自顧自的做著工作。

天色要黑了，林明的工作正好做完，他起身便要離去。山姆森先生見他要走，幾乎以迫不及待的眼光彷彿在催促著他。

林明道了聲晚安走出辦公室，就在他下了電梯，走到停車場時，他突然想起王小姐還留在上面，而山姆森先生的嘴臉在一刹那間湧現出來。

「要糟。」

他返頭便跑，好不容易才奔上六樓，祇見門窗已緊鎖，他不敢貿然闖進，便從門縫望去，但見王小姐與黑鬼緊擁而吻，而黑鬼已把上衣脫去了。

林明在急喘中嘩的一聲吐了滿地口水，罵了聲「狗男女」後便悄然離去。

六個月後，王小姐被人發現自殺在家裏的浴室中，據報紙的報導，她已經懷了五個月的身孕。他的母親傷心過度，因之昏死在醫院中，僅留下十二歲大的妹妹。由於王小姐幼年喪父，可憐的妹妹乏人照顧，所以報導中也同時呼籲社會大衆發起樂捐。

林明看到這則消息，乃將實情告知山本太郎先生，希望公司能助一臂之力，然而山本太郎不獨不理，反而譏笑了王小姐一番。他說：

「王小姐哇，自己願意喋……自己喜歡哇，與我們無關哇，自己負責喋……公司不必有責任喋！」

林明簡直要氣炸了，於是他當著公司同仁的面，掌了山本太郎先生一記耳光，然後扭頭便走。

第二天他聯合了所有黑鬼山姆森先生的受害者，正式向法院控告，終於使山姆森先生得到了應得的懲罰。

法院宣判的當日，他站在法院門口，想著這一切的事情，竟突然覺悟起來，他童年的瑣事，一一浮現了。

他想起那可憐的癲坤仔，更想起了醉鬼旺仔仙及自己家裏的狼犬瑪利亞，他們以前所受的苦難，以及他們的徬徨，彷彿在這一刹那之間，全浮現起來。他終於想到了祖父臨終講過的一句話：

「阿明，你生長在光復後，不知道台灣人的苦難，要知道連阿公也可憐，你知道嗎？要努力，要有志氣。」

於是林明又感覺到祖父緊握著他的手了，他抬起頭來，堅毅的望向天空，在同仁的惋惜中大步的往車站走去。

——原載一九八〇年一月五日、六日《中國時報》副刊

金排附

我還在連部做實習排長時，對於金排附的種種，便已聽聞頗多了。

他沉默寡言，脾氣倔強，高大的山東體型因爲猙獰的面孔，據說連營裏的長官也不敢惹他——天知道這些古怪的老士官會做出什麼樣的事來。總之，金排附在我想像裏，是硬朗朗殺人不眨眼、有著兇暴性格的人。

這樣的人，自然是很使我憂心忡忡的，因爲一旦第三排排長退伍後，我便得接補他的位置，而成爲金排附的排長了。這種事實在我想像金排附的模樣時，尤其會使我傷心時運的不濟；本來嘛，在金門當兵已是夠糟的事，如今卻要與那樣暴戾的人相處到退伍，那麼除了行壞運之外，又能說些什麼呢？

最令我喪氣的，是第三排排長馬上要退伍了，我卻一直不曾見著我的副手金排附，這對驚懼著的我，不可否認的，確是一層很大的壓力。

我們連上所駐守的三個據點，是分別由三個排來擔任的，各排之間通常少有機會碰頭。所以雖然我來此已有半個月的時間，但對於金排附這樣一個謎樣的人，卻從來沒有機會見面，因之我對他所有的認識，僅止於連部裏口耳相傳的渲染而已，於是每當我念及，我可憐瘦小的身體去承當金排附的肆虐時，金排附猙獰的形象，便在我的心中更加龐大起來。

也說不上來，爲什麼金排附會造成我如此的恐慌，但那顯然與××據點的地位重要有直接的關係。據連長的口氣，第三排所屬的××據點不但突出在海面上，更由於它是與古戰場隔一海灣遙遙相對，成爲鉗形的兩端之一，所以從來它便是一個很敏感的地區了。

正因爲如此，金排附才爲連長派往坐鎮，協助我們這些預官完成任務——與其說是他來幫助我，倒不如說是我協助他處理雜務來得恰當些。我們這些預官，是什麼都不懂的——以我自己來說，我便弄不清楚，我的外文系畢業與我成爲軍官有什麼關係，甚至，我亦搞不懂我們這些預官與打仗之間有任何的牽連。

這樣的說法，好像是我在降低自己的威風，其實這才是負責任的說法。我總認爲，與其讓我做一個排長，倒不若做一個文書來得勝任愉快。

然而事情便是這樣了。我必須負起全排四十餘弟兄生命的安全，以及整個據點的防務——甚至全島的安全，也將落在我五百度近視眼及癯弱的體魄中。

有著對自己這樣的認識，金排附對我的壓力，自然在第三排排長的退伍聲中，達到了最高潮——終於在傳令兵的協助下，我狼狽的搬到了「我的據點」。

那是一次很奇怪的會晤。金排附的模樣使我大喫了一驚。是初搬來的那個下午，我在碉堡裏整理著床鋪，冷不防門口晃了一個老士官過來。祇見他身形瘦削，佝僂的背上，一副寬廣龐大的四方臉奇異的嵌在頸上。

那臉孔黑膛膛的沒有一絲笑容。我怔怔地望著他。

「搬來了？」他問。稍嫌蒼老沙啞的聲音。

「哎，是……坐……坐嘛，你？………」我楞在床邊，手心隱隱滲著冷汗。

「我是金能高。」他簡潔的說了。

「是你？」我尚來不及掩飾我的窘態，卻冒出了這樣的話語。

他沒有理會我的慌亂，伸進頭來，在碉堡中四處望了望，自顧自地便走了去。

我注意到他走路時一瘸一瘸的。

「金能高」？果然是個怪人，然而我總覺得有種奇異的感覺在心中昇起，像是一種失望或是一種惆悵——我日夜畏懼的人就是這麼一個人嗎？倒是沒料到，他以這樣的形象在我眼前出現哩。說他老嘛，除了眼神疲憊外，綠色的戎裝又使人不敢相信他已老邁。說他年輕嘛？那灰髮及發綹的臉容，卻總覺得有一種蕩蕩無名的萎靡，在他佝僂的身形上渙散著——縱或戎裝在身，也不能掩飾老境啊！——這怎會是傳聞中驃悍的金排附呢？

不過我倒因此而放下了忐忑不安的心，看來，我是杞人憂天的煩惱了一陣子呢。當晚，伙房加了幾樣菜爲我接風，這當然出自金排附的主意。坐在飯桌上，我按捺不住受寵若驚的欣喜，才發覺金排附並沒有來開飯。我祇得問身邊的傳令兵。他說：

「金排附自己在碉堡裏吃飯。」

「喔？爲什麼？」我有點好奇。

「他啊！他在他的家鄉吃飯。」傳令兵狡黠的閃動著眼睛。

「啊？」我更糊塗了。

「他在碉堡裏面吃他自己做的饃饃……」傳令兵輕笑起來，末了才又接著說：

「他還有一把拐杖放在碉堡裏呢。」

「神經病。」我在心裏嘀咕著。

然而我想，到底金排附不像傳聞中的可怕，那麼以前所聽到的種種，也都祇是些誤傳了。在這種情形下，如果他脾氣古怪點又有什麼關係呢？我於是慶幸起來。

日子很快地在平靜中過去，轉眼來到此地已過了兩個月了。在這期間，雖然處在第一線的緊張狀態中，做為新兵的我，當然難免提心吊膽的慌亂著。也多虧了金排附的照拂與調度，據點裏安頓得井然有序，上上下下的事絲毫無需我來操心，我祇空掛著據點指揮官的名義而享著清福。對於金排附這個人，也多少存著些感激的心情了。

然而公務上是如此，私底下，我自忖金排附對我是絕無好感的。

自從搬來初日，他主動的找我打過招呼外，兩個月來，我們連站著聊天的機會都沒有。雖然偶爾有過幾次交談，但那也祇是因為公事而交換意見而已。往往連續幾天我們都沒有說過一句話。當然，這可能是由於見面機會太少的緣故吧。一天中，我是難得看到他的，祇見他佝僂著背，匆匆的一拐一拐從這頭走到那頭，一會兒去到東哨，一會兒又來到西哨，彷彿永遠有忙不完的事似的，那麼我想改善我們之間的關係，也就成為不可能的事了。

雖是如此，我倒是很密切的觀察著他，他的身體不是很好。這點我從他走路時的蹣跚便可看出來，尤其當他緊咬著牙，從防空壕裏艱辛的爬上來時，我總注意到豆大的汗珠，在他黧黑的臉上迸落，而急促的喘息更使他口唇大張，彷彿斷了氣般的戞然有聲。

對於這樣的一個老人，我當然要去關心他。於是在一個開晚飯的時間，我走到他的「家鄉」去。

「你自己弄的？」我看著桌上的白色的饅頭時，這樣問他。

「哎。」他表情木然。

碉堡裏眞是一應俱全;有煤油爐、砧板、菜刀……靠近窗口的床鋪邊,眞的放了一把拐杖。而牆角的煤油爐上,傳來一陣陣牛肉混合著葱、蒜的味道。

「你身體好像不太好。」我鼓足了勇氣。

「好……很好啊。」他趴在桌上,撕著饅頭。

「您還是多休息,身體不要弄壞了。」我又說。

「……」

我見他不答腔,心裏有點發毛。不過我還是接著說:

「其實……我看您還是退伍算了……享享淸福……」

「退伍?退伍?……退什麼伍?」我話沒說完,他陡地吼叫起來。

我注意到他的臉,好像因退伍二字而漲紅了,他激動得連嘴裏的饅頭也不及呑下,粗大的血筋在頸上浮起。

「哪個人叫我退伍的?」他向我喊。

「沒……沒……開開玩笑嘛……說著玩的……。」

我打個哈哈,頭也不回的逃了出來。祇聽見門板碰的一聲關上,而咒罵猶然傳了出來。

我聳聳肩膀，感覺一陣心悸，「眞是」，何苦去惹這個痲煩呢？這下好了，下去的日子大概難過了。雖然兩個月來，自己小心謙讓地不敢惹他生氣，而一切的努力才剛剛有點轉機，卻一下便弄砸了。那麼……我眞有點痛恨自己了。

然而，我又想到，我何嘗不是關心他呢，他又何需對我如此呢？

我百思不得其解，但對於他的無理及蠻橫，倒是有些不滿起來。

又是一個開過晚飯的傍晚，我在據點裏閒逛，來到了西哨衛兵處，那是離沙灘不到十公尺的岩上。我站在那兒眺望著海面。祇見暮色蒼茫中，海水深沉柔和，偶而靜靜的水面，翻打著白白的浪花，給這寧靜安詳的景象增添一些生趣。

我站得更高些，細細觀察對岸的山巒，朦朧中，祇覺起伏的山脈好像隱藏著陰深的巨靈惡怪，在天地間獰笑。

這正是秋冬交替的季節，海面上佈滿了漁船，那些船在湛藍的海水中輕輕浮動，豎起的三角帆，便像水鳥的翅，顯眼迷人。

就在我陶醉其中時，哨棚的電話突然響了起來。

——鈴……。

衛兵搶過去接了。我給這鈴聲嚇了一跳，正想走開，衛兵卻一手把電話遞了過來。

「報告排長有情況……」

——糟了。

我猶疑的接過電話，心神陡地繃緊，好不容易才擠了一聲：

「喂？」

「喂，我是營部。您是排長啊？金排附不在嗎？……喔，您剛好在旁邊，是這樣子，××觀測所報告說，有幾艘船離你們太近了，希望你們注意……對……對。」

電話那頭一口氣說了一大堆，其實我一點也沒聽進去，祇記得有船太近了之類的話語。

電話掛了後，原先緊張的情緒倒是平穩了些，然而，接下去，我又該做什麼呢？我有點後悔自己的不經事了。可是，現在著急已經太晚，我念頭一轉，拿起了望遠鏡，果然那船很近了。

可是又怎麼辦呢？我正埋怨金排附怎麼不見人影時，電話又響了起來。

「喂？看到沒有？怎麼樣啊？不走就開槍打啊，打幾槍報上來……」

「好……好……」

我如釋重負，並即刻興奮起來——打槍了，打槍了。

衛兵奇怪的望著我。問：「要打？」

我點點頭，他轉身伏了下去，趴在機槍上，送上機槍，然後轉回頭看著我，似乎在等待我的命令。

我再度執起望遠鏡，看到破舊的三角帆布，斜斜地撐在木船上。

機槍手仍然注視著我，我心裏驀地一緊，裝出一副輕鬆的神情。

我朝他點點頭。他熟練的支起機槍：

「格格格……格格格」

五〇機槍轟然冒出一陣火煙，震耳的聲音在我耳邊響起，但僅祗那麼幾聲又停了下來。

——打、打。

我爲槍聲激起了一種奇怪的慾望——打啊——再打——心裏狂喊著——第一次感覺自己掌握了某些東西，——打啊——打死他。

機槍手爬了起來，拍拍屁股。

「咦？再打啊！」我激動起來。

「報告排長，排附每次祇要我們對著船前打六發。」他說。

「喔？」我有點興猶未盡。

再抬眼看時，那船已順著風走遠了。

「走了就算了。」我自言自語著，心裏卻猶有不甘的想：下次再來，就打死你。

我望著漸漸遠去的船，突然閃過一絲驚訝！這眞是戰場哩，於是第一次感覺到自己眞是個軍人了。我洋洋自得的走回碉堡，祇見金排附站在掩體邊上，詭譎的看著我。我向他點了點頭，心想大概他會稱讚我吧，卻不料他眼睛閃過一絲奇異的神采，然後一語不發的轉身走開。

我因此想起那一夜他因退伍向我吼叫的事。神氣什麼嘛？我還不是照樣能處理這些事情？我好像因自己挽回了些面子而昂首闊步起來。

這一晚，我做了一個奇怪的夢，夢到自己握著機槍向海裏的船隻掃射，那些三角帆一一隨著槍聲而倒落水中。

第二天天沒亮我便起身了，在西哨的機槍陣地邊，足足站了一個早上，我盼望著船隻出現，希冀昨日的槍擊事件再度降臨。

然而我失望了。早上的海面空無一物，倒是金排附來過幾次，看我在那兒，他彷彿大吃一驚，扭頭便走，這種幾近躲避的動作，很使我納悶。到底他對我是怎樣的看法？我自忖並沒有得罪他的地方，可是他究竟存的什麼心呢？我充滿了疑惑。

一個晚上，因爲鬧著肚疼，我在床上翻來覆去的睡不著覺。正氣惱時，聽到碉堡外好像有人走動的聲音。我警覺地推開木門，在一縫間隙中，祇見皎白的月色籠罩了整個據點，金排附坐在碉堡邊上，望著海面像在眺望什麼。

他穿著棉布衛生衣，在草地間一動不動的注視著海面。我爲這種形象再度激起了一些對他的關心。祇見他的臉孔在月光照射下，空洞的一無內容，便像白色的木頭上，用刀刻上了一道道的陰影——那些皺紋，如此的怵目驚心。

我於是推開木門，走了過去。

他在驚訝中，隨卽又沉下臉來。

「月色眞好。」我說。

「……」

「金排附，您常常這樣坐著嗎？」

「嗯……。」他好像不願意說話。

我依著他的身側坐了下來。他瞧我一眼，仍然沉默。

「您的腿是？……」我尋找話題。

「八二三炮戰弄的。」他終於說話了。

「斷了？」

「對。」

「您好像一直沒有休假？應該出去走走。」我試探著說。

「沒關係……」

「其實……很多事情我也可以處理的，您儘可放心休假幾天……」我討好他。

「……」

「眞的，我來幫你報上去好了。」

「怎麼？不休假也犯法啦？」他突然生起氣來，並隨之站了起來，那副氣衝衝的臉孔又湊到我的眼前。

「你以爲放了幾槍就可以壓得住啦？」他說完，一瘸一瘸地便走了開去。

我怔怔地站在那兒。一陣被羞辱的激動湧了上來。到底他在神氣什麼呢？難道就不需尊重我嗎？就算我是個白痴好了，也不需受他這種氣啊！我眞的發火了，聯想到那日他站在機槍掩體邊望著我的神情，我心裏忿忿地決定，總有一天，我要讓他知道我不是好惹的。

我開始一反前時的態度，積極的參與據點上大大小小的事。我幾乎與金排附搶著做任何事情，雖然我知道這樣做，對於金排附會有些難堪，但我確認這些事情本來便應該由我來做，而且我相信，我所受到的訓練及學識，足夠我勝任這些事情。

時間一天天的過去，冬天很快的來臨了。照例，冬天在金門都是比較緊張的，那早晚的濃霧，使據點籠罩在混沌的氣氛中。而每當霧氣吹來時，四顧望去，總會使人宛如置身絕境般的不安。正由於這樣的緊張及事務的繁忙，我幾已忽視金排附的存在了。

自我開始接管事情以來，金排附在我眼前出現的機會少了些，偶而看到他邁著佝僂蹣跚的步伐，在眼前閃過時，我便在心裏湧起幸災樂禍的快意——看你得意到幾時。

其實，我對他倒沒有很大的惡意，尤其每當我想到他滿佈皺紋的黧黑方臉時，他的枯槁瘦削的身子，總使我聯想到在風中飄搖欲倒的老樹——我是從來不曾想到要去刺激他的，祇不過執行我的任務罷了。對於這樣的老人，我又能做什麼呢？

這陣子來，海面的船，很顯著的增多了。這當然跟魚汛有直接的關係。據點裏因而忙碌起來，靠我們太近的船隻，我們必須警告它不讓它越界，所以槍擊的次數，也益發的多了。

對我而言，這些槍聲，在據點裏轟然響起時，便像是一針針的興奮劑刺激著我，使我旺盛的鬥志，一次比一次提高，終至達到不能滿足的情況。每當槍聲響過，帆船掉頭而去的當兒，我總是忿忿地捏緊拳頭，彷彿一隻嚐到血腥的野狼，恨不得追趕而上，將之全數消滅。然而規定是規定，我倒是沒有權力，在船隻轉向時，繼續向它射擊。

幾許日子來，火藥味已使我深深地染上一股暴戾的脾氣，更使我渾身上下，充滿了戰鬥殺戮的慾望，可以說，我簡直盼望著那些船隻越界了——祇要一越界，我便可以下令射擊——我尤其沉醉於下達射擊口令的權力感：

「目標正前方××公尺，三發點放——放——。」

我幾乎是連人隨著槍聲迸射出去——文謅謅的我，竟然操作電影裏英雄的動作，當然是刺激而有趣的享受了。

也正因爲槍擊的對象是我們的敵人，我因之知道，我的作爲正是保疆衛國的英雄事業，所以，每當我下令射擊時，我都會想到，我正在歷史中扮演著某種角色，而這種角色，正是我所受教育的最終目的——消滅敵人。於是我幾乎天天晚上都夢見，一連串的三角帆被我擊落水中。

時局越來越緊張了。自從中美斷交的消息傳來後，似乎連海水也感染了一層悒鬱的氣氛。據點裏，從早到晚都籠罩著深沉莫名的悶憹，我總是看到阿兵哥們交頭接耳的訴說著什麼，而三更半夜裏，伏在床上寫信的人也益發的多了起來。

這種緊張所造成的沉悶，並沒有因戰備令的下達而稍緩，反而當士兵們伏在槍身上，瞄準著海面時，我總輕易地感覺到，似乎大家都有意的保持靜肅，深怕觸及這個圍繞我們之間的疑慮，而不能把持自己。

我提著槍在據點中巡視著，而宣佈戰備的指令已經三天了。三天中，我滿腦子都是戰爭的聯想：我想到了漫天的炮火，想到了吐著火舌的槍管，更想到了一波波湧上岸來的兵士。常常地，我緊執著機槍，感受到從那結實的鋼鐵傳來的陣陣悸動，而陷入茫然的凝呆中。

白天過去了，晚上悄然而來。夜晚去了，曙光在盼望中顯現，三天的時間，在持著槍凝視海面的緊張中，竟像永恒般的停止下來。

我一遍又一遍的在據點中走來走去。每去到一個哨所，一個機槍陣地，那些趴在槍身上的阿兵哥們，都那樣無言悄然的注視著我，彷彿希望從我口中得知進一步的消息。然而我又知道什麼呢？我也是跟他們一樣，祇能望著茫茫的海面發呆，而無從知道命運啊！

據點內的情形是如此，然而海面的情況，卻一反前時的熙攘，變得空無一物。那些一向在海上遊動的船隻，在一夜之間，好像全數失了蹤跡；往往搜索終日才看到一兩艘帆船，在遠遠的海上晃動，不敢靠近過來。這對我而言，更刺激了我無從發抒的煩悶，由於疲勞、緊張的關係，以前盼望槍擊的心理，更加的旺盛起來。——這異常的平靜，好像一個不祥的預兆，無端加重了我內心的壓力。我多麼希望有情況出現，以打破這個沉悶的僵局。

然而夜晚是那樣的靜，海水是如此的深沉，我簡直要破口咒罵了。

時間在持續的緊張中過去。我發覺自己變得暴躁起來。一個夜晚，我們仍然在戰備狀況中，我站在海邊，望著粼粼水光的海面時，突然想到，好多天沒看到金排附了，似乎是中美斷交消息傳來的當天，他便不見人影哩。我於是無名的憤怒起來——戰備狀況，可以由他不管麼？我走到他的碉堡前。

「金排附、排附……」我敲著門。

咿呀一聲，木門開了。祇見他頭髮蓬鬆，兩眼佈滿血絲。

「什麼事？」一股酒臭噴了過來。

「什麼事？現在是戰備你知不知道？大家都緊張兮兮的不敢睡覺，你倒是躲著喝酒啊！」我難抑忿怒，一口氣轟了他一鼻子灰。

「也不是沒接過戰備，有什麼緊張的？放心啦！」他踉踉蹌蹌地扭頭便要走。

「緊張？什麼叫緊張？你排附幹假的？」我扯住了門，不讓他關上。

他似乎爲我的氣勢懾住了，楞了一會兒，突然激動起來：

「媽的，你當排長了不起？什麼場面我沒見過？戰備令又怎麼樣？反攻大陸啊？反攻大陸我馬上走。」他呲牙裂嘴，滿臉通紅。

「哈，你還知道反攻大陸啊？就憑你？反攻大陸也用不著你去。」我光火大叫。

「你說什麼？怎麼？我老了沒有用啦？」他怒吼起來。接著又衝到我的眼前：

「媽的巴子，吃了點墨水就要壓死人了？反攻大陸要是靠你這些人，才眞的完了。」

我望著他扭曲怒張的臉孔，正想告訴他他老了，沒用了時，傳令兵匆匆跑了過來。

「報告排長，前面好像有船。」他說。

——來了。

我隨即丟下金排附，跑到機槍陣地。不錯，藉著月色，果然有一艘小船停在外海，我估計它的距離，約莫在五千公尺左右，這種距離是安全的，不致威脅我們，我隱約的有一絲失望。

我吩咐衛兵盯著它，並向營部報備。卻不防金排附站了過來拿起望遠鏡觀察了一會，冷笑著瞪了我一眼，方才離去。

我不知道他的冷笑是什麼意思，然而他既然起來了，表示多少他還尊重我，於是剛剛的怒氣便稍減了些。

月亮已經斜了，迷濛的海上，好像有一絲曙光漾了開來，由於一夜沒睡，我開始有點恍恍惚惚，精神不繼的感覺，然而那艘船仍然在那兒，而且還更近了些，燈光一閃一閃，彷彿正在打著燈號，我奇怪那船的企圖時，東哨的機槍突然響了起來。

「格格格……格格」是連續不斷的射擊。

怎麼，簡直要開戰了。我拿起望遠鏡，這才注意到，小船的周圍，不知何時已聚集了數條船隻。這個突如其來的狀況，使我呆立在那邊，耳朵裏突然聽到金排附的聲音：

「媽的巴子，開槍啊！對著船身打。」他向機槍手吼叫。

槍手伏身便打，剎時整個據點充滿了槍聲，金排附在我眼前走過，喃喃地說：

「媽的等你知道要打，你已完了。」

我被一連串的變故驚呆了，祗見海上的船隻，在槍聲響起的同時，突然加速起來。我奇怪帆船怎會有這樣的節速，拿起望遠鏡，才發現原來都是些僞裝的快艇，我不禁揑了一把冷汗，而一種被欺騙的羞慚在心中昇起，我怔怔地站在那兒，恨不得有個地洞讓我鑽進去。

快艇走遠了，機槍也都停止下來。我望著空蕩蕩的海面，突然有一種衝動，想到金排附傲慢無禮的神態以及冷冷鄙視的聲音，被人捉弄的憤怒在心中昇起。我正想發作，電話響了。

金排附接了過去，祗見他得意地看了我一眼。

「是……報告營長我就是……沒什麼，我一眼就看穿了……對……對，走了……哪裏，應該的……」

他掛下電話，大模大樣的吩咐衛兵輪班休息，然後看也不看我一眼的便走回了他的碉堡。

我冷落的站在一旁，心裏千般滋味湧了上來，這下子面子丟大了——我眞的連快艇與帆船都不分麼？我要想辦法扳回來。

我決定要報這一箭之仇。一方面當然是我無法忍受金排附的得意神情，另方面則由於中美斷交後的震撼。自消息證實後，我始終陷於一種奇怪的心緒中，我惶惶然擔心著突來的變故。雖然我知道在台灣固然也是羣情激奮，但他們憤怒的對象是美國，而在我所處的極端前線上，我們卻無法怨恨任何人，祇能憂心忡忡的注視海面，準備在他們有所舉動時，給予痛擊。這種心理勿寧說是現實的壓力使然——我們所痛恨的倒是對岸所給我們的壓力與恥辱。

這種心境，配合著那夜快艇對我的捉弄，我無時不刻的盯著海面希冀狠狠地槍擊一番。尤其當我對著海面，望著綿延不斷的對岸山脈時，我想到我的家人、我的親友，以及我曾經受過的教育——如果我的生命因此而有所改變，那絕對不是我所能允許的。換句話說，我急於將他們一舉殲滅，片甲不留。

我的血液中充塞的是這樣的激奮，然而此時的海面空空蕩蕩的，祇有幾隻帆船寂寥的在遠海遊動。時近黃昏的暮色裏，對岸山脈青青蒼蒼，像是諷刺著這動盪的世界。

我因這異常的寧靜，懷了一種不祥的預感。這已是戰備令下達的第四個晚上了。我四處繞了一圈，見金排附的碉堡透出了一點火光，我偷偷由門縫望了進去，看到金排附趴在桌上好像已經入睡，桌上凌亂地塞滿了酒瓶、菜盤，一隻酒杯打翻在桌緣，似要掉落地上。

他一動不動的趴著，在五燭光的照射下，我突然感到一陣心悸，那弓著單薄背影，灰白的亂髮，及那滿佈皺紋的臉龐，使我驚駭的聯想起什麼來，但覺孤零蒼老的悲哀從他身上溢出，而床頭那枝拐杖，不知何時已折成兩截，在角落裏斜放著。

我走回機槍陣地，但他趴在桌上的可悲身影，卻始終在腦中徘徊不去，於是我的心情也隨之沉重起來。

夜漸漸深了，今晚奇怪的竟沒有月光，一片黑沉沉的大地，因海浪的撲擊聲而恐怖起來。

我站在西哨，叮嚀衛兵要多加小心。這時電話突然響了起來，我搶過去接了：

「喂：××據點啊！在你們前面四千公尺處，好像有一艘船沒走喔，你們小心一點……對，我知道看不到，不過，我們會申請探照燈……對……好。」

我突然地緊張起來，順著營部下達的方位指示望去，卻連海面都看不清楚。

「媽的！」

我咒罵起來，並即刻通知所有的人員加強戒備，嚴密的監視海面。

時間一分一秒的過去，海面仍是漆黑一團，我簡直按捺不住這種遭受威脅的時刻。最難過的，當然是我們無法看到他，要不然……。

然而焦急是沒有用的，現在全部的希望都放在探照燈上了。我告訴每個士兵，祇要探照燈光掃射過來時，每個人都準備開槍，一看到船就打。

「非把它打扁不可。」

幾天來的緊張，好像在這一剎那間達到了高潮，我在據點中走來走去，然而探照燈始終不來，我祇得向營部詢問，他們的回答是要我稍安勿躁，嚴密監視就行了。

「可是看不到船啊！」我忿忿地說。

「我知道，我們已經申請了，可是這兩天我們都太緊張了，上面不希望……」

我忿忿地掛上電話，望著黑沉沉的海面，幾乎想盲目射擊了。此時，金排附不知何時走了過來，喃喃地告訴衛兵不要緊張，並要所有的人員輪班休息，然後他又走回碉堡去。

也許他的出現，使士兵們情緒緩和了許多，我也祇得由他的判斷，讓人員休息了。然而我卻無論如何也沒有辦法，在這近海有船的狀況下睡著。

衛兵一班班的交換，轉眼天快亮了，海面已隱約可見，我拿起望遠鏡。

——果然還在。

我卽刻激動起來，下令機槍手射擊。

「格格格……格格格……」

六發打出去了。一夜不睡的煩躁湧了上來。

——竟然不走。

「再打！」

「格格格………」

又是六發出去。然而船隻仍是不動，我更加激動起來。

「再打，對著船身打！」

「格格格……格格……」

機槍手又停了下來。

「打……打……不要停……」我聲嘶力竭的喊。

剎時，機槍聲連續的怒吼起來，我執著望遠鏡的手，微微顫抖著，我確信很多發已直接命中。

「對！瞄準船身……打死它……。」

機槍手也似乎瘋狂了，緊持著扳機不放，震耳的槍聲彷佛連我的心神也被震撼了。幾天來，第一次感到自己的安全在掌握之中。

然而船隻仍在那兒，任憑怎麼打，仍是一動不動的像在恥笑。

我緊執望遠鏡，手心冷汗湧冒不停。

——停——

「幹什麼？」

金排附不知何時跳了出來，一把推開了機槍手，定定地瞪著我。

「你沒看到那船不走嗎？定在那邊停了一夜了。」我吼叫。

「走！走什麼？你沒看那祇是漁船嗎？停了一夜，漁船停一年也沒關係啊！」

他說完，搶過我的望遠鏡自己看了起來。許久，他才怔怔地把望遠鏡交還給我，並且聲音也隨之沙啞起來。

「你自己看吧！擱淺的漁船。老百姓有什麼罪過嘛？」他簡直要哭出來了。

我驚駭的拿起望遠鏡，祇見一個漁人俯身掛在船舷上，半個頭浸在浪頭裏，而潮水漸漲，那船身正緩緩搖動。我手中的望遠鏡，鏘然掉落地上，整個腦殼裏迴響著剛剛的話，震耳欲聾。

——漁船……老百姓……漁船……老百姓……

我雙手抱住頭。想到那些搖著槳捕魚的人們而渾身抽搐起來。金排附不知何時走到我身邊輕輕撫著我的肩：

「排長，不必難過了，不是你的錯，你沒有任何責任的……哭吧，痛快的哭！」

我淚眼望他，他的形象突然龐大而模糊起來。

「幾十年來，我不知道打死多少老百姓呢。不必難過了。看！漲潮了，那船飄回去了。」他溫柔的拍打著我。

我朝海面望去，天已大白，整個湛藍的水面，祇有那船變成一點漸漸消失在海水中。金排附唉的一聲走到掩體邊，晨曦映照著他那孤獨的背影。突地我彷彿覺得他的身影漸漸地溶進對面那漸漸清晰起來的、杳遠的、朦朧的山巒之中。

——原載一九七九年八月二十九日、三十日《民衆日報》副刊

荒城

六月八日，這個陰雨的假日，我前去探望我的好友王三國。

說王三國是我的好友，在我如今想來或許不是很恰當的，然而因著某種奇怪的念頭，我這樣稱呼他，而且以這樣的心情去探望他。

不曾見著他的面該有三年了吧？坐在車上末座的我，望著車窗上凝結的水氣時不禁這樣想到。他是否模樣變了呢？總還是仍然體格壯偉的吧？不過在遭受那樣的打擊後，說不定他的面貌會使人大吃一驚呢。

我於是幻想起來。

巴士在雨中平穩地行進，窗外急掠而逝的雨景在白茫水氣中倒退著。我凝視映在窗上未施脂粉的我的臉孔，王三國憂鬱且膽怯的眼睛便悠然浮現起來，那彷彿是帶有焦灼盼望的眼神吧，我竟在心底抹過一絲惆悵。

三年了，我幽幽喟歎，那往事是要浮現了，不過車廂裏濕漉漉的，連思緒也因那雨水的汙濕而難過起來。

我祇得把視線轉向窗外，窗上的雨珠在急速中斜斜滑落，劃成了一道道的長線在我眼中錯落交替。我於是想到在這樣擾人的雨天裏，當路上的行人看到這樣茫茫雨絲中，如箭般滑去的車身時會泛起怎樣的想法呢？

也許他們對這樣孤獨疾駛的白色客運車會有一種失意的悵然在心中湧現吧？我因而輕笑起來，其實車內的人倒是什麼都未曾想到呢。

三年前也是這樣的雨天，記得是作文課，同學們交了作文後都離去了，淸冷的教室便祇剩下我與王三國尚在苦苦尋思。教作文的老先生坐在講桌邊上，不時望望我又看看王三國。那時節便要下課了，我終於準時交了差，而當我交了作文紙走回座位時，我才注意到窗邊的王三國一動不動地瞪著雨絲發呆。

那時候很晚了哩，又逢著下雨的日子，校園裏空漠寂寥，我依著王三國的視線望去，祇見樹影中慘白的螢燈在雨絲中泛著小小的光暈，那是一盞西式的路燈：瓜型的燈罩做成小屋般的模樣在雨絲中冷淸地聳立，而在燈罩底下修長結實的六角桿柱，似要穿透心神般地在黑暗中泛著慘然的灰白。

我為這景象駭了一跳，回眼看王三國，他卻赫然的低下頭來，桌上的作文紙猶然空無一字。

我正納悶。老先生走過去拍了拍他的肩膀，說：

「改天補交吧，可以回去了。」

王三國點了點頭不發一語的收拾東西。我看著他近乎羞澀的神情，實爲他的落落寡歡有些不忍，我於是走了過去，很洒脫地輕聲說：

「今天的題目不好寫。」

「是，是……」王三國的臉竟紅了。

老先生兀自走了，我與王三國在闃靜的長廊中走向校門，他高大的體格在黑暗中有些佝僂、有些蒼老，便似乏著力般的了無生氣，而他的嘴緊閉著，在默然無語中使我感到陣陣襲來無言的悲哀，我益發覺得班上同學們奚落王三國是件殘忍的事了。

然而，事情是怎麼回事呢？對初從外系轉學進來的我來說，這個班級是那樣地充滿著神秘，以至於想多知道些關於他們的事也成爲不可能了。

在校門口我們互道再見，他走至車棚拉出他的黑而笨重的單車，望了我一眼後踽踽地毅然而去。我一直望著他跨在單車上的背影消失在黑夜中，仍不能減低我對他的憐恤及整個事件的狐疑。

他與他們之間發生了什麼？

車身陟地幌動而停了下來，又幾個人下去了。原本空盪的車廂益發顯得冷清。我數數乘客，包括自己才祇六人。

唉，這惱人的雨啊！

車窗外雨下得更大了。我按捺住漸漸昇起的侷促心緒，對於這樣下雨的時分，突然有了一種念頭：要是……要是我們六人都能擁擠一起，那是否會稍減濕淋淋的水的煩擾呢？

有這樣的念頭怕不是極其可笑的罷？我倒要爲自己的難忍孤獨而羞愧起來。不過在我的幼年時候每逢下雨的日子，不是便那樣渴求慰藉而與弟弟相擁而泣嗎？

那是日式的房子哩，父親的書桌靠在窗枱邊，桌底下除了置脚處的橫槓外，小小的空間剛好容納我與弟弟，於是在那樣下雨的愁悶裏，我便與弟弟在桌底下攤開棉被，兩人緊緊地擁在被裏望著滴落的簷水而哀傷。

當然那是屬於幼小時的無知了。不過，在弟弟車禍死後的這幾年間，對於雨天的那種心懷依舊是連現在亦不能忘記的呢。

車子在停了片刻後再度行駛起來，我注意到戴在駕駛者頭上的帽子底下有著一堆凌亂的白髮，那一定是六十左右的年歲吧，我不禁忖度。他瘦削的背影微伏在駕駛盤上，破舊藏青色的制服，直貼貼的掛在椅背。這終究是很蒼老的人了。我突然有一絲悲哀在心裏漾開，像他這種年歲的老人應該是享清福的時候了吧！

然而他緊盯著路面，在陰冷空氣中強打著精神而用力的事實，卻使我體認到做爲老人的淒苦。或許在他來說，所有的青春便都耗費在這樣的車輪運轉中哩。

我如此怔怔地望著他，感到層層逼迫的生活與無奈，悚然在他肩上壓傷著他，祇見他伸起左手打了個哈欠，復又伏下身子，而前方路面上烏雲密佈，白茫茫的雨水狂飆而來。我於是因那白髮而感到深深的冷意了。

王三國的老父也有著這樣的白髮呢。

那是王三國出事的第二天，我冒著風雨來到了他的家。

那算是舘前路大樓之後的違章吧。穿過南陽街後，我按著門牌號碼轉入了小小的幽巷裏，小巷子寬廣僅可容人，在兩邊聳起的大樓的擠壓中毋寧說是不見天日的夾縫。我撐著傘在泥濘濕地上走著，霉濕的臭味在脚下翻騰。一陣冷顫使我不自覺地望向天空，那可憐狹窄的天空正斜斜地飄著雨呢，我感到被緊壓逼迫的窒息，終於知道王三國高大而微帶佝僂的身形上爲什麼會有著那樣憂鬱的眼睛了。

老人總有七十幾歲了，我一進門便爲他的模樣嚇了一跳：他半躺在殘破的竹椅中，眼睛緊閉而枯槁瘦乾的雙手無力地垂放在手把上。

「……我是王三國的同學，代表同學們來探望您……」

本來我是準備有許多安慰的話的，然而見到老人血紅浮腫的眼後，我卻噤然無語地呆站那兒。

老人彷彿不曾聽到我的話語，他兀自坐著，就像我從來未曾進門似的。我祇得向前邁了一步，再度喊著：

「……老伯……」

霉濕的潮味從角落的報紙堆上散發而來，老人萋萋白髮帶著些許的灰黯，柔順地披在頭上。他眉目緊閉，在滿是壽斑、皺紋的蒼老皮膚上，淚水留下一道道痕跡。低垂的眼瞼稍呈黑色而鬆弛地掛在臉上，風乾無肉的臉龐彷彿因深陷的頰肉而更加地突兀峥嶸。

我因這沉寂而悵悵然在心中抹過一絲疑慮，仍不敢冒然再試叫喚。門外細雨不停，屋簷的水滴聲聲滴落，在無言的空氣中彷彿連我內心亦被激動了。

老人恐是熟睡了吧，望著他的模樣，我依稀想起王三國的臉容：那樣與他體格不相襯的憂鬱神情原來是出自這樣的人家，那麼他的舉止有些羞怯有些緊張也是與這老人相依的結果了。

那是作文課後的一個晚上，下課時我因爲某些事情躭擱了幾分鐘，在我收拾好東西走下二樓時，卻不防王三國在樓梯下站著。

他慘然生硬地咧嘴笑了笑，用那麼深沉憂鬱的眼睛向我注視。我以爲他有話要說，然而來不及問他，卻又扭頭走了去。我爲這奇怪的行爲感到極度的詫異，於是便緊隨在後面並叫著他的名字。

他疾急的行走而不理會我的喊聲，我益發納悶起來，終於在穿過長廊來到校園後，他才緩住了脚步。

「班上的同學都不願意跟我講話。」他終於訴怨了。

「不會啊！不是很好嗎？」

「是眞的，你剛剛轉到我們班上，不知道這些事的。」

我沒能答腔，祇見他憂鬱的眼睛在黑夜中彷彿有一種空洞無言的惆悵在靜止著。

我們面面相覷，夜風在身邊流過，淸冷怵然的幽幽愁思籠罩了整個天空。我極想知道事情的眞象，但在這種納悶裏我卻無語默默，深深爲這夜晚的哀愁而心酸起來。

那一夜我是如何的回到家裏已經不復記憶，然而自那以後王三國憂鬱的眼睛便使我難以忘懷了。

我躑躅片刻，決定改天再來探望老人，走到門口時卻不免依依，但見王三國的單車斜靠在屋側，竟是方才不曾注意到的。我於是走近，感覺一陣悵觸在心中湧起；看著那滿是塵土水銹的車把，泫然欲泣的悲哀在喉頭裏哽咽不下，這輛單車便要任其破敗了吧

?我注視著裏上帆布的坐墊，登時便想到王三國傾伏身體在上面踩踏的情形來。

那是一個星期天，上完體育課後，我在校園中走向門口，一陣鈴聲從背後響起，原來王三國騎著單車過來了。

「回家?」他問。

「對，你呢?」

「我也回家。」他顯得很高興。

「走，我帶你。」他把車停下來。

「順路嗎?」

「到公車站就下來。」他堅持著。

我於是坐在後座，見他賣力的起伏上下，感覺他好可愛，好逗人喜歡。

「你早上送完報才來上課?」我問。

「對。」他微微喘氣。

「難怪你每上體育課時臉色白得嚇人。」

「沒關係。」

然而我因此更不知爲什麼同學不喜歡他了。也許，那祇是一個小誤會罷。我心裏起了排解的念頭。

我不知道我這樣一個外系轉學進來的女孩子在班上造成了什麼樣的騷動，但事實是我終於知道了他的一些家世。

據他說在他的家庭裏，除了年老的父親外，是別無一人的。既沒有兄弟姊妹也沒有母親，因爲，母親在生下他時便死了。

「我的父親在大陸上做過縣長呢。」他這樣地表露。

「是有很多兄姊的，但他們由於兵難的緣故全留在大陸。祇有我的父母逃了出來。」

「那是眞實而痛苦的經歷。」每說著這些，他是極其感傷而唏噓的。「我的父親驟然失去了家鄉，失去了孩子。」

「然而在這裏，我的父親在絕望之餘，卻在老年無依時獲得了我。祇是這代價未免太大了，我的生命是用我母親的生命交換而來。」

「這種交換是我父親痛苦的原因。」他說著說著幾乎泣不成聲。在黑暗裏我惟見那憂鬱的眼睛在閃動。

「我父親對我的疼愛是近於瘋狂的。他對我呵護備至，同時又深深地痛恨我。常常無端的對我責打狂笞，然後卻擁著我痛哭到天明。他是這樣地予我父子之情，雖然一個老父的照料總使我在成年後感到一點欠缺，但他卻是把所有的希望植在我心中。」

「祇是……」

他頓了頓才又說：「我們的生活始終在貧窮裏打轉。自他來到此地便送報至今。而我的小時候便就在這種晨起中渡過。因爲這樣的緣故，我的父親對我感到歉疚。但這歉疚又是難言的，他因此對我要求很高，包括要我卑屈、下賤地在人前低頭。從小他便這樣教育我，使我知道這是貧苦孩子所需要的……」

那閃動的眼神在黑暗裏逐漸淸楚起來。我極力想像做爲小報僮的幼年的他，更想到夜晚裏他們父子相擁而泣的情景。

然則這個夜晚使人有太多的感觸了，我甚至已無法抓住他如怨如訴的低語。

「我不知道班上的同學爲什麼不喜歡我，事實上我曾經極力爭取過，我自小便沒有玩伴，長大後也沒有朋友，所以我是努力地去爭取同學們的好感的。」

藉著王三國自己的告白，我含糊地猜想到同學們與他之間的誤會了。

在這以前，我多方的想了解眞相。但從他們口裏我所探聽的王三國是極其令人噁心的人物；他熱心公務，積極的態度得罪了不少人，而他的直率也成爲一種做作。尤其他滿嘴的「您……您……」的話語更使同學感到近乎阿諛的曖昧，屈承諂媚的笑臉於是輕易地爲同學們所摒棄。

除此之外，在他發覺自己不受歡迎後，他便孤獨地自處，而這樣祇有使隔閡更爲加深罷了，幾乎沒有一個同學願意與他交談了。

事情不過如此，在聽完王三國的自白後，我有如釋重負的欣喜。我了解到王三國做爲一個人是那樣地有著卑屈自辱，而那種卑屈不是做作祇是習性罷了，這是多麼令人吃驚的事呵！

我於是開始試圖解決這個困境，向同學們解釋王三國的行爲。然而，我似乎是晚了一步。同學們的奚落使他自暴自棄，甚而由於心緒不穩而發生了那樣一件事情，使他陷入了永刼不復的境地。

我想到這裏，心底一陣抽搐，那樣羞怯純眞的青年便如此結束人生了嗎？

窗外的雨奇怪地停了，天空也漸次開朗起來。但我想到那樣的可悲往事，整個心思卻凝得化不開來。車上的乘客不知何時全下了車，偌大的車廂便祇有我孤獨地坐在後頭。

駕駛者安穩堅定地掌著方向盤，我從前窗望去，車子已上至半山腰中，顚簸的黃泥路面坎坷起伏，我難過得幾乎要嘔吐了，看看身邊的大小罐頭，才猛然覺悟時間的流逝眞是不暇思索，這一幌便是三年了。

那總是令人難過的回憶哩。自從畢業後，我開始了教書的生涯，雖然王三國悽慘可悲的事件曾經留給我那麼多的噩夢，然而到底也淡忘了。要不是前幾日與舊日同學偶然提起，說不定自己倒會不再憶起這件事了呢。那麼對於一個他的好友來說，豈不是很羞慚的事嗎？

記不起是怎麼離開王三國的家了。那個雨天啊，滴落臉上的雨水竟會是鹼的？也不知自己是怎麼鼓起勇氣去的，然而既然去過了，那以後便不曾再作第二次的拜訪。倒是班上的同學去了一趟，說是祇剩下空房子，王三國的父親不在了，連鄰居也不知道下落的便失了蹤影。

唉，那樣的老人啊！或許由養老院收容著吧。我想等見到王三國時總會知道的。不過心裏仍是隱隱作痛起來。那時候，當判決消息傳來時，自己還擔心老人是否可以承受呢？結果是班上幾個同學當場哭了起來，而我便跟著哀哀啜泣連應有的矜持也不顧了。那麼果然那可憐的老人眞的便承受了嗎？

我於是更加地懷疑。正想時車子倏地停了下來。

「小姐，監獄到了。」駕駛者回過頭說。

我站起身來走到車下，耀眼的陽光幾乎使我睜不開眼睛。我慢慢走向會客室，但就在我說明來意後，那位和善的警員卻告訴我王三國恰好在十天前移到另外一個監獄去了。

「那麼……我晚來一步了？」

警員無奈地笑笑，我祇好走出寬廣的水泥大門，在走向車站的途中，我回過頭來，祇見荒涼草原中灰色堅硬的水泥牆轟然的矗立在黃土之上，耀眼的陽光在鐵絲網上狠狠地照著。

我不禁想到那因不忍見老父受到羞辱而殺人的王三國，他此刻在那遙遠的石牆中，也是一樣的望著爲他特別留下的一小塊天空而活著吧？當他看到兩三個報僮在狹窄天空下的巷子裏，團團圍住老人而戲謔王三國是野種時，他是否考慮到殺人的後果呢？而現在他可憐白髮皤然的老父又在那裏呢？

這一片包圍著我的陽光是否也同樣照在他們父子身上，也令他們同樣感到不可堪的，深而且無奈的悲哀呢？我固然也不知道王三國此刻的想法，但無期的刑罰卻無論如何是這時代的悲哀了。我於是再度看到王三國憂鬱的眼睛在這刺眼的陽光裏兀自閃動起來。

華西街上

一

「金德，你要死了？不是叫你把麵送到滿春閣去的？」

黃金德蹲在盤碗前，濺了一身的油水，起勁的忙著。熱氣繚繞的廚房一角，陣陣肥皂味和著油膩的水氣正緩緩昇起；污黑的二十燭燈泡泛著微弱的黃，在煙氣中映照著他爲汗水濕透的內衣。天花板上，沾著水珠的蛛網在朦朧裏好像寒冬的枯葉結著冰在半空裏掛著。金德蹲著，不時更換雙脚的前後位置。聽到老板又喊了，便急急站了起來，雙手在圍裙上抹了一把，提起麵盒，三兩步便跑出了店門。

夜晚十一點的寶斗里，人潮達到了最擁擠的時刻，華西街上熙來攘往的人羣，那些咬著煙捲，嚼著檳榔的小伙子，全遲疑的站在一攤攤拍胸揮拳，吆喝著的藥攤前。

「來來來！枸杞熊鞭丸！少年郎不夠力，吃下有效，包你見效！無效退錢……來來來……一罐一百元……。」

金德每次經過這裏，總要皺下眉頭，這攤前的人永遠是圍得滿滿的。起初，他也不免好奇而跟著人羣擠到前面，但什麼把戲也沒看到，倒是桌上一大堆照片及又紅又綠的藥丸。照片上儘是些光著屁股的男女鏡頭，他咂了下舌頭，趕緊退了出來。

這一條街上，賣的全是一樣的東西，但也同樣的擠滿了人。金德當然詫異這種景像——那些吆喝，那些五光十色的燈火，總使他感到一種昏眩。祇是日子久了，這條街不知走了幾百次，也就不覺什麼。倒是近來這幾天，街道的末端，新來了一個耍猴子的人，深深吸引住了他。也是賣藥的，一把把的草藥整齊的放在攤面上，紅紙上寫著風濕痛、肝炎等字眼，與鄰攤耀眼的燈光比較起來，這瓦斯燈的小白光，使人覺得有股搖搖欲墜的凄冷。而且那老人也不吆喝，祇靜靜的端坐在暗處，在煙頭一明一滅中逗著小猴子。小猴子一會兒學抽煙，一會兒盪秋千。一身發亮的體毛，油黑黑的在慘白的光暈下，極是顯眼，然而這攤前一個人也沒有，偶爾有人佇足，也僅僅望了望便又幌了開去。

老人大約六十幾歲，也許更老些。蒼老瘦削的臉上，半吊著的眉毛下是兩顆混濁無神的眼。頭髮早灰了，看起來像一把乾草雜亂的堆在頭上。總之，在金德眼裏看來，倒是極爲熟悉的鄉下人的樣子。祇是也許缺乏勞動，那刻滿皺紋的臉竟像玻璃菜乾，虛脫的掛在那兒。

金德每次經過這裏，總要停留個幾分鐘，緊盯著毛茸茸的小黑猴，看牠三角的小尖臉及短而後仰的耳朵。他尤其喜歡猴子學抽煙時的舉動。牠盤腿蹲在地上，一手拿煙，一手扶著後腦，像煞有其事的做悠然自得狀，而一雙小眼更骨魯魯的隨著人打轉，那副滑稽的樣子，總使金德忍俊不住而噗哧地笑了出來。

除此之外，那老人總使金德想起他已死的父親，而那發自老人身上的田野間獨有的氣味及沉著樸實，更令他彷彿置身山園小鎮中廟會時，蒼茫暮色裏，父親在肩上扛著他回去吃晚飯時的情景。因著這樣的緣故，金德每次經過這冷清的攤子時，總要停下來注視著猴子，注視著老人，直到麵盒益發沉重了，才快步走去。

金德提著麵，穿過華西街後，終於來到了滿春閣。老實說，他有點駭怕到這種地方來。粉紅混濁的光色裏，脂粉味從門簾上散發著令人心懼窒息的味道，幾個女人坦胸露腿，扭著腰倚在門背後，一個個整齊的排列著。

她們眼神愀然，手指勾動，嘴又嘟又呶的向經過門前的每個人勉強地拋著媚眼，而她們背後粉紅燈下的壁上，幾團模糊不清的影子在浮動著。金德每次來到這裏，總要在外頭站幾分鐘，才硬著頭皮進去。

「我送麵來……」金德囁囁嚅嚅地說。

那些女的好像正等待著，見金德進來，便嗲聲嗲氣的摸了一下他的頭或下巴說：

「哎！好乖。」然後嘻嘻……的笑起來。

金德怔怔的站在那兒，一手提著麵，一手在圍裙上搓著，不知怎麼辦才好。這時另外一個女的挨過來。

「唷！生發麵店從那裏找來這麼漂亮的小男生啊？」說完又摸了下金德的頭。

金德一直低頭呆立著，又是憎恨又是恐懼，更加的臉熱了，但這麼一來，卻惹得她們全笑了起來。

「阿珠！妳不要欺負人家了……嘻嘻……」不知誰又捉挾了一句。

金德一顆心七上八下的，暗自嘀咕著，爲什麼每天來，還一直這樣？

終於有人在裏頭喊了一聲：

「把麵端到後面的桌上。」

金德這才鬆了口氣，正要往裏走時，一個男的從門口突然閃了進來，朝著那個叫阿珠的女人指了指，便跟著她進到後頭去了。金德走在他們後面，回頭看時，那些女人全又開始正經的排列著，一面扭動著身軀，一面喊著：

「來嘛！人客來嘛！」

二

金德回到店裏，老板正站在門口張望著，他雙手插在腰上，圓滾肥胖的雙腳紋風不動的釘在那兒。見金德走了進來，一張肥臉腫得像黃瓜，指著金德的鼻子便破口大罵：「幹你娘！叫你送碗麵，也要半個鐘頭啊？街上好玩是不是？從來就沒有看過這樣的小孩，你不知道店裏正忙著是嗎？你看，碗筷都沒有了，還不趕快去洗。」

金德被他沒頭沒腦的罵了一頓，望了眼散亂在盆裏，堆得幾尺高的碗盤，偷偷地歎了口氣，含著淚水在昏黃的水氣下，開始洗了起來。

老板在鍋前嘩啦嘩啦的炒著菜，嘴裏仍罵著。金德不時回過頭瞄他一眼，深怕什麼時候他一巴掌又揮過來。

而這時老板正赤著脚在鍋前移動著，肥胖臃腫的脚掌在厨房的泥濘裏踩著，一團團一條條的汚泥在脚趾縫間昇起又沉陷。金德一陣噁心，竟哽咽地哭了出來……。

三

夜深了，野猫在屋頂上嚎叫追逐，踩落的屋瓦在地上發出了輕微的折裂聲。厨房頂上低矮的閣樓中，金德躺在一隻破木床上，聞著不時由木板底下上衝的陣陣油煙惡臭。

木板呀的一聲，金德翻身扒近了正對街口的小窗子，透過沾著水氣的玻璃，街上的人早已散光，慘白的路燈在長街上，顯得有點朦朧有點清冷。賣藥的販子已經陸續的收攤。沿著溝沿鋪設的木板上，祇留下舊報紙、空盒子及幾隻野狗在覓食。遠處賣粽子的叫聲，在空氣中迴盪著，由遠而近，又由近而遠。

應是凌晨了吧，金德蓋著濕冷的棉被，怎麼也睡不著覺。半年來，不知有多少個相同的夜晚就這樣消失在他冰冷的臉上。他每每極力勸勉自己趕快入睡，但躺著躺著，南部鄉下的禾埕，屋前的榕樹及死去的父親，總在眼前浮起。他想起了好多的舊事，其中一幕是國中畢業典禮的那天晚上，他與媽媽坐在屋前的石階上，媽媽輕聲的說：

「讀完國中也就可以了，你爸早死，家裏實在沒有能力再讓你讀書了。半年前，跟隔壁阿生嫂講好的，叫你去台北她大哥那裏幫忙，每個月也賺點錢。」

她停了一會兒，見金德不答腔，又說：

「附近村子裏，那個小孩子不是學校畢業就到外面去找工作？你爸耕田耕了一輩子，作牛作馬的，結果什麼也沒留下來，倒不如去外面打零工，每個月收入還要比耕田好呢！像隔壁阿生伯的孩子他們，統統在外面工作，家裏的田雖然廢掉了，可是人家不是電視冰箱都有了？」

金德默默地沒有說話；月亮在山邊昇起，又圓又黃，天空裏祇有稀疏的幾顆星星，榕樹上夜鶯在叫著。

媽媽又說：

「也是沒有辦法的，兩個妹妹兩個弟弟都還要唸書……阿公又生病……家裏困難你是知道的。祇希望你趕快學會料理，自己開店了，才有出頭的一天。如果你還要像你爸一樣死腦筋，祇知道耕田，那我們都不必吃飯了。」

金德還是沒有答腔，祇望著樹頂的月亮，好久好久……

就這樣，從鄉下來到台北，金德還惦念著家裏小黃狗快生了的當兒，就已提著麵盒去送麵了。

剛來時，老板倒是很鼓勵他：

「兩三年學下來，自己開店有什麼問題？你祇要認眞地學，將來還不是可以像我一樣的自己做老板？我以前也是跟你一樣空手跑來台北，不過幾年，這家店子就開起來了。」

沈老板一面撫著肚皮，一面自得著。又說：

「我才小學畢業就來了呢，比你年紀還小，也沒有你讀那麼多的書。」

金德一言不發的，望著這違章的小棚子，心裏有著異樣的感覺，說什麼自己千萬也不敢把自己的希望及家裏的期待，就建築在這油煙薰人的木板屋中。但來也來了，而且先付了五千元的工錢給媽媽帶回去，接下來的倒無所謂了。

就這樣，日子一溜就半年。但也就是這半年，金德益發的預見了希望的渺茫，他時刻都會想到，讀書時自己在台上領獎的喜悅及老師的讚美，但那半年前的事離自己多遠了吶？而一張張貼在家裏牆壁上的獎狀又怎麼樣了呢？想到這裏，他打了個冷顫，還是不要想那麼多吧！趕快睡吧！

他翻身躺回了被裏，正要睡著，卻突然想起，今天才注意到那賣藥的小猴子的脖子，在鐵環下的肉是那樣的結著疤而且浮腫。先前總以爲猴子好瘦，不過在毛髮下發現了這樣的傷痕，確是很使人大吃一驚。從前自己養的小黃狗雖也曾用鍊子栓著，但從來不像猴子那樣地把皮肉都撕裂啊！

他覺得好心痛，那樣乖、那樣漂亮的猴子，怎麼會把自己弄成那樣呢？他不是頂舒服的嗎？有地瓜有香蕉吃，而且不必淋雨不必受寒。眞是的！怎麼會呢？

金德想著想著，終於在疲累中沉沉睡去。

四

像往常一樣，當金德又送麵到滿春閣時，他發覺保鑣阿牛一反常態的坐在門口的椅上，神色有點詭譎，他仰頭靠在椅上吹著口哨，見金德進來便說：

「喂！明天晚上麵多送一碗啊！今天先端一碗到邊間，其他的還是放在桌上。」

金德應了一聲，提著麵走了進去。邊間的門關著，金德扭了下門把卻推不開，才發現門扣門上了。

他把麵放下，拉開門扣，看到裏面一個十三、四歲的小女孩怯生生的站著，白白的臉上因驚懼而鐵青的嘴唇正微微的抖索著。她樣子長得很清秀，單薄裏帶著峻冷的模樣。金德一見她的淒苦樣子，心口不禁猛地一跳。

她本來坐在床沿上，見有人進來，便倏地躲到牆角，縮成一團，雙手緊緊的抵住牆壁。兩隻眼瞪著大大的望著金德，從那眼裏透露出一股恐怖的光。

金德把麵端到床前的小桌上，輕聲問：

「妳是新來的？」

女孩膽怯、迷惑的眼神望著金德，一句話也沒說，好一會才點了下頭。

「我是送麵的，叫金德，天天都送宵夜來。」金德又說。

那女孩浮腫的眼圈紅著，那一定是因爲哭的緣故吧……

金德望著她，突然興起了一個奇怪的問題，但看到女孩不說話，也就不問了，他退出房門，輕輕的將門帶上，正要走時，突然想起了什麼而站住。祇見他手摸住門扣，不知是否該把門扣門上還是讓它開著？他遲疑了一會兒，想到了阿牛的兇狠眼神，便手一用力閂上了門扣而走了出來。臨去時，他注意對面廁所上有個小窗正對著屋外，月光在那兒射了進來，映在白瓷磚上泛起一片茫茫的白。

門口的椅上，阿牛與隔壁的老鴇談笑著，金德低著頭，急急地從他們的談話間穿了過去，他聽到老鴇問道：

「是不錯嘛！細皮嫩肉的，不過太小了些。」

金德一驚，把脚步放慢，他聽著阿牛回答說：

「可以啦！這個年紀價錢最好呢。」

「多少錢來的？」

金德回過頭去，祇見阿牛豎起了兩個指頭，嘴裏說：

「說好二年的。」

「噫！那不是白撿了便宜？」鴇母興奮地說著推了阿牛一把，咯咯地笑起來。

阿牛嘿的一聲嚓嚓的仰頭大笑。

金德正走著，阿牛的笑聲使他心裏一驚，幾乎鬆手把空麵盒掉在地上，眼前彷彿出現了那女孩的身影：那慘白的臉，那單薄的倚在牆角的顫抖，還有那恐怖與無助的眼光。

他心裏緊拉著，似乎一根棒子橫在胸前擠壓著他。他想到了她一頭軟而直的短髮，

「比我還小呢！」竟是被賣來的。

金德感到一種莫名的恐懼，一陣冰冷從脚底昇起。她害怕她也會站在門口粉紅的燈光下，扭曲著身軀與阿珠她們一樣的排著隊，露出胸口……？

他昏眩了，第一次他想趕快回到閣樓去。也是第一次突然想到，母親、妹妹在家裏圍著桌子吃飯的情景。

金德的脚步凌亂的走著，心思亂極了！這樣的事竟讓自己撞上了，以前在鄉下時，一向以爲妓女生涯凄苦含酸的，但來這裏後，看見阿珠她們愉快的招攬著客人，穿得好、吃得好，很滿意的樣子，還以爲自己以前的想法是錯了呢。而今天那關在邊間的女孩，難道也表示阿珠她們也都如此的曾關在那兒，同樣的顫泣過？

他不敢往下想。街上人潮洶湧著，枸杞熊鞭丸的攤前仍然擠得滿滿的。他竟有些憎惡這羣人。「難道，這些人沒有妻子兒女或者姊妹？」他逐漸昏亂起來，不知不覺又站到小猴子的攤前。

老人驚異的望著他，欲言又止的，示意他挨過去，然後說：

「怎麼啦？」

金德一驚，清醒過來，見自己忙亂得連圍裙都鬆到大腿了，才赧然的笑了笑，說道：

「沒有，沒什麼……」

正說著，金德注意到小猴子的嘴角有血塊凝結著，暗紅的塊狀物與毛髮扭結在一起。

「咦，小猴子怎麼啦？」金德問道。

「唉，畜生就是畜生，今天早上脫下鍊子時，牠竟想跳出去，我抓了來揍了一頓……」老人說著，有點歉然。

「不是很乖嗎？怎麼會呢？」金德問。

「乖？猴子不比人哪。人再壞也可馴乖，猴子永遠是猴子，總是野的……」老人憤憤的指著猴子。又接著說：「不過也難爲牠了，跟了我這許多年，倒是第一次想走呢。台北這地方眞不好混，連猴子都不想待下去啦。」

金德站著，注視著猴子頸圈疤痕。

「唉，我台灣南北不知跑了幾趟啦，從來不曾這樣難混過。本來我以爲台北要比鄉下好多了，才下決心租了這個攤位，想不到結果是這樣子。看來我不是改行賣春藥，便祇好滾回老家去了。」老人望著鄰攤前的一大堆人，苦笑著說。

金德又怔住了，風濕草、解肝草，不是很好嗎？

老人又說：「唉！人老了，大概在這裏是混不下去的了，不如早點走吧。」停了一會又問：「孩子，你幾歲了？」

「十六。」金德說。

「年輕就是本錢啊，小弟你還年輕，要趕快努力才好。等你到我這個年紀時，你就會知道啦。眞是，我這樣坐著是因爲老了吶，沒辦法啦，你還小，可以創下事業來的，這樣子送麵是送不出前途來的，應該去工廠或什麼地方學點手藝才行……。」

金德點了下頭說：

「我知道。」

老人不再說話，祇望著他，好像很累了，猴子在一旁也出奇的靜坐著。金德提起了麵盒，拍了拍猴子，說：

「太晚了，我回去了。」

這個晚上，金德又睡不著了，腦海裏儘是小猴子、老人、關在邊間的小女孩，以及媽媽妹妹們的影像在沉浮著交互湧現。

他想到那女孩子怯怯地望著自己的眼神，想到了阿珠他們敞開胸口。他更彷彿見到一片紅色的暗影裏，她們在阿牛嘿嘿的笑聲中，一個個貼在壁上成了模糊的黑影。

他又想到小猴子頸間的疤，嘴邊的血。而老人的話語清晰的耳邊響著：

「少年郎要努力啊！」

「猴子不比人哪，總是野的。」

連帶著，他又想起家裏的小黃狗。有一次不知爲什麼把牠拴了起來，結果小黃狗又衝又撞的，扯急了還箍住喉嚨，一直的乾咳呢！他祇好趕快解開，但那以後小黃狗便深怕著他了。想到這裏，金德不禁苦笑著，「狗也是與猴子一樣的吧。」

他翻了個身，注意到這發臭的小閣樓，老朽汚黑的木板，短而窄的空間——這不正像個籠子嗎？

矇矓間，沈老板肥胖臃腫的身子及那雙肉團似的手掌，像又向他揮來。

金德呀的一聲，拉起了棉被，一陣濕熱的臭氣湧了上來，他強忍著。

老人的話又在耳邊響起：

「送麵送不出前途來的。」

「去學點手藝吧。」

「少年郎要努力啊。」

「對！」他倏地坐了起來，兩眼在黑暗中展露著光輝，但隨卽他又鬆懈了下來。他記得媽媽送他到店裏來的那天，媽媽在臨去時急切的望著自己說：

「好好的學，知不知道？以後也能像沈老板一樣自己做頭家。」

媽媽說著，眼圈紅了，聲音斷斷續續地哽咽著：

「媽走了……如果……你也要忍耐……知道嗎？……」

說完偷偷的塞了二十元在金德手中。

金德想到這裏，眼淚迸了出來，他埋首在棉被中，身子顫泣不止。

「要忍耐……知道嗎？……」

「家裏就希望你……知道嗎？」

他伏在被裏，過了幾分鐘，突然又推開棉被，頭湊近了窗子。白茫凄冷的夜啊！清道夫已開始工作了。他們呵著手、彎著腰。有的拿著掃把，有的推著泥溝車，三兩成羣蹣跚著，在黯然的街燈的照耀下，金德看到他們的年紀都很大了，正慢慢一步一步的消失在街尾。

他眼看著這些，心裏一緊，打了冷顫，好像因著這勞苦的人們，他爲自己作了結論：

「對！就這樣子吧！」

他好像下定了決心，然後慢慢地躺回被裏，第一次，在隱約的夢境裏，他見到小猴子騎在小黃狗的背上，在田野裏飛奔。

五

金德昏昏沉沉的提著麵在街上走著，昨晚就像惡夢一般的延續到今天。他感覺眼前的一切都不眞實起來。雖然燈火依舊，人羣仍然喧囂，但對金德混亂的思緒，卻已不再有所影響。他淸楚的感覺到內心裏有股慾望急待完成，但這慾望是什麼呢？

金德提著麵走進了滿春閣，突然心跳加速了。

阿牛仍在椅上坐著，阿珠在一邊跟他說著話：

「喔！永安飯店的老板啊？多少錢？」阿珠問。

「一塊。」阿牛舉起一根指頭。

「那麼要送她過去啦？」阿珠又問。

「嗯，等她吃完宵夜，我們一起帶她過去。」

阿珠沒說話祇點了下頭。

阿牛又自言自語的說：「差不多了，他吩咐我們十二點一定要到的。」

說完朝著金德喊：

「喂！叫邊間的吃快一點！」

金德開始了解他們說的是什麼了，他應了一聲隨卽快步的端著麵來到邊間，他看了下厠所的窗仍開著，窗外好亮。一顆心隨卽像小鹿似的撞個不停。他拉開門，急急的走了進去，小女孩的眼圈仍紅著，不過倒換了一身紅洋裝。金德說：

「快點！你可以從厠所的窗戶爬出去。」

女孩愕住了。茫然的看著金德。

金德又說：「他們就要把你送去跟人過夜了，我剛剛聽阿牛他們說的，妳趕快走吧！」

女孩有點明白金德的意思了，但卻問：

「出去那裏呢？」

「當然回家啊！」金德說。

「可是，我養母說，我如果跑回去，一定會被他們捉回來的。而且我養母說，捉回來就會被打死。」女孩戰戰兢兢地說著。

「不會的！他們騙你的。」金德焦急起來。

「我養母又說錢已經收下來替阿公治病，我如果跑掉，錢就會被討回去，那……我祖父……」

金德打斷了她的話說道：

「不會的，他們騙妳，妳趕快走吧！」

女孩忸揑起來。

金德又說：「妳出去以後，賺了錢再還他們嘛！並且他們不敢去討錢的，你現在不走，妳以後會後悔的。難道妳要像阿珠她們一樣的受罪嗎？」

說完，金德掏出了唯一的二十元塞到女孩的手中，並且說：「這二十元給妳，妳出去後不要回家，可以先找地方躲起來。」

女孩還是遲疑不動。

金德益發的急了，見她不動，祇得說：「走不走隨妳，不過我們不鬥了，妳自己趕快決定吧！」

說完扭頭就走。

門口阿牛仍坐著，見金德出來，隨口問：「吃完沒有？」

「還沒有！正在吃呢。」說完急急的走了出去。一路上他狂奔著，心裏期待著，不時回過頭來，望著天空。竟沒有注意到老人的攤前，那隻猴子像要死了似的，靜靜的蜷縮在一角，而老人的眼睛紅著，目送著金德急跑而過。

第二天，金德提著麵又來到老人面前。祇見老人獨坐著，神色黯然而憔悴，金德注意到小猴子不在了，而老人的眼睛紅得駭人，一陣酒臭從他身上散發著。金德心裏一驚，隨即想到那天他撫摸小猴子時，小猴子瘦骨嶙峋，一雙無神的眼空望著他。他隱約看到小猴子的眼睛閃著晶瑩的淚光。

他想問老人猴子那裏去了，但看了老人的神情卻又不敢開口，祇得無言的站在那兒。

一陣冷風在脚底吹過，攤上乾枯的藥草微微晃動著。他看到空著鐵環的鍊子，靜靜的放在藥箱旁，在瓦斯燈的濛濛白光下，那鐵環顯得好黑好沉重。

「牠……小猴子……」金德突然一陣激動，丟下了麵盒，拔腿飛奔著衝進了他的閣樓裏。

六

金德病了，在床上躺了兩天。第三天稍好，便又送麵到滿春閣。他忐忑不安的望了眼坐在門口的阿牛及鴇母，正要走進去時，阿牛喊：

「小鬼，怎麼兩天沒送麵來？怕女鬼回來找你啊？」

金德不知他胡說什麼，祇隨口應了聲，兀自走到裏頭，把麵放下，偷偷的往邊間望去，沒有開燈，房門也半掩著，月光從對面厠所的窗中，模糊的照了進來。不禁心裏一喜，臉上綻開了笑容──「總算她逃走了。」

他快步的走出滿春閣，奇怪著廁所的窗子竟也沒封起來——難道阿牛不怕又有人從那兒爬出去？正想時，他隱隱聽到鴇母輕聲的問：

「眞的查不出來啊？」

「放心吧，永安飯店那麼高，掉下來頭都碎了，她又沒有身分證，認不出來的啦！」阿牛滿不在乎的回答。

「那她家裏如果問呢？」

「唉！不會的，就說她自己跑掉就沒事了。」

金德不禁往永安飯店望去，七層高的大樓陰沉沉的聳立在黑暗中。他歎了口氣，自言自語的說：

「可憐啊！不知道是那一個女人又被這些人害死了。幸好那個小女孩跑出去了，要不然……。」

他慢慢地走回店裏，腦筋昏昏沉沉的，經過老人的攤前時，老人已不在了。攤位空著，在兩邊的強光照耀下，顯得那樣凄冷那樣深沉。而華西街上仍是喧嘩熱鬧，人潮仍是從各方湧了過來，好似什麼也不曾發生過。

他突然感到一陣空虛。他想：

「明天，明天會是一樣的明天吧？」

——原載一九七九年二月十三日《民衆日報》副刊

風箏再見

一

對於風箏這個玩物，李義明向來懷著一種不可言說的關愛。在他生長的家鄉，那個金山海邊的小漁村裏，可以說風箏的一切占有了他的童年。

他的雙親以及其他的家人，在這個爲著生活而搏鬥的社會裏，是極其純樸而堅毅的。他們在艱苦的環境中，很自然的擁有著對於命運的抗爭與不滿，這種不甘擺佈的心緒，使得他們一次又一次的向命定的困苦，提出不撓的抗拒，然而海浪的險惡以及生命的脆弱，是那樣輕易吞噬了他們對於大自然的幻想，使得數百年來，他們只得在凶險的浪濤中，習於接受命運的擺佈了。

雖然對於這些老一輩的漁人來說，子女就是他們的希望與生命的延續，當老人們咬著煙桿，坐在沙灘的破船邊修補魚網時，他們總會看到一個個小孩，從襁褓中搖搖擺擺地走向沙灘，撲向崢嶸的海石，而當他們赤足在沙灘中牽引風箏時，充塞老人心中的，多半是希望靠著這些幼年的嬉戲，使他們能早日筋肉強壯，昂藏魁梧，成爲海舟中與命運搏鬥的撈海人。

他們對子女有著關懷，有著親情，但那種愛是屬於磨礪中的一部分，小孩們必須從小就熟悉海潮，認識海浪，而當海風吹拂他們臉上時，他們必須淸楚濃淡的鹼味代表著什麼樣的前兆，他們是那樣必須自己去取得他們所想要的東西，於是除了與海有關的東西外，這些小孩是不知道世界上還有其他東西的。

也許撈海人的命運就這樣被塑成了；小孩們在轟隆浪濤聲中逐漸在海舟中站立起來。他們的胳膊粗壯了，脚底厚繭長成了，而堅定、憂鬱的眼神，開始出現在尖削有力的臉孔中。他們娶妻生子，而讓她們在盼望中祈禱著他的歸來。於是一代又一代的撈海人，在不可知的領域中，又開始了另一次新的搏鬥。

這就是小漁村整個的歷史了，李義明便是這歷史中許多撈海人中的一個。

從小他在海灘上追逐風箏，捕捉著因海浪而冲至沙灘的走蟹。他在海風中辨識天氣，據此而知道他的父親在什麼時候歸來。

偶爾小阿明也會跑到岩石上釣魚，小小的身子站在崎嶇的海岩上，在海風吹襲中緊緊執著釣竿，而尖銳滿佈海石的蚵殼，總使他因此而在脚掌上烙下血紅的印記。

他喜歡在沙灘上奔跑，留下一連串深而小的足跡，當風平浪靜的時候，他便會躺在濕漉漉的沙灘上，等著海水逐漸淹沒他的足趾，而在下一次浪潮捲來時，他便迅速跑開，向海浪做著鬼臉。

這一切是那樣的令他高興無慮，小阿明逐漸長大了，他開始參加拖網的行列。當他的父親與伯叔在大船上拖著魚網在海面圍撈時，他就會嚴肅的在沙灘上蹲著，聚精會神等待圍撈的完成，終於，帶著拖網繩頭的小船接近沙灘了，小阿明便迫不及待的率先跑過去，扶著繩頭大喊：

「來囉，來……囉……」

他是那樣的認眞與興奮，以至於當年長的大人們，因用力而把網繩拉得筆直時，他還不願放手，高高的被懸在空中，雙脚在亂蹬中，嘴裏仍隨著嗨唷、嗨唷的收網聲嘩啦大叫。

偶爾他也會在兩個繩頭間跑來跑去，當魚網顯然的重了起來時，他便更加興奮的斜著身子，扯著繩頭用力起來，也許他是天生的漁人吧，當其他的哥哥姊姊們還在遠遠的岸邊撿拾著貝殼時，他便這樣的投入了生產的行列中。

終於在四、五十人的協力下，兩條繩頭拉盡了，魚網逐漸出現在沙灘上，而漁網圍起的弧形的海水，早就因魚的掙扎而翻騰起泡。

小阿明從繩頭上跳了下來，緊張的在滾動的海水中尋找著，然而，他失望的時刻居多，一下午的興奮從此跌入了難言的低潮中，那混濁的海水雖然攪翻著令人興奮，但小阿明清楚的知道，這一次又不會有什麼樣的收穫了，充其量，只有些黑黏黏的海鯉魚以及狀如蛇形的綠色尖嘴仔罷了。

他於是愁苦的低下了頭，回到沙灘的木麻黃樹下，漠然看著那些不值幾個錢的魚在沙上蹦跳，而昏黃燈下，家人圍坐飯桌的無語，旋即從他腦中顯現，他開始懼怕起來，同時想到父親尖削油黃的臉龐，總是會在那樣的時刻裏咳咳的嘆氣，而十歲左右的小阿明，彷彿已經預見他的母親，明晨又會輕輕刮打著米缸了。

這一切的生活，隱藏在無言之後的困苦，是那樣的在小阿明的心中刻下了痕跡。雖然放風箏的日子，永遠是愉快刺激的，然而昏燈下的無語及嘆氣，更使他在幼小的心靈上，烙下了難以消除的創傷。

當小阿明追逐著風箏，越過一陣陣的浪潮時，在那無法壓抑的喜悅中，他每因父親尖削愁苦的臉龐，而旋卽難過起來，方才的喜悅，在刹那間成爲一個深淵，他只得停下脚步，怔怔地望著逐漸遠去的風箏，而當那爲風箏所扯緊的線索成一長圈的弧形時，他更感覺到陣陣不停的力量從線上傳來，彷彿告訴他：掙脫吧！飛翔吧！唯有向天空飛去，才有廣濶的一天。

小阿明呆呆的矗立著，兩脚已因久站而深陷沙中，不過他仍然不敢肯定他心中的慾望是什麼，只隱約的覺得，有種力量要在他心中迸現了，而他將不顧一切的去承受它。

他握緊了拳頭，瞥了一眼湛藍的大海，頭也不回的往家中走去。

終於小阿明上學去了，雖然以他這個年齡來說，早就過了入學的時刻，但在這鄉下的海濱，晚個幾年上學倒是正常的事。

他幾乎是一開始，便以拚了命的精神去用功。每天淸晨，當浪潮拍擊著岸邊，混和著鳥叫聲傳到床上時，他便一骨碌的爬了起來，在晨曦中做著功課，然後蹦蹦跳跳地去到學校。

這個學校是個小學分部，只有四班級的學生，距離李義明的家約莫三公里遠。每天早上，小阿明都是興高采烈的赤足踩過沾著露水的草地，穿過植滿木痲黃的防風林。偶爾他會在半途中鑽進竹林，追逐學飛的小鳥，有時卻又拾起一根竹子，擊打沿著小路流到海裏的小溝。

他是如此的高興，唱著昨天才學會的新歌，而不時摸摸綁在腰際的書包。他的書包與他的上學，同樣使他得意。那是他的母親最新最漂亮的一條布巾，雖然只是粗布做的，然而鮮紅的底色配合著大朶黃花，使他極為滿意，而每當他把書本包裹在布巾時，總不忘記把一朵最大的花向著外面，這樣那朵最漂亮的花就能讓同學以及鄰居看到了。

對於貧窮鄉下的孩子來說，讀書永遠是極其艱苦的；老師的草率，設備的缺乏，再加上長輩們對讀書的態度，使得讀完六年畢業的學生少之又少，然而李義明卻與他們不同，他有著異乎常人的精力以及專注的毅力，他一遍又一遍的把所有功課背熟，字是寫了又寫，算術是算了又算，學校的老師因之對他發出了驚奇的讚嘆，一致認為憑著阿明的程度，絕對不比都市的小孩差。

阿明因此在畢業的十六人之中，獨自跑到鄰村的中學唸書。

這勿寧說是阿明的成功吧，他開始幻想起來，計算著將來的一切，在每天跋涉一個多小時的路程中，他幾乎無時不為自己的前程鋪下美好幸福的道路。

他依舊是清晨早起，在沙灘上對著晨曦背誦英文，在木麻黃樹下就著沙地演算代數，他的功課是那樣好，而希望是那樣的濃厚，使得這從小便深深感受到困苦生活的孩子，更加興起了對將來的憧憬。

慢慢地，他感覺晨曦的時間已不敷他使用了，因著諸多的原因，他的雙親終於接受了阿明的說服，准許他在晚飯後也點起油燈來。於是阿明對自己更加有著千萬的信心了，他知道憑著這些努力，他終將超越自己的命運，脫離那些圍繞著他的貧窮與困境。

他長高了，身子也一天比一天瘦了，臉孔透出一股強烈堅毅的哀怨表情。

他考上了省中。

幾乎不用爭議的，他必須住到學校去，他的父親，那位蒼老的漁人，似乎早已料到這一天的到來，在一個清晨中，平靜地送著阿明到了鄰村的車站。

天還不十分亮呢，車站裏幽暗的燈火，微微照亮了父子兩人相執的雙手。阿明望著父親模糊而瘦削的身影，感覺到父親的手，隱約的顫抖著，他別過頭去，堅請父親回去，末了，老人還沙啞的要求阿明寫信回來：

「我是看不懂啦！你兄弟會唸來聽⋯⋯」

阿明點點頭，目送著父親離去。第一次感覺到父親老了，步伐蹣跚了，而佝僂的腰桿，大概無法繼續在海舟上捕魚吧？

他因之想到了他的兄弟姊妹們，他們此刻是否正酣然於浪濤聲中熟睡，而一早又得在浪濤中打滾討海呢？

他深深嘆了口氣，瞥了一眼自己乾淨畢挺的學生服，便在幽暗的燈火中背起英文生字來。

二

秋天開始好久了吧，李義明藉著逐漸出現在國父紀念館空中的風箏，而感到季節的更替。那些鷹狀的、三角的以及菱形的風箏，飛翔在廣濶的空中時，總那樣深深地吸引著已經三十歲的他。

不知從何時開始，李義明便喜歡到國父紀念館來了。這裏有大片的草地、寬廣的空間，使得上了一整天班的他，爲之身心一鬆，這在高樓圍繞的台北市中，不啻是一種享受？

但是到這裏閒逛，總也是在他的妻子玉珍生產後的事了。在這之前，雖然他的住所就在紀念館後不遠的吳興街上，然而幾年來，他每天不知經過這裏幾次卻從來沒有過到草地中走一走的欲望，或許，那時比較忙碌吧。他向自己這樣解釋著。

然而他卻無法向自己解釋，爲什麼在玉珍生產後，他會開始走到紀念館來。那彷彿是夢遊的不可知悉的原因哩，總之他開始來到了紀念館的草地中。

他總是在紀念館前下車，穿過草地，在小湖邊稍事停留後，便坐在涼椅上，看著每個走到這裏的人。

偶爾，他也會在草地上坐了下來，享受著傍晚時涼沁清新的空氣，他是那樣依戀著這裏，直到夜幕低垂，燈火亮了起來時，才依依走回他的公寓中。

李義明自台北工專畢業後，服完兵役回來，便在台北一家塑膠公司找到了一份工作，那是家龐大的企業，數千名員工中，他佔著一個不大不小的職位，雖然薪俸不致讓人眼紅，但對於李義明來說，一切是那麼順利而令他感到滿意了。

他的妻子玉珍，原是公司裏的同事，兩人交往多年後，終於在前年結了婚。婚後的玉珍，仍在公司裏上班，今年四月份，生下第一個孩子後，李義明便做了父親。

對於李義明來說，好像事情就是那麼簡單了，結婚、生子，這一直盼望著的東西，竟在一刹那間全部到來。他往往不敢相信這會是事實。就在玉珍住進產房的第二天，他便來到了國父紀念館的草坪中。

「丈夫？」「父親？」他啞然的苦笑起來。一向對這些他是抱著很大的期待的，想不到就這樣輕易的到來，他猶然記得，結婚後的幾天裏，有個同事問他：

「怎麼樣？結了婚有什麼感想？」

「嘿……」

他突然楞住了，第一次體會到自己是已經結過婚的男人。然而在此之前，期待的便是這個嗎？

「怎麼樣？做了爸爸了，高興吧？」同事這樣問。

「嘿……」

他仍是歉疚的絞著手，一句話也答不上來，不過，他眞的慌亂茫然了。

難道我不應該高興嗎？難道這些不是我一向在努力著追尋的嗎？結婚、生子，不便是一直的目的嗎？

李義明這樣自問著，卻反而更陷入了迷惑之中。他清楚的知道，這些正是一向所追求著的。打從退伍回來，開始上班的當兒，他便這樣希望了。

他努力的工作，拚命的加班，想著升遷，想著銀行的存款，而當他偶爾鬆懈，稍稍倦怠之時，他總使自己相信，這次的奮鬥將是一生中最後的一次苦難了。從此之後他將享受那些幸福、甜美的果實而不必再苛求自己了，於是他又更拚命的努力起來。

然而今天，他所有的目的都達到了，他在吳興街有一幢自己的公寓，有一位善良賢慧的太太，更有了一個可愛的孩子，正是他應感到滿足、欣慰，而去嚐受結果的時候了。

他難道不應該高興嗎？他又還企求什麼呢？

李義明知道自己是個寡慾的人，從來便只有努力的去追求正常的人生的階段，可是，他如今也不禁茫然起來，那麼多年的茹苦與自礪，便只是那麼輕易的換來這句話嗎？

「李先生嗎？你太太……」

「恭喜你做了父親……」

李義明有點失望了，他苦笑般地咧開嘴唇，在草地間徜徉起來。

也許，今天太累了，才會有這樣的想法。他安慰著自己。然而，煩悶好像愈來愈使他不安了。他時時有種蠢蠢欲動的心悸在心中鼓動。而他也開始坐立不安了。他無法掌握自己的心緒，更無法知道自己的慾望到底是些什麼東西。

他更同時的埋怨自己，屋子有了，妻兒也有了，這不是別人正努力著的嗎？自己又還想些什麼呢？他逼使自己出來做點事情，然而做些什麼呢？

看電視？看電影？看書？或者……

他發現他沒有辦法去好好做一件事情，連一向丟不開的書本也看不下去了。現在還需要看書嗎？現在還需要用功嗎？他不禁憤怒起來。

然而他是怎麼樣了呢？從小他希望能在大城市生活著，娶個城市的小姐，可是現在連孩子都有了，爲什麼反而陷入這樣的煩惱呢？

時間在煩悶中緩下脚步。而他也愈來愈憂鬱了。玉珍鼓勵他參加些社團：橋藝社、象棋社……可是，又有什麼用？他無法對任何事情專注下來。

他留在國父紀念館的時間愈來愈多了，哪怕是下雨他也一樣的撐著傘在雨中行走。

終於他好像覺悟了，好像發現了事情的癥結了。

那是一個傍晚吧，他照例在紀念館的涼椅中坐著。

一個小孩子興高采烈的在他眼前，放起了風箏。當風箏乘風而起，向天空飛揚時，他突然高興起來，彷彿是他在牽引風箏一般。

風箏愈來愈高了，李義明憂鬱的心也隨之怦然跳動起來。他想到了小時候奔走在沙灘的情景，更想到了晨曦中做著功課的喜悅。

他陡地站了起來。對，沒有錯。

「希望！就是希望。」

他喊了出來，他知道，目前他是缺乏著這個東西罷了，他想起小時的努力來了。那時候多麼希望能脫離那樣的環境啊！所以，小學時，想著初中，想著高中，更想著再上層樓，祈禱能藉著這些擺脫困苦的環境，而工專畢業後，想著退伍，想著結婚，想著孩子，可是，爲什麼就沒想到有了孩子後的日子呢？

「當然是把孩子撫養長大了，」他對自己說。然而孩子現在才幾個月大，要如何去想像他長大可以讓自己灌注心力呢？

那麼說，現在正是沒有希望，沒有目標的時候了。

人生便是如此嗎？那麼多的奮鬥，那麼多點燈夜讀的苦楚，便只換來這樣的結果嗎？而開始賺錢後，一分一毛的節省，一分一秒的加著班，便只因著現在這種煩悶的時刻嗎？

他眞正的失望了，想著自己所擁有的一切都是那樣的微不足道，而這僅有的微不足道，卻曾經是以心力交瘁的努力換取而來，他不禁抬頭嘆息，消失在暮色蒼茫之中。

三

李義明在國父紀念館邊側的中山公園，靜靜地站著，他不時抬起頭來，在皎潔的月色下，向進口處注視。

這是夜晚寧謐的秋夜。空氣清涼而使人精神舒爽，圍著樹木花圃而亮起的路燈，靜靜地在朦朧中，散發著柔和而撩人遐思的光暈。

他不時把視線掠向鐘樓的鐘面上，已經快九點了，心臟撲地蹦跳起來。

他試圖尋找著見面時的話語，然而她的臉孔旋卽浮現了。

她有清新甜美的臉龐，含笑的眼睛下，小巧的鼻小巧的唇，加上尖小圓潤的下巴，使她更加顯得玲瓏可愛。然而使他無法忘懷的，卻是那嬌笑着的無邪笑靨。

半個月前，他在這裏邂逅了她。那時她笨拙的在草地中跑著，試圖讓她的風箏飛翔起來。然而她甚至連風向都弄不清楚，風箏在幾公尺的高度便墜落了。

李義明漠然的看著這一切，突然有了一種衝動，那是一股令他心悸的慾望，他站起身來，向女孩跨步走去。但他又畏縮了，想著自己的壞，走到一棵樹邊，努力要平息心中不停的吶喊，他佯裝察看綠色的枝葉，終於他抬起了頭，不顧一切地走到她的跟前：

「小姐，我來幫你好不好……」

他顫抖著，難以置信他已開始去勾引她。

「你很內行嘛。」當風箏昇空時，女孩笑了起來。

「我從小玩風箏到現在。」李義明因她如鈴的格格笑聲，而跟著高興起來。

「喔！」她歪著頭，眼睛全是笑意。

「那時候放風箏都是在海邊，想不到現在台北也流行了。」風箏在空中搖擺著，李義明搶過了繩線，前後扯動，風箏又再度昇起。

「眞的？我最喜歡海邊了，我外婆也是住在海邊。」她的眼睛深深地有種亮光在閃動。

「妳還在唸書嗎？」李義明問。

「沒有啦，在貿易公司上班。」她指著一幢不遠的大樓。

以後的數天裏，他倆天天都碰頭。李義明又開始注意自己的穿著了。然而，他知道他不能奢求太多的東西，雖然這彷彿是個鮮烈的愛情，而且是由自己去招手的，但……他隱隱然有股犯罪感在心裏掙扎著，到底，自己在幹什麼呢？

當李義明懷疑她是否如約而來時，女孩在門口出現了。他們找到一張涼椅坐下，而李義明卻激動地說不出話來。

看他這副樣子，女孩吃吃地笑了。

。

「嘻……我頭一次晚上來這裏。」

「我……我也是。」

對於李義明來說，要克服自己相信這樣做是沒多大關係，卻是害他失眠了數個晚上

打從第一眼見到這女孩後，他便說不上來的，無法將她的笑語從眼前拂去了。他捕捉著她甜美的臉龐，回憶她說話的每一神情，雖然他從不曾想到過，還會再碰觸到這種情感，可是，這不就是愛情了嗎？居然又發生在自己身上了，多麼令人驚訝啊……可是，可以嗎？他自問著。

「別那樣看人嘛。」女孩嬌嗔的說。

由於這句話，李義明從玄思中驚醒過來。

「你家裏在南部啊？」

「對，雲林。」

「在台北多久了？」

「六個月啦。」她低下頭，聲音也放輕了。

「畢業就來了？」

「不，我已經上班兩年了！一個家裏附近的加工廠，我做會計。」

兩人突然沈默下來，天空的星兒閃閃發光。

「台北很吸引人。」李義明自言自語的說。

「也不是……其實我也不願意到台北來……」她好像哀傷起來。

「嗯……」李義明有點納悶。

「不要談這些好不好？……」女孩盯著李義明看。

「嗯……妳喜歡風箏？……」

「看到它飛起來就高興……其實你知道我是不會放的，那天，好無聊，就買了一個，結果多虧你，要不然它永遠也飛不起來呢……。」她又笑了起來。

「哈……」李義明跟著輕笑。

「好貴！一個風箏五十元。」她突然想到。

「五十元？我們乾脆自己來做個大的算了……」他說。

「眞的，你會做啊？那我們來做個大的，飛得好高好高……」她興奮起來。

這夜晚總是令人愉快的，無數的黃昏，無數的良夜，便這樣過去了。

李義明發現他已深深愛上千慧了。而從千慧的眼神中，他也同樣感到千慧對他的感情。

半年來，他們多次約會，在夜燈下喁喁談心，原來千慧到台北來，算是逃避命運呢。

千慧高商畢業後，就在家鄉附近的工廠做一名會計。

她天真浪漫，對諸事都存有一種美麗的幻想。她在求學的階段中，由於家庭環境不好，也曾狠狠地鞭策自己向上追求過。開始上班後，一切的努力在一剎那間顯示了出來，她憧憬著幸福的時光，珍惜著每一份她應得的果實。

這樣子過了兩年，她的母親卻要把她嫁了。

「我那麼小，才不要結婚呢。」她倚著李義明。

「嗯……」李義明摟著她的肩。

「還沒有玩夠就要結婚，我才不甘心。並且，那個人也只是小學教師……不過聽說家裏很有錢。」千慧忿忿地說。

李義明想到自己的婚姻，把他摟得更緊了些。

「所以我就跟我母親大吵了幾天，我媽拗不過我，只得讓我來台北工作，不過，她只限我一年的時間……。」千慧含情脈脈地注視李義明。

「一年？那不是就要到了……」李義明驚懼著。

「我本來想……如果……我才不要回去。」她欲語還休地，突然又大聲起來。

「……」

「如果眞的沒辦法，我……我媽也養我那麼大，我只好……」她輕輕地說。

李義明開始沉思起來。一年？那麼只剩下幾個月的時間了。她將回到家鄉去，然後結婚……。李義明懊惱地嘆著氣……這一切終又將煙消雲散了？而自己便仍要恢復到以前那種煩悶、無奈的日子中？……不……我要改變這一切……。

李義明想到這裏，把千慧扳了過來，緊緊擁住了她。

「千慧……我……」

千慧在這同時也擁緊了他。好像期待李義明有任何的舉動或者言語。然而李義明僅只抱著她，沒有任何的言語及動作，而千慧就伏在他肩上，輕輕喟嘆起來。

對於李義明來說，這應是他一生中最重要的抉擇吧，他相信，只要他願意，千慧便會答應他，那麼，他們可以結婚，永遠廝守一起，她並不知道他已結過婚。

可是李義明遲疑著，謹愼的在腦海中想著這一切。他知道他是極其深愛著千慧的，他不知道失去了她的日子將要怎麼度過，然而問題倒不是他能否這麼做，而是……他委實不知此刻該怎麼辦了。

他害怕前時煩悶的日子，更害怕沒有理想、沒有目的的生活，雖然玉珍始終是那樣體貼的善待他安慰他，可是當一個人對生活感到厭煩時，活著豈不是一種虐待？

認識千慧，使他掙脫了噩夢般的生活，他開始對生活感到一種奇異的期待，連上班也成爲有意義的事了。這當然不是因爲跟她在一起，有著犯罪感的刺激而已，而是，他生平第一次感覺到自己眞正的想要一樣東西。

他曾經爲此事苦苦地思考了幾個晚上，他試圖分析這兩個女人對他的意義，他終於了解了存在他一生中的某一些事實。

他開始覺悟到，在他的一生中，他始終只扮演著盲目追求的角色。從小學開始，他盼望升上初中，初中而高中，他更盼望著升上大學。果然，這一切很自然的一一完成了。退伍後，他開始了上班的生涯，幾乎是不加思索的，他著手籌措買房子，想辦法娶個妻子，而這些也是那麼自然的轉眼來到，甚至小孩也在順利之中到來。

然而這一切是否眞的便是自己熱烈去追求的呢？他不停的反問自己，終於發現，那只是循著順序的層次而已。讀了初中，自然要升高中，讀了高中自然要升大學。這些都只是那麼樣的自然來到，而自己所唯一付出的，便只是跟著它走罷了，就像隻被牽著鼻子的牛，盲目的行進。

而這樣的盲目，便是一生中，汲汲營營努力著的原因嗎？自己是否眞正的去選擇過呢？

他不敢再想像下去了，原來自己所努力的，都是一程又一程的階段，而他，只是在盲目的追求無可選擇的東西而已。

這是多麼殘酷的事實啊！

然而對於千慧，他確是有著不同的感受，他明知道不該去勾引她，卻偏偏做了。明知道不可對她發生感情卻又那麼深深地愛上了她，這一切都是他自己去選擇擷取的，一如他毅然用功，擺脫那個撈海人的命運一般，他發現他的一生中，竟只有個愛情是他自己選擇的，那麼就要全力來取得它了。李義明湧起了信心，想起了他擺脫貧窮的勇氣，對！像那風箏一樣。我要飛升，超越自己的命運。他握住了拳頭。

然而，玉珍呢？孩子呢？他不敢想像那賢慧的太太，知道這個消息後的反應。

「離婚？」

那麼陌生的字眼，果然眞的要由自己來做了？

他緊緊抱住了千慧，心頭千言萬語也說不清的茫然，他祇好把她擁得更緊更緊。

千慧見他沈默這許久，突然輕輕說：

「你不是說要自己做風箏嗎？材料我已經照你的話買好了，什麼時候做呢？」

「明天！明天吧！」

李義明抱著千慧的手突然鬆開，沙啞的回答。

他望著草地，許久許久，才扶著千慧站立起來，往門口走去。

四

風箏已足足做了三天了，那是在千慧的小房間裏，在下了班後的黃昏，兩人默默地忙著。

李義明知道千慧有許多的話語要向他傾訴，但他不敢讓千慧有這個機會，他知道一旦千慧主動表示意思時，他將會措手不及的壞了事。

他用絲線小心地綁著風箏骨架，一方面漫不經心地引開千慧的注意。然而千慧深鎖眉頭，時時欲言又止的低垂著頭。

終於風箏做好了，李義明拿起了三尺餘長的龐大布鳥。

「我們去試試看吧！」

千慧柔順的點著頭。

國父紀念館的草地中，在這傍晚裏，永遠是那麼多人，李義明彷彿下定了決心。

「千慧……我們……」話說到了嘴邊，又縮了回去。

「嗯……」她很用力地嗯了聲，眼睛也湊了過來。

這幾天她的眼睛深沈而憂鬱。李義明有些不忍，別過了頭。

「妳知道……我……」

唉！他本來要說我愛妳的，卻仍然吐不出話來。

千慧含著淚水望著他。她咬了下嘴唇。

「義明，我一直想告訴你……家裏來信了，媽媽要我即刻回去，她已經跟那人說好了，聘金已經收下……」

李義明發呆似的楞著。

「不過……我想還有……只要……我們……」

千慧哭了出來。

風箏在空中飛了起來，李義明突然想到南部那陌生男子的嘴臉，以及那像繩索般使人無法抗拒的，將要綁住千慧的婚姻，他突然傷感起來。

命運！命運是否就像這風箏，始終爲這個繩索所繫住，當我們奮掙而去，以爲超越了命運之時，是否又陷入了另一種絕境呢？

他想到他一生所做的追求，都是些命定的無可選擇的事物，於是他更加悲痛。

千慧見他不說話，好像逼著使自己勇敢些。她的嘴唇已經咬破了，殷紅的血在唇角漾著。

「你說說話嘛……我……如果我們……我就不……。」

李義明在此時，突然激動起來。

「千慧！我愛妳！我們結婚，永遠廝守一起。」他在心裏吶喊。然而他卻嘴唇發顫，一句話也沒說出口。

他是那樣無助的瞪著千慧。

「那……我……再見了……」

千慧轉過身子，哇地一聲，抱著頭狂奔了回去。

「再見！」千慧的話語，在李義明的腦中轟然炸裂，「不，不，千慧：我……。」他好不容易在痴呆中清醒，抬眼看時，千慧已跑出幾十公尺外了，而風箏的繩在他手上扯動著。他望著那飛翔的紙鳶，流下了幾滴情淚，手一用力，繩線應聲而斷，他拔腿也飛奔起來。

風箏一失去束縛，搖擺的向上昇起，然而卻旋卽失去張力，而偏斜墜落。

李義明朝著門口沒命的跑著，他聽到那些圍觀的小孩子，爭先恐後的叫聲在後面響起：

「看喔！大風箏掉下來了，掉下來……囉……」

李義明停下了脚步，望著還在半空中搖晃着墜落的風箏，喃喃地說：

「再見……再見了……風箏再見……」

歸

天空正晴放著艷陽，卻突然飄落幾絲細雨來了。李念萍詫異的闔起書本，走出樹蔭，抬頭看時，只見中視廣播大樓矗立在陽光逆射的光暈之中，交錯著滿天斜飛的雨絲，很是一幅撼人的景色。她急忙從提包中取出照相機，調好光圈正要按下快門，鏡頭中卻不見那些雨絲了。她納悶的怔立著，許久，才又回到樹下的涼椅中，望著仁愛路寬廣的路面而沈思起來。

這是午後兩點鐘令人慵懶的時刻，路上的車輛，稀稀疏疏在她眼前馳去，彷彿是因這怪異的天氣吧，李念萍在心裏抹過一絲不安，也不知甚麼緣故，竟似有股不祥的念頭在心中漾動。

她這樣躲在樹蔭下看書已經好久了，今天是她輪休的假日，所以一大早，她便拿著書本，走到這馬路中的小公園來。

說起這小公園，她倒是有著一種奇異的感覺。那應該是大學時代吧，她便常常趁著夜色，到公園來散心，想不到這一來，便成了習慣，直到今日都快三十歲了，還是這樣不自覺的走了過來。

當然事實也不只這樣而已，與戴便是在這裏相識的呢。難怪李念萍對這小公園，有著一種難言的感情了。

她坐在涼椅上胡思亂想著，然而一思及戴，她卻不由得苦笑起來。也許感情的事，是眞的如此難以捉摸吧。

與戴相識五年，除了感情驟然失去以外，倒留下了一大堆的煩悶。她猶然記得送戴上飛機時，戴這樣說：

「萍，放心，拿到學位，我卽刻回來。」

他說時，眼睛滿滿的情意與誠懇，李念萍哇的一聲撲倒在他身上，顫篤篤的哭了起來。然而這許多年了，他的博士學位想必早已到手，卻一直音信杳然。也許戴早忘記，這小公園中的山盟海誓了。

對於戴的感情旣是那樣的深，她因之便更加的怨懟戴的一切了。雖然初戀總是很難使人忘懷，然而李念萍卻也無法再擁有第二個愛情，她日夜盼望的等待，卻又換來年華的老去。她終於有點釋然，到底世故隨著年齡而增長，她反而慶幸自己年輕有過那樣的愛情，那不是很使人回味的事嗎？

自從戴去了美國，李念萍便專心貫注在她的工作上。她是新聞系畢業的，這幾年，倒是搏得了名記者的美譽，但這些對於李念萍來說，其實也無關緊要，她並不是事業心很強的女子，只是這麼多年來，對於戴的情愫仍存有一種憧憬，使她無法再嘗試新的感情，於是便只有靠工作來忘懷過去了。

「小姐……」

李念萍正沈思著，猛不防男人的聲音在耳際響起，睜眼看時，只見那人哈著腰，欲語不語的緊望著她。——糟糕

李念萍暗自喊了聲不好，又來了窮極無聊的男人。她扭過身子不去理會。

「小姐……」

——討厭。

她暗自罵了聲。也有那麼不知趣的人，她兀自別過頭，正想起身離去。

「對不起，小姐，我看到你一個人坐著，便過來了……我……我急需要跟人談談，妳……」

他吞吞吐吐的，費了好大的勁才擠出了幾句話，李念萍因他言語怪異，不禁朝他望去。

他穿著淺藍的襯衫，灰色的長褲，微微佝僂的修長身子，秀氣白皙的臉上架了一副金邊眼鏡，看起來頗是讀書人的樣子。看他年歲，約莫三十五、六吧，卻有點病懨懨的感覺，李念萍看他的樣子，又聽著他的話語，不禁有點駭然，總該不會神經不正常吧？

「小姐……你知道，我急需一個朋友，有一些話，我一定要說……」

李念萍眞被攪糊塗了，由於職業的本能，她直覺的很想知道，到底是怎麼回事。

「你有話慢慢說嘛。」

「我……你要是我朋友，我便跟你說……」他益發的語無倫次起來。

「你沒有朋友？」

「沒……沒有，可是我一定要找個人說話，我已經辭職了，有些話我一定要……」

他話說急了，聲音顫抖著。

「你辭職跟朋友有什麼關係呢？」

李念萍愈聽愈莫名奇妙，不過她淸楚的感覺到，一股龐大的壓力正壓在這男子的身上。

「我自己辭職的，我沒辦法做任何事情，可是沒有人知道我爲什麼要辭職……沒有人知道我，沒人知道我的苦心……」

他越說越激動，逐漸吼叫起來，見李念萍愣在那兒，便接著又說：

「知不知道，我一定要辭職……」

李念萍因他吼叫而吃了一驚，站了起來。

「你不要兇嘛，哪有人這樣說話的。」

「對……對不起，我……」

他倒退了一步，流露出恐怖不安的神情，唯唯謹謹的呆立著。李念萍有些不忍，依舊又坐了下來。

「你說吧。」

「眞的，我一定不能再幹下去了，你一定要相信我。」

「你爲什麼非要辭職呢？你到底做什麼工作嘛？」李念萍一口氣問了一大堆，她愈來愈有興趣了。

「我……研究員……我不願再幹下去了，我毫無參與感，我絲毫……我有能力，我有熱誠……可是……沒有人……我恨這些人，我恨這樣的……。」

「哎，你不要激動好不好？你這樣說，我怎麼知道呢？」

李念萍憐恤的望著他，但他卻像洩了氣的皮球，頹然的一屁股坐到草地上，只見他雙手緊抓著頭髮，嘴裏不停的喃喃嘀咕著。

李念萍見他如此，不由得嘆了一口長氣。

「我們雖然不認識，但我很同情你的遭遇，可是我要怎麼幫助你呢？你總要平靜下來，心平氣和的才能解決問題嘛？」

「不……不……妳不知道，太可惡了，哪有這樣的……我一心一意要更好，可是他們……全完了一定完了，我……我不能再忍受下去了，知不知道……我毫無參與感，知不知道……。」

他說到後來已是聲嘶力竭，翻身撲到草上便痛哭起來。

李念萍喊了他幾聲，不見答應，便只好走了開去，遠遠還彷彿聽到他狂叫著「我恨我恨」的字語，然而李念萍一顆心卻因此更無法平靜下來。

連著下了幾天的雨，李念萍在辦公室中望著飄在空中的雨絲，無端的又想起那害精神病的男子來。自從那天她離他而去之後，便一直無法把那男人的形象從眼前拂去，耳裏似乎總聽到他嘶喊著的話語，像是垂死的靈魂在厲嚎著令人顫慄的叫聲。雖然這社會中，精神病患總是很使人憐恤的，但像他那樣一個男子，便更使李念萍湧起惋惜的感傷了。

「鈴——」

電話鈴聲，把李念萍從遐思中喚醒過來。

「喂？採訪組……是，我是……喔，好，我馬上去。」

李念萍放下電話，提了照相機，即刻衝出大門。她坐上計程車，朝著安格企業大樓駛了過去。

那裏早已圍上一大羣觀衆了，李念萍好不容易在人羣中擠到前面，好多友報的記者先她而到，大家議論紛紛地嚷成一團。

「怎麼回事？」

「哎，自殺的，從頂樓跳了下來。」

「問到資料沒有？」

「沒有，聽說是個留美的博士。」

「喔？」

李念萍湊過身去，死者已經用報紙掩蓋起來，只露出藍色的襯衫及灰色的長褲，在血泊中靜靜地展露著。離開頭部不遠處，摔破的玻璃鏡片圍繞着一副金邊眼鏡框。

她腦中轟然巨響，想起了那日在仁愛路遇著的神經男子。

「莫不是他？」

「不會吧？」

他直楞楞的無法平息突來的昏眩，耳邊只聽得友報的記者們在交談：

「哎，你說的是……叫張……什麼的留美學人啊？我好像在×大的園遊會中訪問過他，他後來好像決定接受客座教授的職位吧？不過是這個人嗎？」

「眞是留美博士啊？」

「會嗎？總不至於……」

「對了，他後來好像還是哪個機構的研究員哩？」

記者們七嘴八舌又多話起來。李念萍腦中唯閃動著，那日他撲在地上嚎啕大哭的情景，那樣怪異天氣的午後所發生的事情又占滿了她的心思。

——不，我不能再幹下去了……

——我恨，我恨這些人……

那呼嚎慘叫的聲音又淸晰在耳際響起。

留美博士？博士？會是他嗎？李念萍想掀起那覆蓋在死者頭上的報紙，然而她望了望染著血跡的淺藍襯衫以及灰色的長褲時，那男子秀氣白皙的臉孔又浮現上來。

眞的是他嗎？她不敢相信這是事實，然而……她益發昏眩起來。

「可憐，他還不到四十歲吧？」

「好端端地幹嘛想不通呢？」

「總不會失戀吧？」

「大概老婆死了？」

記者們嘀嘀咕咕的議論著，冷不防李念萍吼了起來：

「住嘴！不要講了。」

李念萍摀著臉孔，衝出了人羣，跑不了幾步，卻哇的一聲嘔吐起來。她知道他爲什麼死的，她更恨自己當時沒有能好好開導他，而現在……她冷眼觀看著那些聚攏著的人羣，嘴裏喃喃地自語著：

「喔……我知道，我知道。」

人羣自動的讓開一條通路，只見醫護人員熟練的把死者抬上擔架。李念萍卻突地衝了過去，見那死者身上覆蓋白布，她一狠心伸手便掀，然而到底是慢了一步，擔架手輕輕一拋，便把死者送上車去了。

李念萍怔怔的垂下顫抖的手，望著救護車絕塵而去，突然間湧起那男子嘶叫著的兩句話來：

「我毫無參與感，我不能再忍受下去了。」

「我恨，我恨……知不知道？所以……」

她突然打了冷顫，感覺陰沈淒雨的天空向著自己擠壓下來，而那男子撲倒在草地上嚎哭的形象，卻益發澎湃得不可收拾了。

山村

在那圍繞著大屯山的羣山裏，有一個窮苦的小山村。十數間老舊的農舍，零星分佈在山腰中，像黃色的寶石嵌在綠色的絨布上。

在風雨擊打著的夏日，每當颱風遠去，大地又回復暑熱的陽光時，這個小山村，有時會在枯寂中，展露一種寧靜的凄美，像沙灘上枯死的貝殼，翻轉出它深邃而凄涼的腹部——在那空無一物的空洞中，白色光滑的內殼，漾著陰冷的稜角。山坡上，紫竹軟垂著枝葉，而屋舍旁潺潺流下的泉水邊，一羣羣半裸的孩子在峥嶸的岩上，因炎熱而懶洋洋的半臥水中。

夏天尚未過去，秋天還在山頂呢，順流而來的魚蝦，便肥肥胖胖的蹦跳著出現在家裏的水缸中。勤勉刻苦的山村居民，終於綻開了一絲笑容，因爲祇等早晚濃深的霧氣到來，便是收獲紫竹筍的時候了。

山排上，在那突地昇起的陡坡，已經開始熱絡了。綁著頭巾，背著寬口袋的婦人，便像飛翔的蜂兒，在綠色似海的波浪中沉浮逡巡。

她們低頭默默的採集著，偶而在埋頭前進的當兒，也會抬起頭來換換空氣，但紫竹筍的誘惑是那麼的強烈，以至於背負的重量，使她們蹣跚難行時，她們才那麼不情願的喘口大氣，不甘的鑽出林外。

竹林外的空間是廣闊無極的，她們傾倒出一根根筷子似的竹筍，然後倚著山岩，眺望起來。在這斜坡上，下有深谷，上有高山，而遠遠下望，谷中的溪水，便像她們惦記著男人的思念，緩緩流瀉而去。

她們端莊靜肅的坐在山岩上，不時回首往高山望去，在那深林中，她們知道，男人們正吃力的伐著林木，然而望也僅祇是望望罷了，除了咚咚伐木聲外，這山巒是多麼的肅穆，任她們如何思念，也不曾動得一分啊！

紫竹筍的季節快要過去了，蘆花開遍的山坡上，當一陣濡濕芬芳、稍帶辛辣的狗薑花香，隨著冷風傳來時，坐在牆角上曬著太陽的老人們，早就按捺不住期待的神情，瞇著眼睛，向起伏重疊的山頂，猛力聳動著鼻翼了。

「啊……唔唔……」

「嘿……咿……」

他們張大鼻孔，在風中狠狠動著。他們或而歎息或而陷入沉思，但無法忘懷的總是登山小道上，每條仄徑的急陡處——在那些地方，他們曾經費心的掘出一段段的泥階。

他們唉唉的歎著氣，試圖在長著苔蘚的山岩，以及橫在山溝的枯木中，尋回一點年輕的往事。但生命是交替而殘酷的，當這些老祖父們，眼見他們的子孫登上山去，在山頂的香菇園中，吆喝著採集香菇時，他們便祇有焦躁忿怒的望著近山的紫竹林，敲打著煙筒的灰燼了。

雖是如此，老人們依舊是滿足而深懷感激的。他們憑著奮勉刻苦的體力，日出而作，日落而息，貧苦的生活雖然擺脫不去，但日子是那麼的平靜，轉眼少年中年老年了，這一生中又有什麼值得怨懟的呢？

夜晚降臨了，小孫子們圍著老祖父，聽起故事來。昏黃的油燈，照在老祖父乾癟發縐的臉上，就像故事裏，被強盜擄去的老人一般，小子們靜靜地聽著，腦海裏儘是滿臉鬍鬚的強盜以及火燒房舍的獰笑，然而老祖父總不忘記告訴這些目瞪口呆的孩子們說，這些都是眞的故事，幾十年前，這山裏本來都是茶園作物的良地，土匪們跑到山上做起窩來，把人們都嚇跑了，才變成今天你們所看到的竹林啊！

可不是嗎？山上正有個地方叫「土匪尖」便是當年土匪的巢穴。而山坡上，四處可見的茶樹，更是老祖父所說的茶園了。

小孫子於是駭然的躺回床上，腦海裏哀歎著自己生不逢時，可惜沒見到那些強盜們。想著想著，不知不覺，便睡去了。

老人唉地一聲也踱回房裏，然而他卻又想起那一幕慘劇來了。那時的山村是富庶而安樂的。老祖宗們從唐山渡海而來，數百年慘澹的開墾，終於使這山坡，成了養活人口的土地而熙熙攘攘，這山村儼然是個小城鎮了。但也就在這個時候，土匪成了致命的威脅。老祖父猶然記得，那是在他七歲的那一年，土匪眞的攻來了，房子燒了，人口被擄殺，一夜之間，山村盡成灰燼，而逃的逃，死的死，這山村再無法重建。茶園荒廢了，屋舍倒塌了，這窮苦的山村，便祇依賴著野生的作物而保存下來。然而到底老祖父自己還是活過來了，而且活得好好的，他於是因此而笑了起來，土匪們早就不存在了，而這山村的人口也慢慢多了起來，那麼又還會有什麼東西能再損傷這個小山村呢？數十年來，這小山村，絲毫不因外面世界的變化而有所改變，也許，百年後，小山村也還會是一個樣子吧？老人左思右想的終於也在朦朧中睡去。

王志明來到秀水村，已經整整一個月了。在這山上，他初次體會了山居的生活。清晨，露水還依附草葉時，他便輕巧的來到山崖，在那滿是苔蘚的岩上望著晨曦。夜晚降臨了，他會去到附近的人家聊天，聽聽山農野老們述往說來的沙啞低語。

而更多的時刻，他總端坐在派出所門前，望著山澤湖泊中的白鷺翺翔——那蒼綠叢中的白點，總使他浩歎之餘，還勾起重重心事。

老實說，他是喜愛著田野的年輕人，雖然在都市求學的那些日子裏，車馬喧嚷中，倒也有另一種滋味，然而他始終不曾或忘的要到秀水村來。他的舅舅在這山村裏的派出所中擔任警察的工作，好幾次王志明總想上山一趟，但總因爲諸多的緣故，沒有能成行，如今一償宿願了。對他來說，倒是了了一番心事呢。

話雖如此，他卻直覺的知道，與其說自己是來渡假，倒不如說是「避難」來的。退伍已近二年了，卻仍舊找不到工作，倒不是自己苛求，怪都怪在自己是「青少年福利系」畢業的學生。在這社會，卻也無法有個適當的工作。他曾經在四處碰壁的忿怒中，痛下決心，嘗試去做個推銷員，然而，那也祇是枉然罷了，他清楚的知道這個社會，無他容身的地方，所以，今年秋天開始，他便投奔到這秀水村的舅舅家了。

舅舅住在派出所內，一家人倒還歡迎他，因他是「大學畢業的」，甚至於村人們也另眼相看，然則，這也祇是另一角度的使他更加羞慚而已。所以，望著白鷺的飛翔，竟變成唯一可以使他忘卻諸般煩惱的事了。

他總一直想到自己的求學過程，那連年不斷的苦讀，終於使他擠進了大學的窄門。四年的大學生活，雖然不怎麼樣的可堪回憶，卻也是無憂無慮的，甚至他也曾下過決心，爲民族的幼苗盡點心力，好好的爲社會盡反哺之恩，然則……。

想到這裏，他不禁苦笑，深爲自己的愚蠢而哀傷起來，倒不若當時去讀個外文系，現在也風光了。

思緒既是這樣的惱人，他索性不再理會了：乾脆做個山民吧，像這些村民們，不是安安穩穩的度過了一生，又爲什麼要回到「塵世」去受苦呢？

何況，親友之間的眼光，他實在無法再忍受下去了，哪一個人不是一見他便問：

「畢業了？喔……在哪裏上班啊？」

每當這樣的問題迎面而來時，他總羞得無地自容，恨不得有個地洞，可以讓他一絲不苟的消失在人間，然而……

唉！不再想了，山上不是很美嗎？

他益發的體認到這裏是個世外桃源了，有自給自足的歡樂，有殷厚的人情溫馨，而且，來到這裏，他是眞正避開了噩夢似的惡運了。

中秋過了吧，在這山上，連節日也淡薄起來，倒是山野裏白鷺一天天多了，滿山滿野，儘是白點飄飄。

這一天，舅舅有事下山，讓王志明獨自照顧家裏，他端坐在辦公桌上，想著自己倒不若到警察學校去，再請調回來秀水村算了，也不枉費自己大學畢業，卻這樣一無是處。想到這兒，因著自己的玄思而笑了起來。

門不知何時傳了一陣騷動聲，他詫異的驚醒過來，抬頭看時，卻彷彿是一對母子在門外拉扯著。

——又是她們兩個，王志明縐起了眉頭，這一對母子在門外拉拉扯扯已經好多天了，舅舅說是鄰村的神經病，不必理會。然而，他們都倒是欲進不前的猥瑣呢。

「有什麼事嗎？」

王志明走了出來。

他們見王志明走到門口，便又退了開去，在遠處指指點點的。

王志明於是跟了上去。

「找誰嗎？」

那婦人頭上圍著碎布花巾，長長的紅花粗布裙彷彿在脚上搖曳，她的兒子理著小平頭，兩眼深陷，瘦削尖臉青白蒼然，像是大病初癒的病人。

「有什麼事嗎？」

祇見那兒子推了婦人一下。

「沒……沒……」婦人囁囁嚅嚅的說。

王志明看這情形，扭了下頭正想離去，卻見那兒子又推了婦人一把，婦人踉踉蹌蹌的來到了他的跟前。

她瞪大了雙眼，滿臉驚懼的說：

「是嗎，是嗎，你大學畢業的麼？他說他四科考了一百分，有一科還一百二十分，有嗎？真的麼？有一百二十分的麼？」

王志明突如其來的倒退一步，抬眼向她兒子望去，小男生猥瑣無言的低著頭，耳邊皮肉生澀的白裏透著青，雙手扭結一起，顫巍巍的哆嗦著。

「有嗎？有一百二十分的嗎？那怎麼沒有考上大學呢？有嗎？他說可以查一查，有查的麼？」

婦人的言語猶在耳際澎湃著，王志明卻仍呆呆的怔立無語。

末了，婦人携著兒子走了，王志明還來不及清醒過來，祇見他們兩人仍是拉拉扯扯的，彷彿婦人把兒子拖了回去，王志明抬眼向蒼翠的山林望去，正午的陽光強烈的照在茫茫綠海之上，竟像焚燒了似的矇朧不清。

「有……有……」

他駭然的瞪大了雙眼，沒命的往山崖跑去，口裏仍狂呼著：「有……。」

夜學者一日記

一

下課鈴剛響過，黃鑫便迫不及待的提起早經款整的背包，跨出了文星補習班的大門。

信陽街上此刻正湧滿了疲憊的人羣，他們在上了一天的班後，是那樣昏忙的急欲趕回家去而匆匆擠擁前進。黃鑫短小的身子便在這羣眼神空茫的人潮中穿梭橫越。他以近乎緊張急促的步伐走著，在這五月的傍晚裏，殷切的臉上凝滿了點點汗珠。

天色漸暗了。遠處高樓的霓虹燈漸次的亮了起來，在朦朧煙氣中，那些耀眼的店招彷彿是在浮懸的雲層下閃動。那虛浮的燈火，彩麗的光暈，在天邊低處的明滅顫動中，就像是一種炫耀，一種自矜。每當黃鑫站在路口等待綠燈的當兒，他總如此的望著那遠不可及的燈火，而一明一滅無不隨在心中悵觸感懷。——是什麼樣的夜晚，什麼樣令人黯然的市墟呢？

他不時的撫弄腕錶，在急切的頻頻計時之中，終於來到了仁愛路。彷彿見到了安全島的林木便安了心似的，他甫走上寬廣的人行道後，即在背包中抽出了一張工筆細字的紙張，而隨口喃喃背誦起來：

「龍噓氣成雲雲固弗靈于龍也然龍乘是氣茫洋窮乎玄間……」

「媽的，什麼狗屁文章。」

他突然啐地一聲衝口罵了出來，隨而把手上的紙條揉成一團，塞到口袋裏。但就在他沉默了半分鐘後，他又抽出了紙條，悻悻的唸了下去。

他個子很小，生就一副平凡無奇的臉孔，是衆多二十幾歲的人都有著的模樣。但也許正因爲這樣的尋常，在他端正的鼻樑上的眼睛中，卻有著一種深邃、不可捉摸的眼神，那眉宇之間所透出的神態，就像是一種憂鬱，一種滄桑，甚或是一種深沉的感傷，使人不免產生一種幻想；以爲面對的正是需要安慰勸撫的靈魂了。

天色黑盡了。他收起發縐捲曲的紙片，一手按在背包上，靜靜的走著。

「啊……」

他伸了伸腰桿，兩眼堅定的望向遠方。在他眼前，筆直的仁愛路在暮色中延伸無盡，而朦朧樹影，昏然街景，竟使他感到一層幽幽的心悸在心中散開。這條冷寂的路，將終止何方呢？

他陷入了冥想之中而忘卻了方才急燥的心緒，徜徉般的漫步玄思。

突然，他停步下來。前面十字路口的邊側，昏暗中有一老者正緩緩收著地攤上的鞋子。在他背後，一紙紅色的招牌，隱約的寫著一雙五十元的字語。

黃鑫佇足等待，不時低頭垂視脚上的鞋子，另方面又不耐煩的儘看手錶，終於他跺了跺脚回過身來，往回走了幾步，一閃而消失在巷子之中。

二

黃鑫拿著盤子，在自助餐店門口排著隊，在他前面已有一大堆人在焦躁中吵雜不停，黃鑫緊抿著嘴，一動不動地望著店裏迷漫沸騰的水氣。

這家自助餐店，應該是大學邊上最便宜的一家了，單看擁擠而不斷湧進的學生，便可想而知。然而黃鑫的看法卻頗不以爲然：青菜三元，飯五元。看似便宜，實則二碗飯、三個菜，便要十九元了，這十九元是多麼可怕的數字啊！所以黃鑫總忿忿的抱怨著，時時立誓下次絕不再來。然而終究這裏是最便宜的，他也祇好一面嘀咕一面大口喝湯了。

此刻他已打好了飯菜，付了錢，好不容易才在波湧不息的人潮中，擠到廚房的門口邊找到了一個座位。

「黃鑫……」

正大口呑嚼時，一個女人的聲音在喚他。他抬起頭，看到同班的賴玉秋正坐在對面。

「哎！」

「你書背了沒？」

「背了，不過不熟，剛剛一面走一面背的。」

「這課不好背。」

「是啊！」

「老師今天不曉得會不會請假……」

「嗯……」

「……」

「……」

靜靜地隔了一會，黃鑫感到賴玉秋的眼睛正盯著自己的盤子。他稍稍不安起來，移動下椅子，說：

「……最近胃口不好………」

「……」

「沒有運動，不想吃太油膩的。」

「喔……」

賴玉秋的頭低得好低。黃鑫注意到她的盤子裏有好大的一尾魚，而她正輕輕撥弄著碗裏的飯。

「……」

「哎……吃飽了。」賴玉秋站了起來。

「先走吧……」

「嗯……」

黃鑫打過招呼，便又伏下臉來吃飯，卻看到賴玉秋的盤裏還有半尾魚留在那兒，白細的背肉，沾著淺淺的醬油膏，像是異常柔軟與鮮美，他撩著自己盤裏的青菜，低頭反覆的看著魚。突然，他清了下喉嚨，感覺到吵雜的人聲在一瞬間似乎死寂了下來，而窒息中祇有自己的心跳咚咚的響著，像行將出征的戰鼓一聲聲令他興奮顫慄…咚…咚…咚…。突然，「拍！」的一聲，他猛然驚見收碗盤的歐巴桑，毫不惋惜的將賴玉秋用過的食具連同可憐的半尾魚掃進了木桶裏。

這突來的行動，使黃鑫大吃一驚，急急把飯扒完，一腳便跳出了店門。教室裏同學們正靜靜的讀書，坐在前排的賴玉秋見黃鑫走了進來，衝著臉咧了下嘴巴，便又背誦起來。

對於中文系三年甲班的同學來說，星期三的夜晚是最難過的時間了。每週的這個時刻，同學們一個個總要被叫起來背書。當每個人戰戰兢兢地抱怨自己不十分熟記時，就如林朝雄所說的「七老八十了還背書眞笑死人！」同學們對這種近乎虐待的功課，便祇有互相望著對方，而深深苦笑了。

在這一班學生的想法中，雖然每個人都有心做好所有老師規定的功課，但白天的繁忙，總使每個人的努力打了折扣而難符要求。一般的功課已是如此，而今卻又需花費額外的時間來背誦，便更難以勝任了。

而且，站起來背時，這些老大學生們，幾乎都有點近於羞怯的感覺——彷彿在失學多年之後，竟又回到了小學、中學的階段，而重新領略那些祇能在記憶裏存在的苦澀，使得他們一則膽顫，一則驚懼而更加結巴起來。

在這一班裏，黃鑫可說是最不惹人注目的了。他個子矮小，偏又坐到後頭，既不善言語，又不喜與人交談，孤獨的程度，就像老鼠般的輕手躡足不欲人知。除此之外，他對於班上的任何活動從來不曾關切過，也從來沒有參與過，在他那不聞不問的眼神中，似乎凡事與他無關而獨自矜憐。

他是那樣索然無味地坐在那兒，除了與他同鄉的賴玉秋外，恐怕連班上的同學也不認得幾個。

雖然如此，同學們倒從不以爲他這種行爲有絲毫的不妥。在這晚上的學堂裏，當他們一拋俗事而莊重的坐在椅上時，幾乎每個人都有著一股超乎憐恤的關切在他們的心中蕩漾著。他們互相尊重，互相諒解，更互相鼓勵慰藉，像失水的池魚相濡以沫的惺惺相惜。

上課時間快到了，黃鑫吃力的背著書。他從三天前便開始背誦至今，而仍是結巴著，此刻，正生著氣呢。

「黃鑫……」坐在前面的林朝雄突然回過頭來，說道：

「我今天找到一家自助餐，好便宜。一碗飯三塊錢。」

「喔！」黃鑫雖然有興趣，但不希望他這時打擾自己。

「就在對面工地邊，不過遠了一點。」

「……」

黃鑫有點不耐煩，正想制止他時，全班同學好像都停下來聽林朝雄的話。

「我今天晚上才吃了十一塊，還有魚呢！」

同學們有的在竊竊私語了，黃鑫不再答腔，指了指書本，便低下頭來，但就在林朝雄轉回身子去時，黃鑫彷彿爲剛剛他所說的話觸動了什麼，竟滿腦子都是收碗盤的歐巴桑的形象了。

三

黃鑫回到租賃的小房間時，已是夜晚十點三刻了。他把背包扔到床上，換下衣服，拿著臉盆走到浴室，才發現水管又被老太婆鎖住了。祇得忿忿地就著濕毛巾抹抹臉走了出來。

他住的小房間，是在二樓陽台上的違章小棚子，雖然簡陋不堪，但一個月也花去了他六百塊錢的房租。

房東是個很苛的老女人，六十幾歲吧。一頭灰白疏亂的頭髮卷曲在細長風乾了的臉上。身材瘦小乾枯，一副老病的模樣，使人不得不懷疑她怎能活到現在而猶刁蠻如此？

她有三個子女，全在國外留學，而老伴早死，祇剩她孤零零的守著老屋靠房租維生。

也許老人們生就有刻苦節儉的美德，她獨自睡在一樓的廚房邊，嚴格的管制起房客們的用水時限，而設置在走道及房間的燈管，更祇能在入夜後，散發著幽冥的小火。這種令人近乎髮指的苛刻，黃鑫該是受害最深的人了。他稍晚回來，水管的水源便已然切掉，而潮濕滑溜、漾著幽暗小燈光的樓梯，不知使他摔傷多少回。這種災禍他自難容忍，但嘴巴縱是說爛了，老女人仍是我行我素的使黃鑫一籌莫展。偏偏這六百元的房租又是最便宜的了，所以他祇好忍氣呑聲，暗暗地咒罵。

黃鑫從浴室出來，扭開了屋裏唯一的十瓦日光燈。

他靜靜地躺在床鋪，慘白的燈光無力的散射在柏油板上，在縫隙間映出了一道道深而黑的陰影。他緩緩別過了頭，望著白茫茫像抹上一層冷霜的牆板，微微歎息起來。五月初夏的夜啊！爲什麼竟讓人感受陣陣的冷意壓迫在他單薄的身上呢？

躺了十分鐘吧，他突然一躍而起，廻身坐到小書桌前，雙肘撐著頭，搔了搔頭髮，終於攤開信紙，一面思索一面寫了起來：

「阿枝：看信後知道妳考了第一名，哥哥很高興，希望妳繼續用功，不要讓媽媽與我失望。

妳的信說，媽媽又到坤山伯那裏去做小工了，這怎麼可以呢？雖然賺的錢是多了一點，可是挑沙扛磚，媽媽的身體怎麼受得了！那是年輕人賣力氣的工作啊！老人家怎麼也跑了去呀？萬一把身體累壞，那可怎麼辦？

阿爸臨死時交代我無論如何要照顧媽媽的，我不但沒有負起妳們的生活，反而還要媽媽出去做工，叫我怎麼對得起爸爸啊？

哥哥雖然暫時沒有能力負擔家計，可是我已經三年級了，再過兩年便可畢業，到時候說什麼也不讓媽媽再操勞了，而妳現在一定要勸媽媽不要過分勞累，知道嗎？

還有，我上班的公司，最近多做了幾筆生意，老板說要給我加薪水，那時便能領到五千元，我就可以多寄點錢回家了，所以先將這好消息告訴妳們，讓媽媽也高興高興，不過妳一定要勸媽媽別再去做粗工了，知道嗎？別讓媽媽再去做苦力的工啊……。」

黃鑫一口氣寫到這裏，卻忽然停住了筆。他緩緩地站了起來，走到陽台邊上，扶著矮牆竟茫然失神了。

初夏的夜空，疏星點點地幽明閃滅，而午夜微冷的風輕輕拂過寂沉的空間，勾出了闃靜黝黑的城市夜晚。他望著參差的房舍，有些是矗起的高樓，像吶喊般的聳入黑暗。而更多的是一些低矮的民房，在黑夜的壓擠下，像將被埋入土中般的在低沉吟泣。——這是多麼奇妙的城市啊！高矮弱壯之間祇有徐徐冷風輕拂著，沒有歎息沒有荏弱悲語，而充塞的是否祇有無情的冷蔑而已呢？

黃鑫望著這一切，心裏一陣冷顫。他抖索著，環手抱緊了胸部。幽幽的夜啊，爲什麼總使他懷念遠在鄉村的寡母及幼妹呢？

她們此刻是否在低矮的農舍中相擁而眠？抑或是正互讓著被褥而相依互煦呢？黃鑫

喃喃低語著，悵望天邊，無限的感觸又泛起心中。

記不清多久不曾回來了。憶不起生長於斯的農居了。而父親墳前的青草是否又蔓長了呢？

那土壤間的芳香，混濁的田水，及那沾滿全身也感到快意的田土，在記憶裏竟未曾消去嗎？

而自己離開了那樣的地方，捨棄了人子的職責，究竟換得了什麼呢？卻讓老母挑沙搬土做起苦力來了，這就是自己努力擠進了大學窄門的結果嗎？

他清楚的知道，在信上所寫的誑語，祇有使自己更加難堪罷了。可是，不這樣子做，又怎能使母親安心呢？在補習班工作，一個月不過三千五百元，卻仍然省吃節用的按月寄一千五百元回去，這種情形，若讓媽媽知道，她該會怎樣的難過呢？而且，今天又稱說加了薪水，下月起開始得寄二千元回去，那麼……。

他不願計算下去了。一切祇怪自己不爭氣啊！又能怪誰呢？並且，再苦也祇不過兩年了。兩年，兩年後的此刻便畢業了，那麼苦一點又何妨呢？畢業啊……。

「畢業……」黃鑫正喃喃地唸著這兩個字時，突然觸動了什麼而驚懼起來。「畢業」，畢業，期待著的畢業是什麼呢？一切的希望，一切的幻夢都建築在它上面，但那會是怎樣的東西呢？

夜間部中文系的畢業生又能做什麼？「教書？」不會吧！當初毅然放棄穩實的工作及奉養母親的義務而來追求的是什麼呢？那時的心境又是什麼樣的希望在作祟呢？雖然這樣的作爲有人讚賞，以爲這是肯吃苦、好學的榜樣，然而單憑這樣的讚語便抵得母親在烈日下擔負沙石，爲殘年而賣命麼？

他昏眩了。不祇一次，他曾經夢幻著自己功成名就，從大學、留學、最高學位而耀祖光宗，爲母親爲自己而得到最高的榮譽，一如房東太太的子女們一般，那不是曾使老太太一想起她們時，便手舞足蹈的嗎？而他甚至冀想能在國外成家立業，然後接母親同住，那……欣喜，快慰……。

然而這些便就是使得枉顧老母受苦的理由嗎？

黃鑫動搖了，雖然這種反省時常在他獨處時盪起，可是今天他實在不能想像母親被挑擔所壓負的身形了，是不是該有所決定了呢？

夜色益深沉而冷了。凌晨了吧？那封信還沒寫完。於是他歎了一口長氣，走回小屋，復又堅起心思，提筆寫了下去。

四

黃鑫走進工地邊的自助餐店後，才發覺這裏的食客幾乎全是工地作工的工人。雖然在這人羣中也有不少的學生，但一向看慣了學生擁擠的場面竟對老老少少的工人們感到一種奇怪的心緒。

他叫了二碗飯、三個青菜，結果才十二塊錢，他心裏終於釋然。一餐便省了七塊錢，那麼多花五毛錢坐公車也是値得的了。他算計著並沾沾自喜。

正吃著，他注意到工人愈來愈多，濁重的汗味也逐漸的充塞整個空間。他淸淸喉嚨，加快的吃著。對面的一張桌上，不知何時來了一個女工，靜靜地吃著飯，黃鑫看到她的菜盤上祇有幾片青菜，而飯碗裏猶然白飯滿溢，不禁暗自多看了幾眼，一份同情油然昇起。

那女人四十五、六了吧。低垂著頭，侷促的祇占著桌子的一角。襤褸的衣衫上滿是灰泥，而一雙膠鞋，鬆跨無力的黏附在青筋暴起的脚上。最使人難過的是在她滿是汗珠灰塵的臉頰，正起伏鼓動猛力的呑食著飯。黃鑫看著看著，心想，那是多麼令人心酸的勞苦大衆啊！正唏噓時，突然，他楞住了，怔怔的呆坐在那兒，而腦中轟然倒轉，天像崩裂般的向他頭上傾注而來。

他緊緊盯著那女工，熱淚在他眼中湧起，淌下，終至難抑啜泣。於是他把餐具推向一邊，起身站了起來，在衆人驚異的眼光中，大步地跨了出去。

五

黃鑫把行李收拾妥當，換上制服走到浴室的鏡前端詳了片刻。而當他走到學校時，第三堂課已經開始了。他在教室外站了一會兒，心裏突然一陣激動，便悄悄地走開，無目的地在校園中漫步。

操場上水銀燈高照著，上體育課的同學散佈在各個角落，似虛似實的人影竟似幽靈般地飄浮而起。他坐到草地上，抱著膝蓋，前幾天背的書於焉在腦中浮現：

「龍噓氣成雲雲固弗靈於龍也然龍乘是氣……」他輕輕背著，突然覺得這文章眞好，難怪老師說一定要熟記。而今果然在熟記後，便領略其中的好處了。

「可是，」他突然停了下來，並隨之站起。「還背他什麼呢？」他拍拍屁股。走到操場中央，見自己的身影在燈光照射下，修長地在草地上映著，有種說不出的清冷與惆悵。他靜靜地想著，自己冒然的決定不知是否正確？但除此之外又有什麼辦法呢？

他望著遠處高樓的燈火，眼睛逐漸模糊。那女工的模樣，媽媽瘦削含憂的臉，竟交替在眼前，而音樂系學生悠然的和聲，更混合著同學們的臉孔在腦海裏迸現。

是對的嗎？錯了嗎？誰來解答呢？而他竟懷念起被老師叫起來背書的情景了。彷彿自己正站立在那兒。

同學們低聲提示著的聲音一一在耳際湧起。而……一會兒便要去告別了嗎？怎麼說呢？

他心裏黯黯然獨自悲傷。突然念頭一轉，想起了那房東太太的淒苦身影。這個月的房租便多給她吧！不必去退了。也就在同時，他心裏閃過一抹疑問，她要那麼多的錢做什麼呢？子女們不是全在國外嗎？他們既然都已成家立業了，也許還常寄錢給她老人家用呢！那她又何需如此刻苦呢？

黃鑫怨恨自己爲什麼從來不曾想過這問題，但那老女人平日鬱鬱寡歡的愁苦樣子，卻突然間在他腦中尋得答案了，莫非……。

黃鑫不敢再想下去，祇覺得一絲欲望在心裏漾開，他復又走了幾步，站在燈光底下，雙手伸入口袋裏，祇見自己映在草地的人影，格外的高大，像是一尊雄偉的巨神在草地仰睡著，他不禁懷疑，那麼大的身形會是自己嗎？他往右橫跨了一步，人影也隨著晃動了一下又歸於靜止。他突然想到什麼似的，向前走了一步，看影子也動了一步。他伸出右手舉到頭頂上，那影子便更加修長了。於是他重覆著動作，左右移動，正耽於其中時，草上的人影驀地多了一條。他翻過頭來，原是賴玉秋。

「怎沒上課？」黃鑫問。

「……………」

「發生什麼事嗎？」

「沒有………」

「最後一堂上不上？」

「不了……」賴玉秋搖搖頭問：「你爲什麼也沒去上課？」

「我想告訴妳一件事……」黃鑫欲言又止。

「我媽今天來找我……」賴玉秋說。

「喔……」

「剛好我在搬東西……」

「……」

「我上班很輕鬆的……可是今天……剛好……」賴玉秋頓了頓。黃鑫看到她眼圈紅著。

「……剛好我媽看到……」

「……」

「她回去不知會多麼傷心……」

「……」黃鑫傻了。

「我平常都不必搬那些東西的……」

黃鑫突然靠過去，扳起了賴玉秋低著的頭說：

「沒關係，老人家就是這樣子，寫封信……」

「可是……她還是會擔心……」

「她走了？」

「嗯……」

「妳媽好疼妳？」

「……我怕她會很傷心……」

「……」

「我想打電話回去，說我不上班了……」

「對！先讓她放心。」

「……可是我又想上班……」

「唉！不要上班了，專心讀書吧，而且騙妳媽媽也不好！」

「我祇是想讓她放心，那……」

「那也不好，妳要騙到什麼時候？」

「……」

「既然讀了，就專心讀下去，再說祇剩兩年了。」

「嗯……祇剩兩年了。」

「妳很孝順妳媽？……」

「她好疼我……」

「……」

「我覺得你很能吃苦。」賴玉秋突然說。

「沒什麼……」

「班上的同學都說，你一定會有出息……」

「……」

「你還寄錢回去？」

「嗯……」

「其實我覺得……」

「嗯？……」

「你媽一定希望你不要上班，希望你好好讀書，一切等畢了業再說……」

「嗯……可是我家裏環境不好……」

「還好祇剩兩年了。」

「對，兩年……」

「到時候你媽一定很高興。」

「對……」

正說著，鐘聲在遠處響起，賴玉秋突然說：

「你剛剛要告訴我什麼？」

「沒……沒有……走……我們上課去吧！」黃鑫咬著牙說。

賴玉秋點了點頭，掠了掠頭髮，兩人一起向教室走去。

突然，黃鑫像突然想到了什麼似的，他回過頭來，往操場望去，草地上平坦得像一片地毯，而白色的燈光映在上面，有一種說不出來的冷清，他不知道，這一去教室，對於他及母親、妹妹會有怎樣的影響，但方才他勸賴玉秋的話語，卻使他深深的憬悟一件事情，那就是或許母親對自己的期待，正是建立在自己「忍辱負重」的條件之上，那麼自己又何妨去接受痛煞心神的自責呢？明天，明天我要去買一雙新鞋穿，就在那仁愛路地攤上，換了五十元的新鞋後，再來上課。

他想著想著，不禁低頭再望了眼脚上的破鞋，然後大步的往教室走去。

陰溝

一

「陰溝」其實是個池塘，四面爲竹樹環環圍住，在一大片的看天田中，顯得悄愴而幽邃。它有廣大的水面，低矮的堤岸，水面上佈滿了水草及枯死的樹枝。

池的一端，略爲狹窄的一角，幾個圳口延伸了池水灌溉到附近的數十甲水田，一條條細長的溝渠，彎曲迂旋的遍布方圓數里的土地上。

池塘四周的堤岸上，爲了使堤土不致流散，曾經種滿了相思樹，年湮代久了，這池子卻全圍在樹林中而看不見了。每當入夜後，山風吹動著樹梢時，那黑油油反射著水光的長條水面，竟給人一種陰森恐怖的感覺。而陰溝的名字想便由此而來。

雖是如此，住在這裏的居民，卻從來不曾探究過池塘的名稱。百年來，自從闢荒墾殖的祖先們挖掘了這個池塘後，陰溝這個名稱便沿用不廢了。

也正因爲陰溝是先民用來耕作的，圍住在這田畝四周的百姓，對這口池塘都有著非常的、特殊而難言的感情。他們依著陰溝生存，受到了它的灌溉，受到了它的滋潤，而生死遞換，也無一不在陰溝的蔭護下交替著。

孩子出生了，成長，終又老去，一代代的人綿延不絕的傳續下來。他們幼小時，在水邊嬉玩，在堤岸上放牛，病老了，他們躺在床上，念念不忘的仍是陰溝裏的水及水濱地的回憶。

陰溝對他們是那樣的有著生命的意義，就像是他們的大家長一般，他們因它而存在著，因它而活著，甚且在那些死者的腦海裏，大概陰溝便是他們與祖先的團聚地呢？對於活在這周圍的農民來說，陰溝曾經是這樣的不可或離，然則今天陰溝實際的情形怎樣了呢？

它老邁了，失去了生命了，十數年來的幾次洪水及乾旱，毀滅了它，堤岸被冲散，水變得淺了，溝渠堵塞，原先種在四周的樹木，也因池面的擴張而使得根腐了、爛了，終至乾枯而倒落水中。一眼望去，僅祇一棵枯死的大樹，猶然未倒的聳在岸邊，乾枯的枝幹上伸著，彷彿一個蒼老將死的巨人跪拜在地上，高舉著雙手向天呼號。

陰溝是這樣的老去了。然而依著它而活著的人們又如何了呢？

看！在這夕陽漸沉的暮色裏那蒼茫漠漠的田野，多像倦累的征夫靜靜地臥在沙場中，充塞他心頭的是那麼強烈對於過去的眷念——那深植土地的果實，淙淙細流的田水，以及歷經風霜圍繞在它四周的生命，他們的生活，他們與土壤田水的混和，以及他們在田里間所遭受的一切，是否使得陰溝亦爲之嗚咽，而泣訴在隨風翻捲的草浪之中呢？

二

傍晚，太陽在防風竹的隙縫中緩緩下沉，渾圓的實體透著暗暗的紅，把暮春的田野抹上了一層寧謐柔和的色彩。

遠遠陰溝的堤岸上，茵茸的草地間，一棵老樹背著餘暉，斜斜的聳立在水濱。在光影粼粼的水波前，老樹脫盡了皮的乾枯枝椏，在扭曲多節的斑剝體幹上，迎著殷紅的陽光，顯得更蒼白無言的伸向蒼天。

阿雄嘴裏咬著一葉青草，正悠閒地靠在樹旁，肌肉雖然還沒有十分發達，但看起來已經相當強壯的身上，血紅的陽光映照著，透著光，似鑲著金邊的身形下，一條長影延伸在草地上消失於水田中。

他正注視著老牛。

老牛很老很老了，暗灰的皮毛上，粗糙的皺紋扭成一堆疙瘩，隨著呼吸上下扯動。

牠時而揮動尾巴，時而呼呼有聲的在草地上往回逡移著，滿打著皺紋的厚皮，總使人覺得皮與肉已然分開，僅祇鬆垮的掛在瘦削的骨架上。

牠背峯高隆，頸子特長，頭上的雙角殘缺不全，而長形不勻稱的身軀，更明顯的表示出牠是一隻典型的耕牛，祇是太老了些吧。尤其牠光滑低平的後頸，更使人想到牠低伸著頭在泥地裏掙扎前進的漫長歲月，是怎樣的改變了牠的體型了。

此刻牠正低著頭在草地上嚼著，在這三月的草地上，這種悠閑的時刻，是怎樣的使牠滿足呢？牠偶爾抬起頭來望望阿雄，見阿雄仍站著，便又擺動著尾巴，仍然埋下頭來，欣喜做作的啃動，而那頸間的鬢毛在夕陽的照耀下，一根根染成了棕紅。

阿雄正望著老牛，突然感到一陣冷意，黧黑的臉孔泛起了一陣焦急，「該回去了吧！」他想到祖父一個人躺在床上，說不定正等著自己回去呢！

天邊掠過幾隻鷺鷥，杳然的飛往山中。天色漸暗了，紅暈的餘暉在山邊逐漸消失，黑幕在地平線湧了起來。阿雄「荷」的一聲扛起了鋤頭，大步的走到老牛身邊，拾起了地上的繮繩，輕聲的說：

「回去吧！」

老牛溫馴的抬起頭，抖擻著，跟在阿雄背後，蒼茫暮色中，一大一小的身形逐漸消失在田埂中。

三

深夜，初春凜冽的寒風在屋頂上吹著，屋瓦間木板的迸裂聲不時從黑黝黝的空間傳了下來。豆油燈昏黃的光暈下，隱約的映照出阿雄輾轉反側的身形。

他側著頭，趴在床上，兩眼瞪著床板。野外蒼茫的嘯聲偶爾從陰溝的乾枯大樹上，劃過寂寥的黑夜來到時，他便隱隱感到無名欲泣的衝動在心裏哀鳴著。

那風聲是那樣壓迫了阿雄的心。

他靜靜地躺在床上，隔房祖父的呻吟不時傳了過來，他翻身輾側，傾耳細聽，復又坐起。悄悄地走到門口站了一會兒，輕而急切的喚了一聲：

「阿公……」空氣冷寂著。

隔壁牛舍的老牛發著微微的鼾聲，似乎緊靠著土牆在搔磨著軀體，牆壁微微顫動。

他坐回床頭，雙手支著床板，歎了口氣。凝視著懸在床下的雙脚，那趾尖是那樣的乾硬而泛黃，正凜凜的感受著從泥土昇起的冷意。他輕搖著雙脚，陷入了沉思。

是前天的事。他與祖父在田裏作活，祖父趴在水田裏除草。阿雄把著犂，一行一行的翻動著茶畦間的泥土，初春的太陽溫熱的照在臉上，使得春耕的喜悅是那樣盪漾在阿雄的臉上。

中午，太陽升上天頂了。該是收工的時間了。突然，一聲悶哼，爬在田裏的祖父，竟一頭伏在田裏，一手在空中，旋又放下。身子痙攣著。

阿雄一驚，衝到田裏抱起了祖父，祖父混身泥水，沾滿污泥的臉上扭曲悸動著。鼓起的胸脯正急急的起伏不停。

阿雄惶惶然不知所措，口裏不住喊叫：「阿公……阿公……」然而祖父昏厥了。任他怎麼急切搖撼，仍是不省人事。阿雄心裏一涼，號啕大哭起來。

老牛怔怔地站在茶畦間，頸上掛著軛，迫切的望著阿雄，嘴裏嗚嗚的低叫著。

阿雄抱著祖父，來到防風竹下，祖父的眼睛睜開，嘴巴嚅動著，示意阿雄放他下來。阿雄見祖父回復知覺，一顆心總算放鬆，坐了下來，並將祖父輕輕地放在腿上。

祖父沙啞的說：

「沒關係，祇是肚子抽筋，休息一會便好了。」

阿雄兩眼含著淚水，不知怎辦，但他清楚，祖父的病很嚴重了。幸好家裏還有點穀子，下午就得趕快請醫生了。

可是一拖便三天了，穀子是賣了，連明年的種穀也換了錢，而祖父仍在床上躺著。醫生說祖父的病是胃出血，需要住院才可能治好。最起碼也要休息一段日子才行。可是……。哪裏有錢呢？耕的三分地，別說有餘糧可存，連一家兩口能吃飽飯，已是千辛萬苦的呢！

阿雄又站了起來，走到門口，祖父似睡得安穩了些。昏暗的光線，把祖父蒼黃淒苦了無生氣的面容微微地照出來。阿雄突然感到一抹驚悸，輕步走到祖父床前，膽怯的在祖父緊鎖的眉間搜索著。他伸出手，在祖父鼻子處放了一會兒，直到感覺呼吸的熱氣幽幽的傳到手上，才放下心來。

祖父突然翻了個身，阿雄急忙把手抽回，但仍是碰觸了祖父的臉，祖父的眼睛徐徐張開，嘴裏說：

「阿雄……你怎麼站在這裏？幾點鐘了，怎還沒睡？」

阿雄隨口應了聲。緊握住祖父的手。

「我沒有關係的，阿公躺幾天就會好的，不要擔心。」

祖父輕輕回握了幾下阿雄的手，很滿足很欣慰的樣子。但突然又咳了起來。

阿雄急用手輕撫著祖父的胸口，並說：

「明天還要請醫生來才行呢。醫生說要小心一點才好。」

祖父緊縐著眉頭。過了一會才忍住了咳說：

「沒有關係啦！不必再看醫生了，阿公身體那麼好，咳一下不要緊的……」

然而他話還沒說完，又咯咯的咳了起來。祖父用手指了指嘴，一團暗紅的血塊，在那乾硬慘白的手掌上黏著，緊緊梗住了阿雄的心，阿雄強忍著淚水，哽咽著在床前跪下去。

「傻孩子，……」祖父喃喃的自語著。呼吸漸漸暢順，竟又睡著了。

阿雄跪在床頭伏在祖父的床邊不知過了許久，才霍然醒來，見祖父又沒動靜，正要伸手去探祖父的鼻息，祖父胸口起伏了一下，他又放下心。

他趴在那兒，祈禱著，深切的盼著，當他偷偷的用手去觸摸祖父鼻息時，他總駭怕會摸觸到祖父冰冷僵硬的身軀。

然而，他深深了解，總有一天，那個時刻一定會到來的。祇是，那個時刻不會是現在，而是將來，將來，遙遠的時日才會發生那樣的事。而此刻，祖父應該會很快好轉起來，健康有力的和自己一起下田耕作，一如過去的那許多許多的日子。

「可是？……」阿雄幾乎氣餒了，沒有錢看醫生，怎麼會好呢？這個才是重要的事啊！

四

自從牛販子姜國朝在村子裏開了一家牛莊飯店後，姜國朝好像成了另一個人。嶄新的西裝，雪亮的皮鞋，一根煙斗啣在嘴上，簡直就是一個富翁了。祇是那點點痲子，銅錢般的長在臉上，使他怎麼看也不像個體面的人。而半吊著的眼瞼，更使他看起來猥瑣不堪。雖然在這之前的十年間，他從撿破爛，做到屠夫，麵攤老板，而日益發達成了飯店老闆。但在整個村子裏，他始終祇是個無賴混混罷了。因爲，縱然他如今擁有個飯店了，但以前的種種行徑，總難讓村人看得起他，尤其在鄉下人眼裏，這種買牛來宰殺的牛販子，是極無良心的人之一。「靠那種行爲發達起來的人，不知做了多少虧心事唷？」幾乎每個人都是如此的私下批評談論他的。

然而，他從不在乎這些，打從他裝病退伍到今，他從不認爲自己有任何的劣行。對於他來說，每樣他所做過的事，他都認爲是正當，而且需要的，——「好好的活下去」，這是他始終掛在嘴邊的話，而他甚至以爲自己有這麼一句話是很偉大的。那麼其他的一切都已不再重要，祇是達到這個目的的手段罷了。就算他犯下了傷天害理的事後，他也卽刻這樣安慰自己，隨卽整個人便因此而釋然，甚至自得起來了。

雖是如此，卻也有一樣事曾經使他不安，那是幾年前的事了。當他初到村子來時，因爲剛脫下穿了數十年的戎裝，一下子感覺自己眞是自己了，以致有點昏熱於自由而爲所欲爲，另一方面，生活成了最大的威脅，使得他在一個風雨的晚上，當他與曾經依託多年的老長官喝酒時，一杯杯的高粱酒竟使風燭殘年的老人中風倒地。老長官滿臉驚愕，啞言無助的在地上掙扎。他隨卽過去搶救，但就在他俯身抱起了老人的一瞬間，突然腦中寒光一閃，猶豫了一會，拿起酒瓶，撬開老長官的嘴巴，咕嚕咕嚕地把酒灌了下去。頓時老長官昏了過去，而且拖不到三天便死了。

他當然哭得很傷心，也爲喪事而奔忙，這麼一來，他不但贏得了寡婦的人，而且順帶連房子、孩子一併接收了。

而今他是成功了，有房子、有妻子，而且還開了家飯店。雖然有時難免會想到老長官倒在地上的注視著自己的眼神，可是，過了這麼許久了，還想他做什麼呢？當然，他也是有點遺憾的，那太太幾年來，祇幫他生了個女兒。對他來說這是件多麼大的憾事啊！「總要有個小子才好」，那麼這份產業就可有自己的血肉繼承下去了。他往往酣然醉飽，便不免自怨自歎著。但也許老天有眼，像他這樣的鼠輩，上天無論如何不會再讓他香火傳續了。不錯，「絕代」，對他來說是多麼的令人茫然啊！

正因著這樣的緣故，當他見到阿雄一家人時，他總含怨的啐了一聲。

「媽的！這老頭竟會有個這樣的後代呢！」

而尤其當阿雄的祖父堅持不賣老牛時，他更生氣了：

「這麼老的牛，養著還有什麼用？倒不如賣給我，物盡其用呢！並且你還可以得一筆錢。」

阿雄的祖父雖沒聽到這話，但他看到姜國朝時，便厭惡至極的明白了他的來意，所以也從來不跟他打交道。見姜國朝又走來，便喊阿雄：

「阿雄！走！沒良心的傢伙又來了。」

姜國朝祇好眼睜睜的看一老一少，及跟在後面的老牛消失在田埂中。

「媽的！我就不信。」姜國朝的慾望已經不是生意的需要了。他眞不甘心見老頭子有個孫子而傳續香火，而反觀自己，雖然有著一切，卻猶不及老頭的破落中帶有一絲希望。

「他媽的！」他總憤憤的罵著，心裏想，無論如何，非把那牛宰了才能吐一口氣。

可是，牛是別人的，任你罵，又能怎樣呢？他益發的怨歎了。

五

阿雄放下鋤頭，在陰溝邊洗乾淨了手脚，便牽著老牛回家。

幾天來，他消瘦了許多，原本飽滿紅潤的臉龐竟已印上了一抹憔悴。在以往，他赤著脚，光著圓滾滾的頭時，已近粗壯的身子，總使人感覺到有一股新生的力量。而今這活力消失了，代之而起的是莫名的感傷及焦慮。

他跟著牛，在田邊走著，老牛瘦削的身形在後臀部尖起了一塊骨椎，每當牠行走時，那方形骨椎的稜角便一起一落。阿雄益發覺得老牛眞是老了，也許連乾草都不能再嚼了呢？

他趕上一步，與牛並行著，老牛回頭碰了他一下，低頭呼呼的吹了幾口氣，阿雄看著牠的頸子，心裏昇起一絲難過。

這個家，幸好有牠呢！打從能爬上牛背時，這個家便由牠撐了下來。而一晃自己十五、六歲了，這頭老牛還依然幫著生計，也未免太虧待牠了，大概幾十方里的土地上，這麼老的牛還耕作，可能是絕無僅有的了。

不過，不如此又怎麼辦呢？祖父老了，牛也老了，三分地仍是三分地，卻是愈來愈難生活了。祖父不是一天到晚說著日子愈來愈難過了嗎？也就難怪耕田的人愈來愈少了。

他想到這裏，望著一大片翠綠的稻田，不禁昇起了一份莫名的哀傷，耕田，耕田，這田還能耕嗎？雖然收穫的喜悅對自己來說倒是極樂意去體會的，祇是，生活未免太使人難堪了，連比去工廠打零工的阿土、阿順他們都不如呢？幾次跟祖父提起過這件事，但祖父總不以爲然的說：

「耕吧！餓死了也要把田耕下去，我就不信耕田會落到這種地步。」

但祖父最關心的倒不是這些，他總認爲耕田是一種責任，是一種天命，就像人生下來要吃飯般的自然。當然祖父耕了一輩子田，是從來不曾有過什麼怨言的，但當陰溝的水淺了，牛隻一頭頭消失在田間而爲耕耘機取代時，他總憤憤的說：「就是那種東西害死了牛。」

可不是嗎？村子裏的牛幾乎全給姜國朝宰光了，一頭頭吃進了人們的肚子裏。

「作孽啊！」

祖父不止一次的這樣說，但是在這種時代裏，誰又能挽回牛的命運呢？

祖父常告訴阿雄，這條老牛，說什麼也不可以送去宰了吃，就算老死了，埋在土裏才算對得起牠！

「跟了我一輩子，別的不說，最起碼也要讓牠老死了，然後葬在土裏。」

想到這裏，那屠場的一幕又浮現在眼前：去年吧，隔壁阿土家的老牛就賣給了姜國朝，那天清晨他偷偷的與阿土跑到屠宰場，想看老牛最後一眼，卻不料看到了宰牛的一幕。姜國朝站在一邊指揮著兩個工人，把牛綁在木架上，死死的固定在那兒，然後其中一個人拿起了尺把長的鑿子往牛頭敲進去。牛綁在那兒動彈不得，祇哀慘的長鳴一聲，便再無聲息，而血從眉間迸射出來，噴滿空中，阿土哽咽的哭起，連脚步都站不穩了。

那以後，阿雄常三更半夜夢起那一幕慘劇，而有時凌晨，甚至還淸楚的聽到宰牛場傳來的凄厲哀鳴。那臨死的慘叫，無助的鳴聲，像一根針扎進了阿雄的耳朵裏。尤其當深冬更盡，一聲聲長鳴從夜空裏傳來時，呼嘯的風聲混和著牛的哀吁，簡直使人聞而顫泣，再也無法忍受下去了。

此刻阿雄正厭惡著回憶那景象時，突然，他看到兩個人從他家門口急急的跑了出來。一個是姜國朝，阿雄眼睛一亮，急放下牛繩，跑了過去。

一進門，他楞了一下，祖父正坐在床頭，手搗著胸口急急的喘著氣。

「那畜生，竟然要買我的牛呢！說什麼因爲我生病可以給我二倍的錢。眞是畜生，姓姜的吃這種飯還沒話說，可是那個叫謝什麼的村長，竟也一起來，哦！他家的牛賣了，也想把我的牛弄掉！眞是沒廉恥的猪狗。」

祖父氣急了，連連的喘息著。

阿雄忙扶起祖父靠在床頭，輕撫著祖父的胸口。祖父接著又說：

「阿雄，就算我病死了，也不可以賣牛……知道嗎？沒良心，太沒良心了……。」

阿雄嘴裏應著，心裏卻顫動著，想到苦處，一陣激動，抱著祖父哭了起來。

這一晚好長好長。

六

拖了一個禮拜，祖父的病益發的重了，衰弱乾癟的身子一動不動的躺在床上，日益消瘦的阿雄祇好終日守在床邊。

阿雄的心很煩亂，他心裏淸楚除了住院外別無他法了。他找過醫生，找過任何一個可以借貸的鄰人，可是誰又有餘力幫忙呢？

可是，難道就要眼睜睜的看著祖父死去嗎？

除非……。除非把牛賣了。姜國朝說過要給兩倍價錢的……。

不！不行。那粗長的鑿子，那迸出的血箭，和慘烈的哀鳴聲，一起向他襲來。而老牛瘦長的身影亦在眼前浮現。

他猛的一搖頭。深恨自己竟有這樣的想法。太可恥了，不是嗎？老牛耕作了一輩子呢！竟落得這樣的下場？

然而，祖父怎麼辦呢？

阿雄胸肺絞痛，心亂得再不能思想了。他倏地起身，衝至門口，呀的一聲推開了門。天色快暗了，紅光佈滿了原野，幾隻小鳥掠過天空，殘紅的太陽佇留在山邊，多麼美的一幅畫啊！阿雄突然感到一陣淒冷。遠遠陰溝邊的枯樹在這紅光裏，看起來更要白，更要高些了。

禾埕前，老牛站在樹下，正抬眼望著阿雄，背上映著太陽餘暉，好似染了一身的紅。

阿雄正要過去，背後傳來祖父瘖弱的喚聲：

「……阿雄……」祖父彷彿要坐起來。

阿雄過去，扶著祖父坐在床頭。

「阿雄……阿公可能不行了……我有話要告訴你……」

阿雄一激動，淚水決堤似的滾落。

「阿雄……阿公對不起你，沒有讓你讀書，又讓你跟著我吃苦這麼多年……」

「阿公……」阿雄泣不成聲，祗緊伏在祖父身上。

「阿公去了後，你不要再耕田了，把田賣掉，去工廠作工好了，耕田吃不飽的了……」

「老牛一定不要賣掉，那是不可以的，知道嗎？要不然……我……。」

祖父停了一會又說：

「阿公如果死了，你還是要想辦法照顧牠……將來把牠埋在我身邊……知不知道，阿雄，知不知道？」

阿雄突然放聲大哭，嘴裏直嚷著不。

「還有……一直都想告訴你的……你不是阿公的親生孫子，是我在陰溝邊上撿到的。」祖父接著說。

阿雄傻住了。

「知不知道？阿雄，你是孤兒，一個被拋棄的孩子。」

祖父沙啞無力的聲音在哽咽的斷續中顫抖著。頓了頓又說：

「就在陰溝，那棵樹下，用籃子裝著，我就把你抱了回來……。」

祖父的聲音提高了一些。

「不知哪來那樣狠心的人。不過沒關係，你不要恨他們，最好找到他們，一家人團聚……」

阿雄呆坐著，沒有注意到祖父的聲音愈來愈低終至消失。他昏亂了，彷彿置身在一片茫無際涯的波潮裏，祖父的言語使他懸空擺盪著，沉浮著。而陰溝的細波及枯樹更在他腦中縈迴。

竟然是被祖父撿來的，而祖父那樣的與他相依爲命，卻不是血肉之親。

「知不知道，孤兒，一個被遺棄的孩子……」

祖父的話一直在耳邊衝擊著。阿雄昏眩了。他想到遙遠久去的年代裏，他是那樣的被人遺棄在樹下，而祖父把他抱了回來……。

他是感激，也是激動。也隱隱的痛恨那對不曾謀面的雙親，但隨之而起的卻是一陣莫名的渴思。

祖父咳的一聲，緊壓著肚子。阿雄驚醒過來。見被單上鮮血團團，突然興起一陣衝動，「阿公，你不能死啊！」他狂喊著，聲嘶力竭的在心中叫著。

祖父昏厥過去，口裏仍喃喃的唸著：

「不要賣牛……不要把牛賣了……」

阿雄猛然跳起，衝到屋外，老牛正站在門口，眼神茫然的看著阿雄，阿雄一橫心。牽起了牛繩，往鎮上走去。

七

阿雄拖著醫生，跌跌撞撞的跑回家裏。推開半掩著的房門，卻發現祖父不在床上。他一驚，一句話也說不出來，醫生狐疑的望著他。

阿雄先衝到廁所，卽又跑到厨房，厨房的木窗，瀉著一片慘紅色的餘暉。

「……阿公……」阿雄幾乎瘋了，急急的又奔回房門口，太陽已沉下山去，血紅的餘光，幽幽的籠罩住整個田野。

「陰溝」。祖父是不是到陰溝去了，前兩天祖父一直想到那邊走走的，會不會自己去了呢？

阿雄於是跑向陰溝，一路上聲嘶力竭的喊：

「阿公……阿公啊……」

醫生莫名的跟在後面，急急追著。

阿雄跑到了陰溝，一手扶在枯樹上喘著，極力搜索，卻不見人影。正納悶時，他注意到樹枝上似乎掛著一樣東西，正微微的晃動，他仰起了臉「呀！」的一聲，昏倒在樹旁，而在他頭上，祖父的拐杖在血紅的夕陽中，直挺挺的掛在那兒。

風輕輕的吹襲，四野裏好靜、好靜，祇有田水淙淙的流聲，拉下了夜幕。

阿雄甦醒過來時已是凌晨了。阿土正憐恤的望著他，阿雄一陣心悸。

「我祖父……」

阿土點了下頭。

阿雄旋又號啕大哭，翻過身子，正要衝到門外，卻被阿土一把拉了回來。

「傻瓜，那麼晚了，明天再說吧，剛才大家點了火把撈了一夜呢！」

阿雄反身抱住阿土，又痛哭起來。阿土扶著他，踱到床邊，輕聲的說：

「天馬上亮了，你再休息一會吧。」

阿雄痴呆的坐在床頭，望著窗外，幾聲鷄啼在遠處傳了過來。

阿土突然想到了什麼，拿出一個紙包，說：

「這是你的錢，怕掉了，所以我收了起來。」

阿雄接過錢，正要收起，卻突然喊道：

「我的牛。」

拔腿便奔了出去，阿土在後面追喊著，跟著阿雄到了鎮上。穿過小鎮的街道，遠遠屠宰場的燈火已在望了。阿土在後面喊著：

「阿雄，沒那麼快就送來啦，就算送來也沒那麼早就殺的。」

好可怕的一個「殺」字！阿雄倏地停下脚步，轉過頭來悻悻地盯了阿土一眼。血在他眼裏翻騰。

「殺，哼，我才要殺死他！」

阿雄一轉身，便沒命地往那盞燈火疾跑而去。

天色慢慢地發白了，遠遠傳來幾聲悽厲的叫聲，微弱得分不清是狗啼還是鷄鳴了。

過客

羅多年從福利社出來，夜色早黑盡了。一看錶，已超過上課時間。「糟糕！」他焦急起來，開學第一天，怎麼就遲到了。教室還不知在哪裏呢？他又瞄了下錶，腳步加快。突然，他想到，按例開學的第一週是不上課的，也就把心放寬許多。

文學院四一三教室此刻早已坐滿了學生。三個月暑假很快過去，久不見面的同學早按捺不住，而盼望著開學的一天了。有人喃喃訴說成績不通過的焦慮，有的倚在桌角卻談起三個月來工作的苦悶，以及誰工作加薪的興奮。但外面夜色是那樣的黑，像一道鴻溝，深深地隔開了白天所有的焦慮與匆忙，那些急躁、壓迫的責任感，像一陣風吹起的黃沙，颺起又終至平靜的消失在無涯時空中。這夜晚裏，他們深刻地感觸到，另一種世界已在眼前展開，又是一個可創造求取的天地。所以他們如此虔誠、興奮的期待著，哪怕疲憊已在白天便表露臉上而使他們鬱鬱憂思了。

羅多年提著公事包，好不容易才找到教室。剛進門，見講台空著便慶幸還不太晚時，卻猛不防人聲全靜了下來：

「起立！敬禮！」

他不自覺的朝後望了望，趕緊回過頭來，對著發口令的留著長髮的女孩喊：

「不是，不是！我也來上課的！」

全班嘩然的笑了起來。好尷尬，他氣急敗壞地感覺到，自己的臉紅得連耳垂子都漲圓了。哈著腰，他陪大家笑著，不敢把頭抬起，便胡亂的朝大家猛點起頭來，嘴裏不住咕噥著：「對不起！對不起……」。還好，後排的座位全空著，他挨著角落趕緊坐了下來。他臉紅著，暗自懊悔方才不該先上福利社的；正自怨自艾著，才發現圍住光禿腦袋的幾根頭髮全掉在一側，他駭然一驚，像光著屁股來到了西門町。他感覺頭頂涼著，脖子僵硬，竟不知如何應付投注過來的火辣視線了。

他年紀四十八，看來卻老得多。頭頂全禿了，祇剩兩側還有些沒掉光的毛髮。他把這些僅餘的頭髮留得夠長，剛好由左邊蓋到右耳，那樣：「年輕了十幾歲。」他不止一次的望著鏡子，衷心希望光禿的頭皮不那麼刺眼，但那僅僅如此蓋住的頭髮是極容易掉下來的，這無疑是他最大的恥辱，雖然：「大大小小的什麼場面沒見過。」但每當他想到光禿的頭皮頂著陽光時，他總像死去般的沮喪，以爲一切的恥辱都降臨到身上來了。

所以他極力掩飾著，如果發現到稀疏頭髮下的頭皮不再刺眼時，他便歡悅地以爲那多少挽回了他的尊嚴，而使他端莊起來。

他面貌蒼老，兩眼微凸，下巴很方，厚厚的嘴唇在小鼻下，顯得極不相稱。這也還好，最令人注目的，卻是左眉上的一塊疤，不深，不寬，但恰好在最顯眼的地方。每當他笑時，一邊的眉便會吊得高高的，整個黝黑的臉似乎都扭曲絞結在一塊，連他自己對著鏡子，望著那笑容時，也甚至不知道那是哭或笑而憎惡起來。而此刻，在喘了幾口氣，覺得已泰然自若時，羅多年便是這樣端著那副臉孔迎向大家。

教授終於進來了，極年輕的學者模樣，羅多年生怕他的眼光望過來，極力把頭低下，撥弄著筆桿，一面在紙上無事的畫著方塊，一面卻仔細的傾聽著：

「因爲頭次上課，所以大家要自我介紹……還有，上課證可以交出來……。」

班長霍地站了出來，交出了上課證，老師算了一下。

「大家都交了吧！」一面點算著人數。

「我……我沒交……我……因爲剛剛遲到了……」羅多年慌張的站了起來，手裏拿著上課證，吃力的走了出來。

教授微笑著接了過去，輕聲的說道：

「羅——多年？……請回坐。」

「是……是……請老師……」話未說完，羅多年已惶惶然廻身要走，卻不料一下又面對了大家，他感覺到教室裏靜靜的一無聲息，同學們正出奇默默的望著他，時間好像突然凍結；他躑躅著，似乎因這摒息的沉靜而駭怕，但覺那角落裏的位子，是多麼的遙遠而難及。而這突如其來的寂靜像極了十來歲時，日飛機一陣掃射後，他躲在竹林下，聽著機聲遠去時死般的闃靜。那時他趴在草叢中，突然看見陽光下，倒頹冒煙的屋舍像是幻影裏的一個奇異景像。他想，下面再出現的會是什麼呢？心裏竟然似乎還有一抹期待。

他開始小心、匆急地低頭走著。教室裏依然沉默，祇有脚步聲乏力地在地板上揚起。他大步大步邁著，並極力放輕脚步，但這一來，卻使他的姿勢變得滑稽極了。同學有的噗嗤笑出來。他一驚，卻碰落了臨桌角的筆記本。他急彎腰去撿，正伏下時，他感覺額頭一癢，頭髮已掉了下來，在耳側像一方手帕懸著。心一慌，卻聽得教授在喊他：

「羅同學，不！羅老師，請問您是不是在中學教書。」

「是……是……我是啊。」羅多年手掩著頭頂吃力地轉過面孔，聲音抖著。

教授不再說話，祇望著他，若有所思地遲疑著。終於又小心翼翼的問：

「中興中學？」

「是的！不過那是幾年前的事了，我現在在中央國中。」羅多年不禁奇怪著，教授怎會知道呢？

「沒關係，我祇是隨便問問。」

羅多年回到坐位，早嚇出了一身冷汗。但始終狐疑著：難道他會是自己教過的學生？或是在那裏畢業的？他極力搜索著記憶，但教了十數年的書，學生不知多少了，怎能一一記得？「而且，」羅多年想到這裏不禁赧然，「自己一向也不怎麼注意學生的！」那時，剛由部隊退下來，通過了轉業考試，做了中學老師，看起來也算不錯的了。但是當了半輩子軍人，到快老了卻仍孑然一身，別說膝下無子，連女人也不認識一個呢！那種滋味是不好忍的。所以終日裏祇捧著發黃的、大陸上的妻的照片喃喃地唸著。那時節，別說班上的學生不識一個，即連一班多少學生也不知道呢！

而眼前這位站在台上的教授，莫非也是自己教過的？

羅多年想著想著，不禁懊惱起來！都是教育部搞這什麼補修學分的，教書教了一輩子，還要來做這狗屁學生！而自己也不應該來選修這什麼心理學的，本來這些補修學分的「老兵班」都有固定的教室，集中起來上課，一眼望去全是禿著或白著頭頂的老人們時，也就不覺得什麼了。但像自己這樣跑到別班選課，年輕小伙子中就祇自己這樣的一個老貨，那種集中而來的注目的眼光就令人難受得連頭都不敢仰起來，「眞是。」

羅多年自怨自艾的責怪著自己，但來也來了，而且臉也丟過了，還怕什麼？

此時教授在台上起勁的講著，在台下的羅多年卻一句也沒聽進去，他魂思沉浮著，一股莫名的情感在心中盪漾，那樣淡然那樣毫無所謂地。多奇怪的事啊。自己教過的學生，卻在台上教起自己來了，這代表什麼呢？他突然興奮起來。望著那台上的教授，他感到自己不再卑下不再渺小。是啊，「我的學生在台上授課，我卻是學生了。」這是幸福嗎？「那麼爲什麼卻不曾想到過幸福就是這麼簡單便可來到呢！」

他手舞足蹈，得意的沉醉在這突來的幸福中了。

下課啦。後兩堂沒課，同學們都走了。羅多年仍坐在椅上，滿臉光采，他思索著：「是不是……？是不是以前都白活了？這一生，那些快樂，那些痛苦，那些曾經壓傷著自己的魘魔哪裏去了呢？那些罪愆，那些醜惡，那些曾經有過的劣行，現在看起來在自己生涯中又占著怎樣的地位呢？那些逝去的時間呢？曾經如此深深地折磨過自己的，爲什麼全都不再存在了？」

慢慢地他冷靜了下來，記憶裏有樣黑影被翻動了。

在中興中學教書時，他剛由軍中退役，緊張的生活一下鬆懈了，人也跟著倒了下來。倒沒什麼病，祇是開始回想到過去時，那種種的往事竟成了夢魘般的惡鬼附在身上；他想到了父母，想到了妻，想到了南北征戰的苦楚，這一生是多麼的艱辛坎坷啊！不止一次，他獨自在黑夜裏聽著鄰室耳語笑駡聲時，那惻心苦痛，便祇能藉那張發黃的妻的照片以哭泣來打發了。他日益消沉，光采的容貌漸漸頹敗，人瘦了、背僂了，頭髮更掉光了，那當兒，學校的同事見他如此自毀，也有與他介紹對象的，多半是些什麼「死老公」的，他們是那樣熱心、盡力的撮合著，但在羅多年看來：「妻子？有啊！在大陸上啊。」怎麼又可另娶呢？而且，「有朝一日總要回去的。」「那時說不定兒子會在門口迎接自己了呢。」就這樣，他回絕了一切機會，孤單著，期待著。然而年復一年，他發覺自己越來越有老態了，「半夜裏起床上厠所也要兩三次。」美好的時光失去時，才知道後悔也已來不及了，索性便認定「此生了矣！」也不再捧著照片哭泣了。

那時候，說是教書，倒不如說是行屍走肉般的打發自己。他不但懶於教書，連生活也是愚昧的；久不換洗的發臭的長衣，破舊打摺的西褲，眼角蓄著眼屎，披頭散髮的跑去上課。同事間的冷言冷語，學生們私底下的訕笑，他全不在乎「也許這位教授便是那時的學生哩。」想到了這裏，他更加激動起來，好像在這些塵封的往事裏，一向是不可以回味的。不論是快樂的，或是痛苦的，那些過去，在今天以前他從來不敢稍加碰觸，祇讓它在心靈中侵蝕著。而現在因著那教授的緣故，竟歷歷如繪地在殘缺的心中浮起。他是多麼緊張的翻動著那些把他打入地獄的往事啊！

也就在那個時候吧。不記得是誰又介紹了一個寡婦給他，「照他們的說法，是礦工的妻。」年紀四十，大臉，大脚，別說相貌如何，單那憔悴蒼老、臘黃風乾的臉龐便足以使人倒盡胃口了。而且乾枯的四肢，灰亂的雜髮才使人傷心呢。但此時羅多年也不在乎那許多了，惟惦記著她的年齡，「眞的能生啊？」他不止十次的問那介紹人。終於，他勉爲其難的接受了她的肚子，「看在還能生的份上，」他鼓勵著自己，這下「會有兒子了」。但當雙方正式見面，談起了銀錢時，對方驚訝於羅多年不僅沒有積蓄，而且連房子都沒有，竟拍著桌子，破口大罵起來，本來「溫馴的老母羊，一下跳起來，活像趕出豬圈的老母豬！」她頭髮披下來，瞪著大魚眼，「你沒錢，討什麼老婆？還嫌我老了，問我會不會生呢？」「你自己爲什麼不照照鏡子，看自己什麼德性？我看你這肺癆鬼才眞不會生呢。」

那女人指著羅多年的鼻子大罵了一陣，然後突然虛脫般的垂下頭來，嗚咽著埋怨介紹人把她給騙了，害得她受盡了委屈，丟盡了面子，「叫我怎麼回去嘛！連撿破爛的車子都送人了。」說完掩著嘴便衝了出去。

羅多年怔怔的站在那兒，許久許久才輕輕的啜泣起來，不顧早圍在外邊看熱鬧的一大堆學生。他關上房門，靠在門背上，失聲痛哭起來。

那晚他又捧出了妻的照片，狠狠的哭了一夜，「是啊！我憑什麼要討老婆？……」哭著哭著，他想到了年輕時種種的罪惡，是什麼樣的魔鬼讓自己做出那樣的事來？

那時自己在城裏學堂讀書，一年的暑假，回到家裏竟被父母親逼著與一個不相識的什麼莊主的女兒做了堆，那女的不但不識字，不知道自由戀愛的風氣已經開始也罷！一副粗俗的鄉下樣子怎麼配得起自己？雖然自己也曾吵鬧了幾天拒絕這婚事，但不管怎麼說仍是結了婚，同了房，自己態度也就轉變許多。但消息不知如何傳到了城裏同學耳朵，開了學後，自己卻成了奚落的對象，在一次妻挺著肚子來探望時，怒氣正沒處發，竟當著同學的面痛打了她一頓，末了還讓她跪在屋裏。第二天，天不亮便乘著戰事爆發，不顧父母、妻子，便從軍而一去不返了。

而今回想起來，羅多年不禁痛徹心肺，猶然記得在省城居宿的小屋裏，昏黃豆油燈下，妻跪在床前，撫著肚子顫泣的情景。啊！作孽啊！多大的孽啊！

羅多年哭倒在地上，心肺絞痛著，還有什麼比自己的作爲更醜惡殘酷的了？我就那樣拋棄了父母、妻子及人性而活到今天嗎？我是那樣活著嗎？爲什麼我不在戰爭中死去呢？爲什麼讓我活到此刻呢？難道便是要我得到這樣的報應嗎？他嘶喊著，他肝腸寸斷，回想自己在軍中時，雖也曾夜半廻醒，但那時戰爭把他變得更殘酷了，並不覺得那是怎樣的惡行。如今老了，無所依靠了，才眞體會到那時的罪惡。「是的，就是報應了。」也許這許多年來，環境的坎坷，心神的不安，全是爲了這些曾經做過的事啊！那麼，「絕代」就是必然的了。想到這裏，他又再度哭了起來，對著照片，他喊著：「妻啊！我錯了。」

那一夜，羅多年幾次想結束自己，但又想著「也許活到今天就是要我受報應的。」也就堅忍的活了下來。不久他請調到離開了好遠的「中央中學」任教，遠離了那女人那些同事及恥辱。那以後他成了另一個人，膽怯、害羞、卑下的像一隻蟲豸般活著。由於那痛徹心肺的往事折磨著他，羅多年突然的憬悟到自己的生命除了罪惡外，便全是空白。雖然，「爲國犬馬一生」但那也祇是逃避而已，「自己一生中又作了什麼呢？」也就因爲這一切的恥辱皆是應得的報應，所以他不僅卑下的屈忍承受了，而且還近乎迫不及待的去自取呢。

羅多年此刻靜靜的在空蕩的教室中坐著，思潮起伏不停，爲什麼今天又不在乎那些了呢？那些淡然泊然，毫無所謂的思想怎麼會產生的呢？他站起來，走到窗口，音樂系學生練唱的歌聲隱約從三樓傳了下來，那樣祥和，那樣和諧，使他有點重生的感覺了。突然，他聽到外面脚步聲在門口停了下來，一抬頭卻見到那位年輕的教授，站在那兒望著他：

「羅老師，您沒走嗎？」一面走了過來。

羅多年問：「你怎麼知道我在中興中學教過書呢？」

教授爽快的說：「怎麼？羅老師……您教過我的。我叫陸明毅啊，您眞是忘了，我那時三年級，您祇教了我一學期不到就調走了。但我還是沒有忘記您呢。我對您印象好深。剛剛一眼見到，我就覺得很像。一問您，果然就是了。」

羅多年聽著不禁笑起來，正是那一年呢！

「我跟那寡婦的事你知道吧？」

「知道啊。那時我們班同學全都笑死了。但過幾天後，卻覺得老師好可憐，那個寡婦有點太過分了。」陸明毅說著。

「哈！也沒什麼。我也不對的。不過倒是後來那寡婦結婚沒有？」羅多年問道。

「唉，那女人怎麼嫁得出去呢？那次事情以後，村子裏的人都不再理她，更不敢替她作媒了，好像直到今天也沒結婚呢！不過也眞是可憐啊。我上次回家，好像聽說她正犯著病，快死了。」陸明毅說著，聲調也壓低了。

羅多年聽到這裏，心情沉重著：要是當時自己有錢，她也就不會弄到這種地步了吧。這麼說，也是自己害了她呢。他沉默著，沉思起來，驀地，他像下了什麼決心，顫抖地說：「好……她還是住在廟邊的破房子吧？」

「應該是的，也沒別的地方去啊。」陸明毅說完，又接著：「太晚了。羅老師是不是要回家了？」

兩人告了別，羅多年在回家的路上，不停的想著：眞是人生何處不相逢啊。

第二天，羅多年西裝領帶，手裏拿了一個好大的紅紙包——十萬元。精神奕奕地來到了寡婦住的破房子。站在房子前，猶豫了許久，才毅然地推開了門。一陣潮濕霉味衝了過來，光線暗暗的什麼也看不清。好一會兒，習慣了黑暗後，他看到破碎支離的桌椅，東倒西歪的橫在房子中間，牆角一張床半傾的靠在地上。

「沒人啊。奇怪？難道病好跑出去了？」

「有人在家嗎？」

「有人在家嗎？」

他謹慎、清晰的喊了幾聲。空氣裏，靜悄悄的，祇有老鼠衝過地板的叫聲。羅多年突然駭怕起來，「難道……難道來晚一步了？」他急退出房門，跑到廟口，發瘋似的攔住了一個路人：「那寡婦呢？哪裏去了？」

那人先是嚇了一跳，繼之知道了他問著那個住在破房子中的寡婦後，才說：「不是早死了嗎？神經病！去年就死了，死了三天才被人發現哩。那時已臭了，長蛆了。」說完猶有餘悸地吐了一口口水。

羅多年怔怔站定在路中央，「那麼是陸明毅搞錯了。」「早死了，長蛆！臭了？」他突然拔腿狂奔，西裝脫了，鞋子丟了，領帶也解了。最後把兩手捧著的好大的紙包也扯開，抓起一束鈔票往天空中拋去，然後又一束……一束……。他一面拋一面尖聲狂叫哭泣，繼而縱情地笑。他嘶喊著、跳著，錢鈔紛紛散落下來，風一吹又紛紛飄起，有如一大羣蝴蝶在那裏飛舞翩躚，而他的垂在耳側的頭髮也隨著風飄著、飄著……。

第二天，人們在河裏發現了他，奇怪的是他頭側的髮竟完全掩住了光禿的腦袋。但是，他到底是誰呢？人們之中已不再有人認識他了。

——原載一九七九年一月四日《民衆日報》副刊

脚　步

一

沉悶的下午一時，耀眼的陽光熱辣辣的從無雲的天頂灑落。

通往台東鎮的一條黃土路上，稍白灼熱的卵石在塵土之間，露出崢嶸的面貌。路旁參差的芒草，軟綿綿地低垂長葉，因這七月的熱浪而萎靡枯槁。

「甚麼鬼天氣唷？」

玉珠坐在飯桌邊，望著蜿蜒遠去的路面時，稍稍急躁的這樣怨懟。

這是好幾公里長黃土路上的唯一人家。斑剝的土牆上，白灰脫落殆盡，褪了色的破舊屋瓦，配著柴門木窗，在這眩眼黃濁的強光下，有點孤寂凄涼。它正面對著土路在光禿荒涼的礫土上，靜沉沉地籠罩在窒息慵懶的陽光中。

小屋中的一角，三十歲的玉珠端著飯碗，坐在飯桌上緩緩地扒著飯。她一面注視著延伸遠去的路面，一面漫不經心地咀嚼著，然而屋外的陽光是那樣刺眼地映在黃土上，使她不得不在短暫的眺望後，把視線拉回簡單的飯桌中。

「唉唉，煩死人。」

她突然縐起眉頭，一把推開飯碗，懶洋洋地站起身來。

「阿婆……阿婆？吃飽啦。」她朝布簾隔開的內室喊。

這個廳堂約莫六坪大小，狹長的空間裏空蕩蕩的，除了一把藤椅及角落上的飯桌外，便一無他物。四面的牆壁，在陰暗中長滿了蛛網及霉斑，顯得單調冷森。再加上牆上靠近布簾的上方，掛了一個老式的時鐘，更使得整個的空間籠罩在一種無名的鬱悶中了。

那時鐘老舊不堪，破裂的木殼上，隱約有精工舍的字樣，圓形的數字板上，水漬及銹斑滿佈，數字也看不清了。它此刻正老邁無力地擺動鐘擺，發出粗糙的嘀嗒聲。

就在玉珠朝著內室喊叫阿婆時，時鐘突然黯啞地騷動起來。

玉珠抬起頭，祗見鐘上的指針擠在一起，模糊中任她怎麼看也無法分辨長短。她勾了勾頭，嘲笑般地聳聳肩膀，便往布簾走去。

「阿婆……阿婆？」她再喊。

「來啦！」

隨著聲音，一個老婦匆匆走了出來。

「吃飽啦？」阿婆問。

「嗯……」她低著頭。

「那……那我收了？」很拘謹的樣子。

「嗯……」

阿婆於是走到飯桌邊，收拾起碗筷。她身形瘦弱枯槁，臉容憔悴，一襲黑布衫蓬鬆地掛在身上，使她半哈著腰的身形佝僂老邁。

她似乎有點懼怕玉珠，在她收整著碗盤時，不時偷偷瞄向玉珠，彷彿深怕些微的聲響，都會激怒了她。然而玉珠翻身走到門口的藤椅，朝著屋外亮烈的黃土路，一屁股坐了下去，嘴裏還哼著歌曲，絲毫沒有不高興的樣子。阿婆這才鬆了口氣，急促的忙碌起來。

「阿婆，到底幾點鐘啊？」玉珠半躺在椅子裏，像是想起了什麼突然這樣問。

玉珠邊問，邊用塗滿血紅蔻丹的手指，夾起了一根香煙，眼睛仍然怔怔地望著死沉沉的路面。

「一點，一點五分啊。」阿婆經玉珠這一問，突如其來地駭了一跳，望著時鐘，久久才訥訥地回答。

「喔。」

玉珠不在意的應了一聲。她剛剛看到一隻黑色的小螞蟻，艱辛地咬著一顆飯粒，走到門背的夾縫裏。

「孩子都睡了？」玉珠點起香煙。

「是，睡了。」

玉珠彈了下煙灰，閉眼不再說話。她皮膚白淨，面貌皎美。雖然在三十左右的年歲上，黑亮的頭髮仍然使她有著一份少女的嫵媚及豔麗。

她今天梳了個髻子。耳邊未曾挽起的髮絲襯托在白皙的頰肉上，使得細膩而透明的汗毛，彷彿任情流瀉著熟透了的女人韻味。

她此刻靜靜地坐在藤椅上，兩腳支起在膝前翹了起來，紅綠相間的長裙順勢滑落，露出了粉白細緻的一小截大腿。她把頭斜靠在椅背上，輕吐煙霧的唇，紅豔豔的劃出一彎美麗的弧線。

「沒事了？」阿婆收拾碗筷，站在那兒。

「嗯……」

「那我到後面去了。」

「嗯……」

玉珠緊望著路面，當阿婆的腳步聲窸窸窣窣地逐漸消失後，她幽幽歎了口長氣。她此刻的位置正好斜對著路面，無邊無際像一支箭射去的土路，遙遙延伸到不可知悉的未來。她看著，盼著，希望這沉寂的土路，在下一瞬間會突然展現生機，然而在這樣的暑熱裏，連塵土也死沉沉地不曾飛揚。她祇得按捺住急躁的心情，輕輕搖動著雙腳。

縱然是解嘲般的自我安慰著，玉珠在單調的時鐘嘀嗒聲中，還是站了起來。

她走到飯桌邊，扭開了桌上的小唱機，轉盤上放了張唱片，她朝唱片吹了口氣後把唱針放下，又坐回到藤椅。

沙沙的聲音之後，終於一陣弦琴聲傳了出來，這是一首台灣民謠，凄涼微帶感傷的歌調，正是方才玉珠嘴裏哼著的，而此刻，深躺在椅背裏的她，也同樣的隨著歌聲而淺哼起來。

她面無表情機械般的哼著，但當她唱到：

「有情阿娘仔著甲婴

不通放給伊落煙花」

時，她卻在心裏閃過一絲悵然的驚喜，但那感覺是那樣忽焉而去，僅僅使她在臉上掠過一陣揶揄的輕笑而已，她仍舊空洞地盯著乾硬而泛著強光的台階，隨著歌曲唱了下去。

老舊的時鐘又騷動了一陣，不過玉珠沒去理會它，對她來說，時間彷彿失去了意義，她祇感覺到昏沉慵懶的熱氣而已。

唱機停了，單調的弦琴聲戛然而止，空氣中窒悶的氣息好像因此更加沉重，但玉珠彷彿睡著了，一動不動地靠在椅背上。

時鐘嘀嗒聲中，玉珠幽然醒轉，她重新又放起了那首名叫「台東人」的歌，也說不上來的原因，她總是喜歡著那曲子裏的哀傷及輕佻的歌詞：

什麼「稻仔大肚驚風颱，

阿娘仔大肚驚人知」啦，然後卻

「左手牽衫掩肚才，

右手招君仔擱再來。」的惹人噴飯。

當然玉珠之喜歡它，除此之外，便是有著同爲女人的哀怨吧！所以每當唱到：

「有情阿娘仔著甲娶，

不通放給伊落煙花。」

時，她才那麼深刻的感受到它的含意而歎息起來。她往往因此而想到數十年前或數百年前，在這首歌所描繪的年代裏，那些坐在茶店裏等著客人的女孩，當她們肚子隆起而招呼著客人時，那樣的情景，到底是怎麼樣的令人無限喟歎啊？

玉珠又坐回了藤椅，就在她靠回椅背時，她注意到伸向遠方的土路上，隱約的像有人走了過來。但陽光是那樣的刺痛著她眼睛，她想，總不會是眼花了吧，要不然在這時分上門，便是討命的惡鬼了。她依舊閉上了眼睛。

空氣在這沉悶裏，好像要全數蒸散了，玉珠慢慢地感覺到靠在椅上的身體，逐漸飄浮起來。耳朵裏在朦朧中，傳來了小孩的哭聲。

「唉呀！哭什麼嘛？又沒死人。」

她不自覺的罵出聲。然而身子仍待在椅上，不曾移動分毫。

小孩的哭聲，哇哇地傳了過來，玉珠把頭翻向門口，雙手放在椅把上，毫不在意地輕搖著雙腿：

「哭！哭吧！」

她忿忿地在心裏罵著。而躺在搖籃裏，張著大嘴，手脚亂蹬的孩子影像，卻隨之在她心頭膨脹起來。

「眞是！死老爸了？」

她這樣罵後，小孩的哭聲竟奇異地停了下來。玉珠長長地哼了一聲，在靜悄悄中閉下了眼睛，朦朧間那絃瑟聲又把她懸浮在那古老的年代中：

「稻仔大肚……，

阿娘仔大肚……。

左手…………，

右手…………。

…………

…………」

「小姐，唱片唱完了。」

一個男人的聲音突然在耳邊響起，玉珠猛地一驚，差點從椅上跳了起來。

「喔……」

玉珠走到桌邊，把唱針重新放好，隨口自言自語地：

「孩子在哭……」

「什麼？」那男人沒聽清楚。

玉珠這才抬頭打量那男人。祇見他三十來歲的樣子，白皙的臉，瘦瘦的身子，頗像個斯文的人。她直盯著看，有點好感在心中漾開。

男人被太陽曬急了，臉上淌著汗水，經玉珠這麼一看，卻紅通通的泛起紅潮，這麼一來，使玉珠更有一種親切的感覺了。老實說，玉珠在煩悶的等待中，倒不曾料到會有這樣的男子出現，雖然自她十四歲便賣身至今，上千上百的男人從指間滑去，但卻從來沒有過，像這怯生生男人所使她引起的心跳。

「好熱吧？」玉珠銜著他風情萬種的笑著。

「哎……」還像男孩似的赧顏呢。

「好像沒看過你嘛？」在走到內室的當兒，玉珠挽著他的手臂。

「沒……不過……前幾天我隨他們來過……我是說小羅他們……我在外面……」他多餘的解釋著。

「呆人……幹嘛不進來坐？……又不吃人？」

玉珠格格地笑了起來。卻隨而發現自己這句話有些不妥，「當然不會吃人，反而是……。」她更加孟浪起來。

男人益發臉熱了。玉珠的興趣彷彿因男子的羞赧而更加的被挑逗起來，「總不會是不曾上過妓院的規矩人吧？」玉珠在心裏掠過一絲奇異的感覺。

不一會兒，正脫著衣服時，玉珠感覺到男人果眞帶著幾分嫖客不該有的拘謹和羞澀。

「你也在台東木材廠？」玉珠把臉湊過去。

「嗯……沒幾天………」

「那……你今天不上班啦？」

「我那天看到妳……所以……」男人試圖避開玉珠的挑逗。

「嗯……所以今天偷偷跑來啦……」玉珠不放鬆的逗引著他。

「突然就喜歡妳了。」

男人突然咬著嘴唇，用著嚴肅的口吻這樣說時，玉珠卻隨即因這句話而砰然心跳起來。「……喜歡妳……」這句話對玉珠來說，祇不過是句男人的口頭禪罷了，永遠跟隨著肉體的相擁而出現。然而這樣的嚴肅口吻，由這怯生的男人說出時，玉珠卻反而爲這簡單的字語而被攫住了。

她努力想擺脫這樣的感覺——那簡直像相愛著的人。

「我也好喜歡你。」玉珠脫口而出。她想藉著這樣的輕佻使自己回復到一個妓女的地位。

然而男人不再言語後的凝視，祇有更令玉珠感到逼人的難以抗拒的眞情流露。

「別那樣盯著人嘛。」

玉珠打開窘狀，男人卻順勢勾起了她的下巴，一雙眼神因此深深地漾在玉珠動了情的心裏。

「今天是怎麼回事了？」玉珠在心裏激動起來，千萬個不同的男人曾經說過類似的話語，也做著同樣的動作，爲什麼這孩子般羞怯的男人會使自己心動呢？

她竭力想掙脫逐漸湧起的情愫，試圖把自己拉回漠然無所謂的動作裏，然而男人白皙的臉孔，黑濃的眉毛，以及略帶拘謹的動作，卻在心頭更加膨脹起來。

「我總覺得我們認識好久了。」男人說。

「老套。」玉珠在心裏吶喊著不要去信它。

「妳的臉那麼熟悉的在心中廻應著……」

「廢話……廢話……」玉珠逼著自己不要聽了。

「所以，我想……我要找一個特別的時間……。」

「每個男人都這麼說的……」玉珠雖然抱著不去理會它的心理，然而她卻又期待他繼續說下去。

「妳是不是覺得我有點神經病？」男人突然這樣問，他的表情誠懇而動人，玉珠隨而垂下了頭。

「不，不會啊……」

玉珠輕輕地回答。「見鬼……」她同時卻在心裏嘲諷著自己。

「我也不知道爲什麼這樣……不過……我從來沒有來過這種地方……」他很認眞。

「嗯……」玉珠依著他更緊了些。

「我以後要常來看你……」

男人終於呑呑吐吐地說完，玉珠把頭靠在他的胸脯上，開始昏眩起來。

二

「玉珠……」馬端明輕喚著橫臥在床上的女人。她趴伏著身子，烏黑柔亮的髮絲披在光滑細嫩的背上，豐腴撩人的美麗曲線，益發在晨曦的逆光中，顯得楚楚動人。

「玉珠……」馬端明湊過臉去，在她的身上摩擦著。

「嗯？」她翻了個身，雙手擁住了馬端明。

「嗯。」她猶闔著眼簾，囈語般的應聲在小屋中漾開。

「眞的？」馬端明激動地摟住玉珠光滑的身子。

「什麼眞的？」玉珠霍然醒來。

「眞的嫁給我啊。」

「嫁給你？」玉珠瞪大眼睛，旋即格格地笑了起來。

「我是說眞的，我們離開這裏，我會好好的疼你。」

「嘻……」玉珠猶然吃吃地笑個不停。

「眞的，不跟你開玩笑。」馬端明氣極敗壞的說。

「誰說我要結婚的？」

「你這樣下去總不是辦法啊！」

「這樣不是很好嗎？」

「可是你……」

「怎麼？我不偷不搶，有什麼不好？」玉珠睨了馬端明一眼。

「不……我的意思是……不必這樣過日子。」

「很好啊，也不費力氣，也不需奔波受氣，而且哪個男人不喜歡我？我何苦要結婚受罪？」玉珠理直氣壯的說。

「可是，我們可以正正當當的生活啊，我去上班，或者做生意，快快樂樂的活下去。」

「唉，我才不結婚，我的祖母、母親，也都是這樣的過來了，還不是快快樂樂的。」

馬端明看到窗外的後院中，老阿婆蹣跚吃力的提著水桶，一桶又一桶的提回家裏來，他歪斜著身子，枯瘦的手臂彷彿再無法承受重量而微微顫抖著。

「唉，我早就抱養了女孩子，像我祖母買了我母親，我母親養了我一樣，我才不擔心呢？」

「那……」馬端明詞窮了，他注意到老阿婆好像跌了一跤，正撫摩著膝蓋。

「算了吧，還說結婚呢，我才不幹，再說我才祇不過認識你幾天。」

「……」

馬端明沒有理會玉珠，他的注意力全集中在那老阿婆身上了。

「玉珠，那老阿婆怎麼那麼老了還來作事呢？」

「啊？」

馬端明指著窗外的老人。

「她啊？就是我的祖母啊！」

「啊？」馬端明瞪大了眼睛。

「你……祖母？」

「是啊，我的阿婆啊？」玉珠奇怪馬端明的神情。

「那……你怎麼叫她做那些事情？」

「不叫她來做還叫我來做啊？」

「可是，不是你的祖母嗎？」

「是啊。」

馬端明詫異的望向玉珠，祇見她也狐疑的看著馬端明，馬端明遲疑著，覺得她的姣美的臉龐竟似流露出駭人的神情，像是白痴的眼神——空洞且令人不寒而慄。

馬端明怔怔的看著玉珠。

「你……」

「這有什麼奇怪的，我的母親對她的祖母也是這樣的啊，她們都是這樣的，有什麼奇怪？」

馬端明思緒絞結著，像是無法忍受這樣的事實，在這女人身上，他竟找不到絲毫可以顯示其爲人的證據，他想到電影裏野狼灼灼的眼神，更想到瘋人院中空洞無神，而且直視的眼睛，他駭然的跳到床下，胡亂的抓起衣服，正穿時，卻突然想到自己是那樣裸身的與她擁抱親吻，一陣噁心湧上心頭，衣服不及穿好，他便沒命的往門口衝去。

跑了好久了吧，那房子已看不到，馬端明突然因自己的行爲而感到可笑起來，大概是少見多怪吧，也許不應該那麼大驚小怪呢？

然而，他旋即又想到那斜著身子提水的阿婆來，那麼吃力蹣跚的脚步，也許正是玉珠將要走的呢？想到這裏，馬端明不禁因那樣的一些女人而悲傷起來。

故事

一

他們正在開「榮團會」時，太陽已經偏斜了。淡紅的陽光透過木麻黃而射到餐廳的沙地上，有點燥熱，有點昏黃。

火力班班長方樹民蹲在隊伍後約一公尺的地方，心不在焉地在沙土上劃著方塊。激起的塵土在斜光下稍稍揚了起來。

「媽的！該開飯了吧。」

地上的圖案越畫越像一塊三角帆時，他突然劈劈拍拍像刈草般地把帆及桅桿抹了去，並沒頭沒腦地冒出了一句：

「太陽下山囉！」

連長喋喋不休的訓話倏地停住。

「方樹民？」

老方連頭也沒抬，但他知道那小鬼的臉孔一定氣炸了。

「我說方樹民，你有什麼建議？」

「沒有！」老方低頭又畫了一個方塊。

「沒有？那你在底下嘀咕什麼？……鄧昌菊！鄧昌菊呢？」

阿菊正打著盹。

老方推了他一把。

「問你咧！」

阿菊站了起來，慌忙中把小板凳弄翻了。

「你怎麼樣？有什麼建議？」

「沒……嘸啦……不過……阮嘿嘟……退伍啞嘸下來……報出去那麼久了……阮嘿嘟……四五十歲……走路跟不上……免參加行軍啦……。」

他夾雜著閩南方言與國語的建議，結結巴巴地在餐廳中廻盪，把全部的阿兵哥都惹笑了。

「走不動？你酒少喝點就會走啦！」

阿菊訥訥地站在那兒。

「……阮嘿嘟……規定……四十五歲……免行軍……阮老士官……免嘿嘟參加……」

「規定？你知道什麼規定？讓你走走路，運動運動不好啊？」連長揮了揮手，示意阿菊坐下。

「不過……阮嘿嘟……」

阿菊訕訕地還要說時，老方扯了扯他的褲管，硬把阿菊給拉了下來。

「講？跟他還有什麼好講的！」

二

正午時分，海風照例地在這時刻停下來。瀰漫著砂石的沙灘，終於在風止後的日照下露出了它本來沉悶詭譎的面目。

這是金門西海岸靠近古戰場的一個小據點。方圓百十公尺的地方，在鐵絲網及壕溝的圍繞下，堅若雷池，密閉得恐怕連一隻老鼠也走不出去。而正對海面的端處，兩三個碉堡更把整個對岸盡攬眼底，連鳥都飛不進來的把守著。

悶熱無風的午時，惡毒的日曬連空氣也彷彿蒸散了。開過飯的士兵，在沉沉中睡去。

空氣中好靜，使人感到絲絲的不安。而黃混的沙灘上，燥熱的沙石在荒涼中，泛著一層無力、昏眩的窒息。

一號碉堡的邊上，在沉寂中突然閃過一條人影，他躡手輕足地走在鋪滿碎蚵殼的走道上，發出沙沙的響聲。

衛兵霍然驚醒，槍桿舉了起來。

原來是老方。

他向衛兵揮揮手，自顧自地繞過了哨棚，來到鐵絲網邊，便一屁股坐了下去，方才聲響於是又趨於靜止了。

近來每天到了這個時候，老方總是坐到海邊來，儘望著海水出神。雖然他是如此地呆望著，彷彿入定似的。但每當水面上出現了點點的小帆船時，他便悠忽的睜大眼睛而興味盎然了。

然而現在的海上空無一物，祇是翻起的白浪在陽光的耀射下，粼粼的泛著浪光。一大面湛藍的海水，在這靜止中，彷彿把陸地間的距離拉近了許多。

耀眼的陽光高懸著，老方瞇著眼睛，極目搜尋。遠遠靠近對岸的水域裏，好像出現了幾個黑影，但那小點著實太遠了些，老方看了半天，也看不出什麼，於是他靠回了身子，順手拉起一根青草，嚼動起來。

他是這連隊僅存的兩個老士官之一。另一個就是鄧昌菊，人人叫他「阿菊」的那位。老方一向是極厭惡阿菊的，尤其當阿菊喝得爛醉，跑到他跟前胡說八道時，他總厭煩得想宰了他。但最近，他倒是對阿菊懷抱了一種格外的心情，不再對他那麼厭煩了。因爲自從去年年底，老兵們相繼走光了以後，他突然感覺阿菊可愛多了。

在以前，雖然他不怎麼跟所有的老兵們來往，但總生活在一個隊伍裏面，多少有點感情。所以，當他們全退了伍，回到台灣去的那晚上，他著實大醉了一場。也說不上什麼原因，總之他醉了，在床上挺了三天才恢復過來。

也許同情阿菊，便是那時開始的吧。

阿菊是福建人。生就一副酒糟鼻子大肥臉，黑黝黝的皮膚撐在五短身材上，每當走路時，一身肥肉顫巍巍的，就像一個獅子頭在地上滾動般的滑稽好笑。但除此之外眞正引人發噱的不是他的人，而是他的話語：是鄉音嗎？又夾著國語，說是國語嘛，卻又摻雜著無數的方言。總之，見著他的人，再聽得他講話時，一定會噴飯大笑的。幸好他與人談話的機會不多，一天裏他總有十個小時是醉醺醺的，而其他清醒的時間又全在睡眠中度過，那麼對於這樣的老兵，想要來指責他的不是，卻也沒什麼理由了。

當然他並不是自始至終都是這個樣子的，年輕時的雄偉事蹟雖然沒有，但那祇是他

十三、四歲穿上二尺半後，除了打靶外，一槍一彈沒有放過的悵惘而已，是不能怪他沒有功勳的！而且在軍隊裏一躭三、四十年，從毛頭小子到頭頂開了花的老人，其中的辛酸，雖是沒有功勞，總也有點苦勞吧！

阿菊是以這樣的態度過活著，自然除了酒以外，也就沒有任何東西可使他安心了。再說來到金門不知千百回了，放眼過去，對岸永遠是什麼都沒有，倒是覺得山好像高了些，而日子一年年逝去，望著望著也不曉得望了多少回了，海水還是那麼藍那麼深。阿菊已上了年紀的腦袋，倒想趁還能動時，退伍下來做做老百姓了。說起來，大半輩子還是在台灣度過的呢！他時時計劃著退伍的日子，那當然是他在清醒時候——起床的時刻裏想的：賣牛肉麵？不！小的餃子館好了，或是乾脆到學校裏當個小工友！行，行，都行，祇要能退伍便行……。他三番兩次地向自己保證著，一定好好地幹。

於是酒喝得更凶了，因爲希望就在眼前。

也許老方厭惡他的原因便在這裏了。二十年來共同生活中，不止一次，他見阿菊醉了，哭了，嚷著要回家鄉去。不多久，又醉了、哭了，卻抱怨退伍沒有核准。

對於像老方這種事事認眞的人來說，阿菊的少有骨氣，當然是醉生夢死的行爲了，因此他這樣子罵他：

「媽的，中國就是被這種人搞垮的！」

這樣說阿菊當然不近情理，但事實是老方一向是誰都討厭的，也就沒什麼奇怪了。

其實方樹民可說是個標準的軍人。他南征北戰，在槍林彈雨中不知死過了幾回，在挨滿了彈痕後，終於保住了一條性命，做了火力班班長。他是很滿意這個職位的，而且做得很認眞。雖然曾經有人以爲他最起碼也該昇到士官長的地位，不過：

「當兵的計較這些做什麼用？重要的是……」

他總毫不在乎的說上一大堆道理，堵住了那些替他叫屈的嘴巴。

除此之外，老方更對將來充滿了信心，這點從他每個早上賣力地跑步，保持體力的情形便可看得出來。但是人終究會老的，他當然不能跟二十郞當的年輕小伙子比。本來每天早上三千公尺的跑步，這幾年來也祇減到做做體操、散散步的地步了。不過，他仍舊是精神奕奕地，如果有誰那麼不識相地問：

「老方！快退伍了吧？」

那麼他一定得準備挨一頓罵了，在老方紅光滿面的臉上，甚至連皺紋及白髮也顯得有力呢！

這種情形已延續多年了哩！不過最近連上的老兵一個個走了後，他卻不再早上運動了。早操時總是沒精打采的站在隊伍後頭，伸著懶腰，打著哈欠，而那一頭白髮卻更蓬鬆了。

然而日子還是一天一天沉悶地過去，什麼事也沒發生，大概除了連長偶爾發發脾氣罵他外，日子還是跟二十年前一樣的吧？

雖然如此，但不知從哪天開始，老方一有空便總是坐到海邊來，看著海水，看著沙灘了。

此刻，老方已經在這個碉堡邊坐了好久了。海上的小點逐漸看得很清楚起來。那些是一艘艘小舢板，打滿補釘的三角帆，斜立在木質船身上，正鼓著風在浪裏飄浮。

那船一上一下巧妙的逆著風行駛，在S形的路線中迎風前進。

老方瞪大了眼睛，坐著的身子幾乎浮起來，雙手更隨著小船的左右逆駛而移動著。喉嚨裏：

「……嗨唷……嗨唷……」

也隨著韻律發出粗嗄的喊聲。彷彿他正站在船尾上撐著舵駕馭著風浪一般。

哨棚裏的衛兵，偶爾探過頭來，聳聳肩便隨而伸回頭去。而天空中，陽光仍是那麼刺人眼簾，沉默的空氣中不時傳來老方的哼哈叫聲，那囈語般的低吟，便像是悶悶溼熱的泥漿正冒著氣泡無聲地鼓動一般，使人慵慵然昏沉欲睡。但若與悶熱的陽光比較起來，老方坐著的碉堡邊上，那草地、那陰影，是多麼的使人感到欣喜而想擠進那清涼之中啊！

三

太武山上的風呼呼地吹著，貼地飛走的沙石，偶爾打在老方的脚上，微微刺痛著。他手上拿了一個紙包，終於在吃力的爬上頂峯後，站到一塊大岩石上。

他今天的心情壞透了。毛頭連長竟當著大家的面刮了他一頓鬍子，而且還叫他立正在餐廳中站了十分鐘。

「媽的，什麼玩意，我提著槍打肉搏時，你這小子還不知道在哪裏呢？叫我罰站，什麼玩意兒？連我看看海水看看山也礙著你了？媽的，什麼玩意……」

似乎是越想越氣，老方竟破口大駡起來，祗是這裏的海風究竟大了些，喊出去的話，便像吹嘯而過的小石子，無聲無息便消失在懸崖之中，再也聽不到了。

他臨著風，站立了片刻，心緒漸漸平靜下來，而面對著眼前壯大的景象，更使他浮起另外一種念頭，把方才的不悅通通抛諸腦外了。

一個月裏，老方總有幾次要爬到山上來的，尤其是當他身受委屈而心情愁悶時，他必定是在枕頭底下取出報紙包就的小紙包，一路蹽上山來。也說不出爲的什麼，但每次當他忿忿地來到這裏，而望著開濶的山水時，他所有的煩悶便都在海風的吹拂下，一溜地的消失。也許十分鐘，也許一個鐘頭，他總靜靜地佇立山頭，然後才又細心地將小紙包揣進懷裏，返身走下山去。

此刻，他正如此地靜立著。背負著的手，緊握著泛了黃的小紙包。天邊不知什麼時候飄來一堆黑雲掩住了陽光，在碧綠的海面上，籠罩成一種陰暗的顏色，使海水看起來，便像突然加深了幾尋似的。

然而他知道那海水其實是很淺的。退潮時，便可一涉而過呢？

他站著，突然笑了起來。

好久以前的事了。那年初到金門來，八二三炮戰剛打過，他與幾個老鄉站在古寧頭望著海水漸退的沙灘時，竟然打起賭來：他賭說等海水退盡時，一定連走都走得過去；當然，老方是賭輸了，當著大家的面，他仰臉呑下一大瓶高梁，但半瓶還沒喝下呢！胃部一陣抽搐，他通通吐了出來，而辛辣的酒味，更使他噙著的淚水，決堤似的滾落。

那一次眞丟盡了人吧！然而似乎老鄉們便沒有再提起那次傻事呢！

那當然是個笑話了，不過有多久了呢？老方靜立著，看著海面悠悠流動的潮水，那高粱酒的辛辣彷彿便鯁在喉頭而酸湧起來了。

其實，那海水眞是很淺的，雖然老方打賭輸了，然而他一直那樣肯定的以爲著，走當然是走不過去的了，不過當潮水退了去時，逐漸露出的沙洲，不是眞的像接到對岸的山下去了嗎？大概誰也會這樣地打著賭的吧！

老方再度笑了起來，深深地吸了幾口氣，正想下山去時，卻突然爲海上出現的幾艘小船而拉回了腳步。

他走到岩石邊上重又坐了下來。在這高處，海面上的景物比在海邊上看，要淸楚多了。

他凝神地看著。

開始喜歡看船大概是這幾個月來的事吧！連他自己也弄不淸，爲什麼先前不願意去看的東西，竟也喜歡起來了。但總之那些在水上飄浮的東西，算是重新回到自己的生命之中吧。他倒有些異樣的感覺——是那樣子的東西嗎？一直在內心裏煎熬著不去想像的事物，就像在江水裏飄浮的嗎？

打從那年打賭失敗而灌下半瓶高粱酒後，老方便不願望向海邊了，尤其是那些帶著三角帆的舢板，總會觸動他厭惡不耐的激動。「媽的！儘看這個有什麼看頭？」他總那樣咒罵那些喝醉酒的老鄉們，尤當他們述說起家鄉的種種時，老方更會一股腦地用盡所有髒話，說他們沒有出息，祇會作賤自己，一如他罵鄧昌菊「搞垮中國」一樣地忿忿。然而，他今天竟也如此地看望起來了，而且似乎比那些退了伍的老鄉們，有著一股過無不及的期盼。祇是連他自己也弄不淸楚到底怎麼會有這樣的轉變。不過，既然這樣做能使他打發時間，那麼又何妨呢？

天色漸暗了，海風逐漸加大起來。老方終於抬起沉重的脚步，一步步走下山去。

四

連長宣佈任何人不可超過衛兵哨棚，而走到碉堡外的第三天，老方一大早就起來了。

月亮還掛在天邊呢，種滿木麻黃的據點裏，泛著一股冰涼的冷意。老方在沙地上輕輕地走著，雖然天邊已泛白了，不過樹影幢幢，他幾次差點摔倒地上。

好不容易，他到了阿菊的碉堡前。

「咯，咯，咯……」

他輕敲著木門。

「阿菊……阿菊……」

「……哪一個?……」

「我!方樹民。」

「啥沒事情?」

「……開門……」

「……」

停了半晌，阿菊摸索著把房門打開站了出來，泛白的月光照在他半邊臉上。

「哎，幫個忙好不好？」

「嗯？……」

「我想去抓八哥。」

「啊？……」阿菊嚇了一跳。

「抓八哥。」

「抓八哥？」

阿菊突然神經兮兮地笑了出聲，並且意外地一口答應了。

「嘻嘻……好哇，走！」

阿菊回身把房門掩上，跟著老方走了出來。

他們兩個一高一矮，一胖一瘦，穿出了側門。阿兵哥是最好騙的了，祇消說去查哨，三更半夜也出得去，更何況天快亮了。

「阿菊！你不問我爲什麼要去抓八哥？」老方在沉默了片刻後問。

「問？問啥來？我卡早就想去抓了。」

「喔……」

「你現在才想要養嘿嘟八哥啊？」

「嗯……」

「咳！阮嘿嘟早幾年就養過啦……不過那是用買的！」

「怎麼樣？」

「死了……」阿菊突然忿忿地說：「阮嘿嘟，嘿嘟據點……養不出啥米啊……」這

阿菊激動起來時，話都不成話了。

「……」老方聳了聳肩膀，不哼聲。

「……呷啥米攏嘸用，豬肉也一樣，還是死了。」

「吃豬肉也不活啊？」

「是啊！」阿菊的聲調黯然許多。

「退伍令還沒下來？」

「嗯……呷豬肉也是嘸效……。」

「你報了多久了……」

「……三個月啦……祗養了兩禮拜就死啦……」

「要那麼久啊……」老方皺起眉頭。

「等吶……抓到我再養一隻。」

「……申請表格在文書那兒吧……。」

「……嗯……雷區那邊八哥很多！」阿菊突然大聲起來。

「嗯……」老方沉吟著。

「阮嘿嘟去雷區抓吧？」

「嗯……表格是誰幫你填的？……」

「文書啦……雷區太危險了……不過別的地方不好抓呢……」

「嗯……我……」老方突然停了下來，儘看著阿菊。

「……走啦……雷區就雷區吧，免怕！阮嘿嘟上次也是……」

「……不是……我是說……」老方氣急敗壞地。

「那就走吧！」

話沒說完，阿菊便拖著老方走下懸崖了。

五

昏熱氣悶的午後一時。

直射的陽光照在碉堡的四周，把草葉子曬得一根根軟塌塌地垂在地上。

碉堡內，斑剝的石壁在陰冷中，因室外的高溫而滲著幽幽的水珠，原本幽黑的地下室更形潮冷而霉溼。

靠近射口的台階上，臨著門板的地方，掛了個鳥籠子，一隻小八哥靜靜地立在橫竿一側。牠低著頭一動不動地蜷縮著，黃黃的小喙，似乎喪氣地垂在胸前。

方樹民半躺在床頭，正輕輕地撫摩著他那幾十年來一直隨身不離的小紙包。他是那樣緩緩地摸弄著，好像是安慰多年的老友一般。但他低垂的臉上卻雙眉緊鎖，像有重重心事急待疏解，倒又彷佛是小紙包在安撫著他了。

空氣裏好靜，陽光稍稍在射口移了進來，微弱地照在小八哥身上。牠偶爾撲撲翅膀，在橫竿上移動不息。但那些舉動也祗不過無力地晃了晃，便又垂下翅翼，無聲地靜止在那兒。

老方躺了片刻，突然睜開眼睛向射口望去，外面強烈的陽光悠悠地照著，視線所及，祗有青草、祗有昏黃。他痴望著，突然「唉！」地一聲，衝到門口，拉開木門正要奔出去時，一大片耀眼的光線射了進來，他摀著眼睛呆立在門口，狠狠地罵了一聲：

「去他媽的毛頭小子。」

然後重重地「砰！」的一聲把門關上。

小鳥在驚嚇中飛身撲到籠門，發出一陣強烈的撞擊震動，而老方走回床頭拿起紙包，顫抖地扯開黃紙，便一臉伏了下去，微微啜泣著。

這幾天老方實在消瘦了許多，尤其當連長不准他坐到海邊去，而小八哥也不能消解他的愁悶時，他更加憔悴得簡直不像他自己了。

他當然曾經深思過，那些使他焦躁、煩慮的東西到底是什麼？爲什麼連一向都能使他心安的小紙包，也失去了效用呢？

六

阿菊終於要走了。

打從退伍令下來後，祗見他酒也不喝，覺也不睡了，終日都在打點行李。

「莫問題……阮嘿嘟一定馬上寫信給你！」

「……對啦……小生意做一做啦……」

「不一定台北啦……阮嘿嘟桃園也有很多老鄉……」

「莫問題啦……一個人隨便也有飯吃……」

阿菊興致冲冲的逢人便說退伍後的打算，在他心裏：「對！對！人生五十才開始……哈！阮嘿嘟……」彷彿一切又有希望了。雖然也有人警告他，認爲他身體不十分好，不要操勞過急，但這一切也都變成一種使人高興的話語了。

船期終於到了，在他打點行李完畢的半個月後。

其實他的行李極其簡單，兩口草綠色的木箱，便足足有餘了。不過，退伍總是一件大事，所以每隔一兩天，總會看到他蹲在房裏統統重新打點一次：二套便服，一件舊西裝上衣，幾雙膠鞋、襪子、毛巾、內衣褲……等，以及一疊發了黃的舊信。

「對！拖鞋也要帶走……」

他簡直忙昏了。

偶爾，老方也過來幫幫忙。

「你帶那麼多東西啊……」

「……莫……莫啊……祇有幾件衣服。」一提起那兩套便服，他就滿心歡喜。

「……以後免嘿嘟再穿這個綠衣服啦……回到台北，我要多買幾件輕鬆的衣服……」

「……省點才好……」

「……莫要緊啦……人老啦……舒服一點……」

他們兩個興高采烈地談著，突然，阿菊抬起頭來……

「方班長……」

「嗯？……」

「阮嘿嘟看你……還是退伍吧……」

「……………」

「老啦……不能再待啦……」

「嗯……」

「阮嘿嘟一起開麵店吧……我在台灣等你……」

「嗯……」

「眞是啦……不要再想……」

「再說吧……走！我們喝一杯去。」

傍晚了，烏雲漸漸地濃重起來。醉醺醺的阿菊要走了，阿兵哥擁著他上了卡車，一面向他歡呼著。老方站在車下，手拉著阿菊的雙手，兩人默默地沒有一句話。

「……阮嘿嘟……走了……」阿菊輕輕地說。

「……祝你順利……趕快來信……」

「會啦……」

「不再送你了……」老方突地黯然起來，聲音沙啞著。

「免……免……回去吧……」

「……再見……」老方伸回了手。

車子發動了，一陣廢氣冒了上來。車子開始移動，老方揮著手，正想轉回身子時，阿菊突然探出了身子：

「方班長……阮嘿嘟……在台灣等你啦……」

「……………」老方一陣激動，連話都說不上來。

「……還有……八哥放了算啦……養不活啦……」他又大聲地喊著，不過車子已去了好遠了。

老方看著車子漸漸地去了，眼前卻一陣模糊。他追著向前跑，跑了幾步，大聲叫了起來：

「……好！……」

卡車再看不到了。寂靜黑沉的夜，白色的蚵殼道路，在黑暗中遙遙的伸向遠方。

七

老方又開始跑步了。在他申請退伍的第二天。是一件大事吧！他不免再三思量著。不過，許久以來在他心頭繚繞的苦澀總算一掃而光，他益發欣喜起來。

文書說老方的年齡較大，退伍令很快便可下來，然而最快也需幾個月後。

「沒關係！我慢慢等好了。」

他是那樣地高興，連毛頭連長的白眼，他也無所謂了。除此之外，他天天地盼望著阿菊的來信。

「我們還有一番天下要闖呢！」

他時時叮嚀自己，等阿菊一來信，必定要這樣子告訴阿菊。

然而阿菊的信始終沒來。老方開始焦急了。不過那也祇是幾天的光景而已。

「沒關係，到了台灣再說吧。」

「一個人不是照樣能打天下？」

他每每對著逐漸長大的八哥這樣說。

日子在等待中過去了。算算阿菊退伍也有一個半月了，老方的退伍令仍是一點消息都沒有，他漸漸不耐煩起來。

「媽的，連這麼簡單的事也要拖個半天？」

他很是憤怒，而且最重要的，他竟時常半夜做起夢來。這是很嚴重的事了，他自前些時猛然發現頭髮漸落，而三更半夜也頻頻起來小解時，他憬悟到眞是歲月不饒人哪！而現在，連睡覺也不得安寧了，他深自擔心著退伍莫非太晚？然而，退伍令甚至到現在也未曾下來呢！

於是他跑文書室跑得更勤，而晚上的夢也越來越多了。

有時他夢著已經到台灣開麵店了。有時卻又夢到兒時的故居。滾滾的江水，駁貨的舢板以及成羣的八哥在籠裏鳴叫。

他甚至還夢到母親在梳洗頭髮的模樣來了。那烏黑油亮的頭髮多香啊！

然而，大多時卻是做的惡夢呢！

他夢到阿菊在返台的船中掉下海去。更夢到敵人的刺刀揷向自己的胸膛，而離家逃難時，母親含淚的眼睛及哥哥催促快走的凜然更時時若虛若實地在夢裏出現。

老方又憔悴下來了。終日裏祇見他醉沉沉地歪倒在床鋪上。

三個月過了，退伍令仍然杳無蹤影。

是一個陰沉欲雨的下午吧。天空裏烏雲滿佈著，老方在文書室又發了一頓脾氣後，回到碉堡時，意外的看到了一封信。

「來了，阿菊終於來信了。」

他不禁狂呼起來，急切的拆開信封，信紙上祇寥寥幾個字，卻不是阿菊的筆跡。他匆匆看完，卻旋即呆立在那兒，彷彿發了痴似的，口裏不住地喃喃唸著：

「不可能！不可能！怎麼會呢？」

「不可能……不可能……他說開麵店的……怎麼作臨時工……不可能……搞錯了……摔死？……不會的……」

他漸漸昏眩了，靠在門板上的身子慢慢顫慄起來。

天空中雷鳴隆隆響起，風沙滾滾從門口吹了進來。

老方不知靠在門邊多久了。祇見他突然提起了鳥籠，在狂風中向太武山走去。

雷聲更大了，彷彿就在老方身邊響起。他頂著風吃力的站定在懸崖邊上。

此刻的海水是沸騰了吧！激起的白浪在混濁的水色中，澎湃著向岸上擊來。

老方靜靜地站在那兒，臉上出奇地冷漠著。終於他從注視了良久的海岸上拉回了視線，伸手抓出了八哥，兩手向空中一拋，小鳥像斷線的風箏一溜煙地便消失在背後的山岩中。而一陣狂風夾帶著沙石在山上突然湧起，瀰漫了所有的景物。

風慢慢地小了，太武山上恢復了原來的崢嶸面貌。而懸崖上空無一人，祇有老方的小紙包被風吹落在岩縫下，幾綹油黑黑的頭髮露出外頭，在海風中微微招引著。

——原載一九七九年十一月《台灣文藝》第六十四期

夜鄉淚

一、誰家的孩子

看樣子這陰霾霾的天，要持續下去了。時陰時雨的天氣，好像啜泣的孩子在嚶嚶哭泣。點點滴滴從簷下飄落的雨把窗子都濺濕了。

午夜最後一班北上的莒光號駛進了中華路，又是十二點了哩，離鐵路不遠的一個飯館內，有個孩子也感受到在黑暗中時間的飛逝。是冬夜的冰寒使他仍清醒著吧，他在黑漆漆的小房間中轉動著眸子，忽而輾轉反側，忽而唉唉的歎著氣，聽到火車轟隆而過的聲音，便突然爬了起來，扭開床頭五燭光的小燈炮，鼻尖幾乎湊到紙上寫起信來。

「親愛的父母親大人：你們好嗎？兒在這裏很好，請不必掛心……。」

懷著無言的沉重，他寫著寫著，突然湧起片片哀愁，執著的筆再寫不下去了，遲疑了一會，終於關燈再度躺下。

是該睡了，他這樣想到，然而滴嗒雨聲，卻擾亂著心緒，他躺了一會，終於輕巧的爬下床來，躡手躡足往厠所走去。

厠所的燈很奇怪的仍亮著，他解完手，順手按了開關，正想往回走時，驀然一隻手在背後攫住了他。

「啊！」的一聲，他來不及驚叫，嘴巴已被摀住了。

「哼，叫？」尖細邪狎的聲音冷冷的在空氣中飄浮。

「不……不要……」他掙扎著。

「嗚……不……」聲音漸漸消失在另一房間中。

雨仍下著，嘀呀嘀的，就像那家的孩子在嚶嚶啜泣吶……。

二、假日清晨

天幽幽的又下起雨來了。冬日陰冷的晨風，隨著霉濕濕的雨點，更形尖銳的撲擊在李安明身上。

才五點稍過，黑鴉鴉的凌晨籠罩著台北市區，寬廣黝黑的馬路，像一條抹也抹不去的陰影，從李安明眼前展開。他推著板車，吃力的走在積滿雨水的路上，濕透的布鞋，不時湧起冷冽冰硬的刺痛。禁不住打了個冷顫，他索性推著板車奔跑起來。

這是西門町電影街一帶，最熱鬧的武昌街上，平常五光十色的燈火，鮮麗耀眼的海報，這時全黯啞無聲的靜寂著，而總是明亮奪目的橱窗及紅綠閃爍的洋行，在這清晨裏，更死沉沉散發著空靜冷淒的感覺。

這是什麼樣的對比啊？每當清晨，李安明從中央市場推菜回來的當兒，總會感受到空洞宛如市墟的淒涼，是那樣使他害怕與唏噓。他甚至不敢相信，這樣一個孤寂冷蔑的街道，會是那明艷使人迷亂的場所，這……祇不過數小時的差距，爲什麼就表現出生命與幻滅的絕不相同呢？李安明隱約感覺到絲絲的不安在腦間沉浮。

好不容易轉了彎後，淡水河堤上的路燈已隱然可見了。他緩下脚步，朝路燈淡白的光暈走去。

到底是霧還是雨呢？黏黏的感覺使李安明難受異常，陰雨的天氣已連續好多天了，雖然飯館的生意並不因此受到影響，但霉濕濕的雨，早把李安明的心給煩擾得更加低沉。

愈往前走，路燈的光暈愈大了。也說不上來，爲什麼李安明會對河堤的路燈有著那樣的好感。每回經過這裏，當慘白微弱的光線映入眼簾時，他都像見到自己的親人一般擁滿了溫馨，而那感覺又像久別的老友在異地重逢，半是驚喜，半是不敢相親的愕然。

那是什麼樣的路燈，發出這樣的光線呢？

李安明總想弄個淸楚，但他始終沒有機會可以前去一看。也許……也許就像普通的路燈吧！長而高的鐵桿，在頂端彎成弧形而吊著燈泡，……也許是水泥做的燈架吧，下粗上細，方方的就像很古老的日本樣式……。

兩年來，李安明總那樣絞盡腦汁的去想像河堤路燈的形狀，當然，他是相信有著那樣燈光的路燈，是絕對不同於一般路燈的。

更重要的，在飯館工作兩年來，卻連近在咫尺的路燈都沒法去看個究竟，這種懊惱，更使他胡思亂想的去爲那路燈塑造奇怪的形象了。

李安明工作的飯館，就在電影街的一條小巷子裏，那可眞是最熱鬧的地方，雖然巷子小而骯髒，但由於地點適中，客人之多，使四、五個夥計的陣容也忙不過來，也許正因著這樣的緣故吧，在白天，李安明連大門都不曾踏出一步。

此刻，李安明推著板車，已來到巷口了，面對陰暗的甬道，他似是意猶未盡的，側頭再看了一眼朦朧慘淡的燈影，然後低頭歎了口氣，才往巷子鑽進。

天色漸亮，該是起床時刻了，飯館門口的燈，像往常一樣已經打亮，而小吳在昏黃的燈下，靠著柱子，等待李安明回來。

小吳是與李安明年齡相仿的孩子，兩人做著同樣的工作，不過因爲小吳才來不過半年的光景，加上他身體比李安明更瘦弱些，所以李安明凡事都幫著小吳做。儼然像個哥哥般的照顧著他。

今天李安明又代替小吳去市場推菜回來，小吳不敢多睡，早就在門口等著了。

「動作要快點。今天禮拜，菜很多。」兩人嗯哼嗯哼的把菜搬到水籠頭下，默默的洗著時，李安明這樣說。

「……」

「……」

「你昨晚不是說要寫信回去嗎？寫了沒有？」李安明沉默了一會兒，輕聲的問。

「咦，你怎麼啦？」李安明狐疑的抬起頭來。

「沒……」

「怎不說話？」

「阿明哥……我……」小吳吞吞吐吐的，話未說完便哭了起來。

「怎麼回事？」李安明詫異的扶起小吳低沉的肩。

「我……他……我不做了，我一定要回家。」小吳聲淚俱下，痛哭失聲。

「啊？他？……老李？老李怎樣？」李安明看著小吳白皙蒼然的臉，扶著他肩膀的手也不禁顫抖起來。

「他又打你是不是？」李安明忿忿的拍擊盆裏的水。

「阿明哥……我一定要回去了，不能再做了。」小吳揚起滿流淚水的臉，看著李安明。

「唉——」

李安明輕輕歎了口氣，不知如何去安慰小吳才好。

這天殺的老李，憑什麼又打人呢？李安明氣急敗壞的想著，右手沒頭沒腦的拂著盆裏的菜葉，混水攪動中，那老李猙獰的臉又湧上心頭。

「這樣子怎麼可以？」李安明猛地跳了起來。

「阿明哥……不是……他不……」小吳害怕的望著李安明。

「走……我們告訴老闆去……」

李安明吼了起來，細瘦的頸上，青筋浮現。

「可是……」

「走，怕什麼？」

小吳跟跟蹌蹌的被李安明扯了起來，往巷口走去，但祇走了幾步，兩人癱瘓地扭曲一起，同時抱頭痛哭起來。

天，要亮了吧？可是小巷子仍是黯得多麼駭人吶……。

三、周日籠中鳥

兩點稍過，飯館的客人已陸續離去，祇剩下兩、三個青年人，慢條斯理的吃著東西。

「老闆，會帳。」

靠在牆角打盹的李安明，朦朧中驚嚇起來，正想招呼，客人已在門口會帳了。他忐忑不安的瞄了下老李，祇見老李正大口吃著菜，沒注意到自己，懸在空中的心這才歎然放下，重又靠回牆角，閉眼假寐起來。

每天的這個時刻，應該是李安明最痛苦的時候了。從清晨四點起床到現在的十個鐘頭中，他可眞是馬不停蹄而且勞累的忙碌著：從洗菜、洗米、擦桌椅、清理盤碗……一直到招呼客人無一不需要他來操作。到底未成熟的軀體是體力有限的，何況早餐後，到現在尚未進食呢？

此刻的他，雖然閉著眼睛好似歇息著，但空腹絞痛卻始終沒讓他得到片刻的休息，偶爾，實在忍不住了，他便期盼的往正吃著飯的老李他們看去，然而這樣的舉動，祇有空使眼淚及口水往肚裏猛吞而已。

「總要吃完了吧？」

過了幾分鐘，李安明又這樣想到，不免朝桌上望去，桌上祗剩老李一個人，桌角斜立著一個空米酒瓶子，而他的右脚支在椅上正搖晃著。

「他要吃到什麼時候呢？」

抬頭看鐘，已是兩點二十分了。李安明不禁焦急起來，再不輪到自己吃飯，待會兒第一場電影散場，未吃午飯的客人湧進來時，那麼這一頓飯便不知到什麼時候才能吃了。

他在陣陣空腹絞痛中急急焦慮著，卻不防老李的破嗓子已在半空中吼了起來：

「小鬼，還不收拾了去？等你爺爺來收啊？媽的巴子。」老李指著方才客人吃過的空盤碗，罵了起來。

李安明無奈的走了過去，一言不語便收拾起來。

這老李是店東的兒子服兵役時認識的朋友，雖然五十幾歲的人，但「手脚還甚靈活」，小老闆退伍後，便把他拉了來幫忙。

老李來時，正是李安明來此滿一年的前後時間。那時李安明初從學校畢業，隨著同學們糊裏糊塗來到都市遊玩並試著尋找工作，鄉下孩子多半眩眼於台北的繁華及進步，所以當同學們立意不返鄉下，而在郊區工廠當起操作員時，李安明也隨著他們逗留下來。不過，對於都市的喜愛，他尤甚於他的同學們，他認爲郊區不算是台北市，所以當他們進入工廠時，他拒絕了同學的相邀，獨自在市區尋找工作機會，就在他遊蕩西門町的時候，看到了貼在飯館門口的徵人啓事，便順理成章的成了個小夥計了。

至於他的家人，雖然不願李安明遠在台北謀生，但台北總是個名聲響亮的地方，在那裏謀生總比在鄉下耕田要有出息的多，也就欣然同意了。

飯館的生意極好，雖然店面不大，位置又在小巷子中，但川流不息的人，早使店東發了財，劃辦另外的事業去了，所以等小老闆退伍回來，整個飯館的店務便交給小老闆負責。

老李便在這時闖入了排骨大王飯館中。老李的加入陣容，也曾經引起了店東的微詞，他認爲既然五十幾歲了，哪還能做什麼呢？再說店裏也不需增加人手，然而小老闆卻一再的堅持，他說：

「老李身體很好，一定幫得上忙的，並且他祇要有吃有住便夠了，隨便給點零用錢，不會要我們負擔什麼，這樣的幫手哪裏找？再說，老李爲國家打了一輩子的仗，雖然國家沒有虧待他，但我們做老百姓的，還是應該再感謝他啊！也祇不過多吃一碗飯罷了，你何必計較這些？」

小老闆是那樣的堅持，店東不得不讓步，而且，店務既然交給小老闆負責了，年輕人有年輕人的看法，那又有什麼要店東來操心呢？

老李就這樣搬了進來。

對於老李的參加行列，李安明毋寧是期待甚於歡迎的，而爲了對老李表示好感，李安明還特地讓出了自己在廚房後的房間，搬到厠所旁的儲物室去，憑良心，李安明還眞盼望著老李的到來呢？革命軍人對國家的貢獻，他與小老闆一樣淸楚，何況，再怎麼說老李也是個長輩啊！

盼望著，老李終於來了。但打從老李來的那天，李安明卻懷有著一股奇特的心情，那或許是見了老李後，驚奇混雜著絕望的情緒吧。老李沒來時，聽小老闆的口氣，他應該是魁梧雄偉的大男人——聲音宏亮，舉止雄武，就像印象中的軍人一般，更由於小老闆讚揚老李曾參加了無數戰役，江南江北無處不曾待過，這更使李安明欣羨不已了。更重要的，他多麼渴望有個伴啦，可以天南地北的說些抗戰、剿匪的故事，使自己一聞那些書上的偉大戰役。

然而，初見老李的那個下午，李安明徹底的失望了。

那時李安明正站在門口招呼著生意，突然鼻尖拂過一陣蒜臭味，一個尖細猥瑣的聲音同時在耳邊響起：

「哎！這裏是排骨大王？」

「是……你是……」李安明望著他滿是皺紋的頸子，楞了一下才問。

「媽的，躲在巷子裏……」他自顧自的四處望望便往店裏走了進去。

「你是？」李安明追了上去。

「王志盛呢？」他問。

「呃，小老闆出去了……你是……李……？」

「哼，他媽的，這趟車眞難搭……」

他隨手拉了把椅子坐下，冷眼看著李安明。這時站在櫃台的王師傅也過來了，李安明才回到門口繼續招呼客人，他滿心狐疑著，一個個問號在腦中閃過，那個邋遢的老小子就是小老闆口中，打了幾十場仗的老李嗎？他不禁失望起來。

王師傅幫老李倒了杯茶後，走回櫃台去了，李安明這才有機會端詳他。祇見他生得獐頭鼠耳的細眼尖腮，光禿的天頂下，幾根灰髮稀疏的圍在腦勺子上。他穿著一件破舊的黑色西裝，極不合身的袖口還摺了一摺，露出破爛骯髒的內裏，他神色倨傲的坐在那兒，旁若無人的樣子，使李安明不敢再朝他望去，趕緊翻回頭正經的招呼客人了。

衣服的好壞，儘管不能衡量一個人，但老李的樣子實在出乎李安明的預料。他摸索著老李的形象，腦裏卻突然昇起了幾個影子，是像鄉下出殯常見的西樂隊後面的那個鑼鼓手嗎？或者像是剛從墳裏爬出的僵屍。

李安明從那些舊印象中摸索著，但這老李的樣子，恐怕是揉和了兩者的形體了吧？

這樣的老人能做什麼呢?果然讓店東料對了。老李彷彿是領到了長期飯票似的，成天啥事不幹，祗坐在椅上吆喝，飯來他先吃，酒來他先飲，儼然以監督者的姿態擺佈著店夥們。

起初由於他是小老闆找來的人，大夥對他也有幾分尊敬，末了知道他是這樣疏懶跋扈的人，夥計們也就不去理會，當做沒有這個人了。

日子就這樣過去，但李安明仍唸唸不忘他的剿匪抗戰的故事，他幾次鼓起勇氣:「剿匪……抗戰……打仗怎打……」等問起一連串的問題，但老李總是哼的一聲，頗有不屑回答的樣子:

「小鬼那麼多問，吃撐了?」

類似這樣的釘子，李安明委實碰過幾次，但他始終不死心的想知道，在那廣大的山河上所發生的一切事情，而且老李有事沒事總喜歡吼了一兩句歌曲:

「我——好比——籠中鳥——」

好像是店裏的生活不適合他，他仍回味著戰爭的生活一般，而這就更使李安明欽佩老李獻身國家的精神了。

此刻，李安明正擦妥桌子，準備靠回牆角時，老李破嗓子又唱起來了:

「我——好比——籠中鳥——」

他的頭仰在椅背，雙脚挺直在一張椅上，邊搖頭邊喝下了他的最後一杯酒而哼哈著。

肚餓難忍的李安明，見老李又擺出這副姿勢，不知怎的，突然湧起一陣厭惡感來，他想，你是什麼籠中鳥，酒足飯飽的籠中鳥？那我寧願來做這個鳥了。

李安明暗罵著，老李已起身離去。李安明眼睛一亮，忘了忿忿的心情，三兩步跳了過去，撿著剩飯殘肴便吃了起來。

電影好像已經散場，門外黑壓壓一陣人潮湧過，李安明急急的吃著飯，突然想起小吳含淚的臉來，心裏不禁一陣酸痛：

「這時候小吳應該到家了吧。」

他扒著飯的手，竟因此而遲疑起來。

四、小吳的白皙

夜深了，窗外仍下著細雨，躺在床上輾轉不眠的李安明，無端的又想起小吳的臉來。

小吳說要走，已經不止十次了。但他今天眞的離去，李安明仍是覺得有些冒然。在這深夜語靜的斗室中，李安明瞪著數十公分高的上層床板時，突然感受到停留在周圍空間的沉重壓力正向腦間下沉。

說什麼是不能放過老李那隻豬的。李安明忿忿不平的詛咒著，那麼可恨的事竟然發生在小吳的身上，而今小吳含羞而去，老李會不會把羞辱加到自己的身上呢？

李安明永遠記得小吳初次被老李揍的那天清晨。是星期一吧？一大早起來，李安明就發現小吳有點不對勁，但直到兩人在門口洗菜時，他才發現到小吳的雙眼浮腫迸滿了淚水，而白皙的手也微微顫抖著。

「小吳，怎麼啦，想家？」

「沒……」

「身體不舒服？」

「沒有……我……」

「唉……怎麼回事嘛，老李起來又罵你啦？」

「不……他……」小吳一提到老李，竟放聲痛哭。

「老李怎麼樣？」

「他……他……嗯，打我……」

「啊？」

「他……打我……後來……嗚……」

「啊？……」

遲疑了一會兒，李安明突然怔住了，那彷彿是個沉重無比的悶棍，一傢伙打在他頭上。良久……他才囁囁嚅嚅的問：

「爲什麼打你？」

「沒……不知道……」

「痛不痛？」

「嗯……。」

「……」

「——他還說，我如果告訴別人，就要打死我……」

「喔……」

李安明整個人陷入了奇異的情緒之中，是駭怕，是憤怒，有憐恤，有哀怨……。

「要告訴老闆才行，要不然……」李安明突然這樣說。

「不……我不敢。」小吳的身子仍在顫慄著。

「那他要是再這樣，那怎麼辦？」

「我……我也不知道，我不想做了……」小吳受盡委屈又顫巍巍的哭了起來。

「……」

李安明歎了口氣，老實說，他也不知該怎麼辦，老李憑什麼打他呢？雖然他是小老闆找來的人，但也不可以打人啊……這種事情確實很難開口，尤其老李簡直就是小老闆的親信？要怎麼向小老闆告狀呢？……。可是不說也不行……那怎麼辦呢？

在台北工作這許久來，李安明比小吳世故多了，雖然他才十五、六歲的年紀，但工作的環境，早使他成熟得像個大男人了。然而碰到這樣的事，他也祇有束手無措。

事情就這樣被隱瞞起來了，所幸老李在那次以後不曾再犯，小吳餘悸猶存，見到老李總躲得遠遠的，日子看似在平靜中過去，但小吳的臉上已再難出現笑容了。

想起小吳的種種，躺在床上的李安明再也無法入睡了，小吳不像李安明自發的來到台北謀生，他是山村的孩子，學校畢業後，硬是讓雙親給逼到台北市來，台北的繁華對他來說雖也有點興奮，但卻遠不及山園鄉土的芳香，所以他始終不忘要回家鄉去，但回家也是難以辦到的事——怎麼回去呢？父母親會怎麼說呢？雖然父母無一不是愛著自己的孩子，但在他們眼中，讀了九年書，無論如何也不應待在家裏做田了，更何況小吳家裏根本沒有田，祇有幾分乾旱的茶園地——早因茶價低賤而荒廢了。

這樣的環境，難怪小吳欲歸不得，祇能鎖緊眉頭留在台北了。

而今發生這樣的事，再不走也不行的吧。李安明突然有點替小吳慶幸起來。

然而小吳走了後，又要到那裏去呢？

小吳的去向究竟要如何？李安明當然不得而知，但若以李安明自己來說，他是贊成小吳到工廠去的。

在學校時，老師常強調國家是個靠著貿易的國家，幾年來賺了很多的外滙才有今天的國際地位，所以大家都應該投身工商界，生產報國，盡一個國民的義務。

李安明便是擁有著這樣理念的孩子，他生長於農村，淸楚農村的破敗以及需要工商來補貼農業的情形，所以他早已下定決心，不在農事上浪費精力了。

有著這種認知的李安明，一方面羨慕、迷惑著都市的繁華，一方面也多少以農業不足以再言的立場而逃避著。

當然，他並不以飯館夥計爲長久之計，那祇不過是過渡時期的暫居之地罷了。等到有機會，他自然會有更好的天地，祇是這一待，兩年過去了，卻仍留在飯館，連他自己也有點吃驚，但話又說回來，走一步算一步，何必強求呢？這裏再差，也比荒蕪的田園要容易生存啊。

然而，眼下的飯館似乎成了地獄了，雖然有吃有住，但精神上的壓力，卻因小吳的離去而益形沉重起來。小吳是走了，帶著羞憤而去，他的被打的惡運是否也會臨到自己身上呢？

說是被打，李安明倒也有些懷疑小吳說的是否眞話——被老李打就打吧！怎會到這種無法忍受的地步呢？難道這其中另有些隱情？……那又是什麼事呢？

李安明反覆輾轉著，小吳白皙的臉及細瘦的身形，又在眼前浮起，他想：是否自己應該揭發老李的惡行，爲小吳出一口氣呢？或者自己未免多管閒事，還是及早捲鋪蓋而去？他思緒浮盪著，不覺在疲累中沉沉睡去。

五、慘白的路燈

從那個時候起，就喜歡河堤的路燈？李安明也記不清了。那恐怕是剛到飯館工作的時候吧。

那時他成天望著巷子外過往的人羣，羨慕他們的穿著及興高采烈的樣子。而也許是看李安明這樣望著外頭吧，王師傅突然站到他的身邊：

「武昌街再下去就是河邊了。」

他說完，望了天空一眼，便走了開去。留下李安明一大堆的震驚。

「河邊？」

他委實訝異得無法想像，大都市也有河嗎？在鄉下他是知道到處都有河的，但沒想到都市，而且市中心也有河，那一定是很大的河了，他於是下定決心去看一看。

然而飯館的工作是那樣的忙碌，李安明連大門口都沒有機會出去，更別說跑到河邊去了。因此，每當有空，尤其是早上去市場推菜回來的當兒，他總要往河的方向眺望一番，希冀能看出任何屬於河的端倪來，但什麼也看不到——黑壓壓的清早能看到什麼呢？倒是那盞發著慘白光線的路燈吸引了他，那彷彿是個蒼白的希望吧？代表著他對於那條河的想望。

而二年來的想望依舊祗是一種難言的盼望，河堤的路燈，仍然是一團解不開的謎。不過皇天不負苦心人吧！他終於看到河了。

那還是放年假的時候哩，由於謹記著台北市有一條河的事實，所以上了火車後，他細心的注意著。

「果然是一條大河。」

當火車通過鐵橋，發出格外轟隆的聲音時，他有點得意起來。

窗下的河是多麼漂亮啊！湯湯的水流往不可見的天邊流去，他凝視著，莊敬而且肅穆。

過去了，橋已走完，不過河堤的路燈，始終看不仔細哩，他好失望的別過頭來……。

對於河堤路燈的種種幻想應該便是因此開始的吧，再說，那燈光不是一直使他感到溫馨與友善嗎？這個情形，在小吳走後，益發的明顯了。

他每天去市場推菜回來，總要怔怔的端詳它。有時它是發著光暈，在霧中透出一片朦朧的光影，有時又淸冷的泛著慘白的光茫在黑夜中閃爍，但無論如何，它對李安明來說，永遠是親切而熟悉的。

小吳在時，李安明曾經與他討論過這路燈會是什麼樣子，小吳總是堅持著「日本式」的，這點很使李安明訝異，旣然都沒見過，他爲什麼那麼肯定呢？

想到這裏，李安明又黯然起來。

說眞的，小吳的離去，他也多少有些羨慕呢，在台北這許久以來，李安明發現台北不一樣了，最起碼不是他當初看到的印象了。

雖然紅綠燈光仍在街頭閃耀，洋行櫥窗仍是那樣的光亮照人，但李安明卻慢慢發現了這種五彩景觀中，竟欠缺著什麼東西？

是欠缺永恒嗎？是缺少篤實的存在嗎？他不太淸楚，但那種缺乏某些東西的感覺，尤其在他淸早推著板車從街道走過時表現出來。

啊！黯然殘敗的街道啊？繁華的內裏竟是如此不堪？

這種感覺，光說「駭怕」，恐怕還不能表達他的心情！那莫名湧起的破落感，實則包含了多少的唏噓、惋惜，及空虛的感覺！

李安明當然無法明白然爲什麼會有這樣的感覺，但永留台北的決心有些動搖，倒已在他心中確認了。或許小吳的離去，正是很重的打擊呢？他因此又想起老李來，要走的應該是老李才對啊！小吳有什麼過錯？憑什麼要小吳來承受這樣的欺侮呢？

李安明不自覺的握緊了拳頭，茫茫蒼天，這一拳要否狠狠的擊出呢？

六、夜落

意識到老李彷彿對自己友善些，才是這幾天的事，然而李安明更因此而摸不著頭緒了。

小吳的離去，或許是個原因吧——老李因此而有些悔悟嗎？

不，不會的，老李不需要對自己表示友善的，李安明在床上反覆思索著。

小吳怎沒寫封信來？他說過要寫信的。

小吳到底怎麼樣了呢？他的父母是否諒解他的返鄉呢？

這個晚上似乎有太多的憂慮了，而奇怪的是，他竟有些忿忿於小吳的離去了。雖然他仍同情著小吳的遭遇，可是，他未免也太懦弱了吧？

做為一個山村的子民，更做為一個飯館的小夥計，難道連皮肉之痛都不能忍受嗎？那又算什麼有志氣的人呢？

李安明突然想到「吃得苦中苦，方為人上人」的話來，那麼……小吳是不能成其為人上人的了。祇因爲小小的皮肉之痛他便無法堅忍，那眞是沒用的人了。

要知道，老李誠然可恨，但小吳也是缺乏了那種忍辱負重的韌性啊！那麼對於懦弱如此的小吳，也實在不必去同情了。

李安明惦記著小吳的遭遇的心，又憂慮於小吳沒有來信的忿然，而在使他思緒絞結的當兒，他總算爲衆多的苦惱做了結論——快別去想他了吧，趕快睡覺才是正經事啊，他翻了個身子，側身屈縮著，這才發現廁所的燈，竟沒有關掉。

「要命……」

他嘀咕著爬了起來，一步跨到廁所要關燈時，猛然一隻手從走道拉住了他。

「啊？」

「嘿……別叫別叫……」

老李濃濁的酒氣，幾乎噴到臉來，而雙手更緊緊摟住了李安明。

「做……做什麼？」

李安明掙扎著，但老李的雙臂仍緊緊的箍住他。

「阿明，來，到我房裏，有東西給你。」

「不，放開嘛。」

「來……來……」

老李拖著李安明，跟跟蹌蹌的往房間走去，但李安明是那樣的狠命掙扎，最後兩人都撲倒在地上。

「你到底要做什麼？」

李安明從地上爬起，退一步，顫抖著喝問。

「別叫……有東西送給你哩。」

老李仍坐在地上，見李安明仍站著，便一伸手又抓了過來。

李安明到此時才看清楚，這老李竟然下身不著一物，雙腿赤條條的在昏黃的燈下，是那樣的使人噁心及不堪入目。

「你……」李安明喫驚的往後再退了一步。

「嘿……」

「你……小吳，他……」

一剎那間，李安明彷彿洞悉了小吳的痛苦，那白皙的臉，瘦弱顫抖的身子，又湧現心頭。

「原來，原來是你這……」

慌亂中，李安明連罵人的話都說不出來了。而老李彷彿一隻久病將死的老狼正瞪著他，像是一股腦便要將李安明吞食似的。

「你，你別過來，你……」

李安明抖索著，小吳受難的模樣，在他心裏是如此的擴張而急速吞噬了他的理智，他不知在這呼救無援的當口，要如何來應付危機，他甚至忘了王師傅就睡在隔壁的二樓呢。

「來，阿明，來，過來。」

老李醉酒的身軀搖晃著向李安明走來。

「你再來，我就要叫了。」

「嘿……別叫別叫……」

老李甚至又露出那尖細邪狎的語聲來，這使李安明更加慌張了。

「反抗，要反抗。」

一股莫名的勇氣突然在心田昇起，可是……他環顧左右，並沒有任何足以使他抗拒的工具，而一晃間，他想到了廚房邊上的側門，對，衝出去，然後跑到派出所，告這猪狗一狀，狠狠的告他一頓。

主意打定，他拔腿便向側門奔去，木門碰的一聲推開了，一股夜霧湧了進來，使他精神一振——這下子奈何不了我了吧，得救的欣喜是那樣使他鼓起了勇氣，而這夜霧更像是催化劑似的，把他對於老李的懼恐，一化而成爲憤怒了。

他抓著門板，反過頭來，見老李仍立在原處，不加思索的便罵道：

「原來小吳就是這樣被你欺負的，你說你是不是猪狗？」

「不要走，不要出去……」

老李似乎酒醒了，此刻竟也慌張起來。

「不要走？哼，我還要到派出所告你哩。」

「不……」

老李氣極敗壞的一頓坐了下來。

「不……你不可以這樣……」

見老李駭怕了，李安明膽子一壯：

「你也有怕的時候了？你不想你怎麼對待小吳的？」

「那……我……」

「走……到派出所去。」

李安明不知哪來的勇氣，竟走近前去一把拖起老李，往巷口走去。

「不……求求你……我不是……」

「可憐……可憐我……年紀這麼大……」

「哼！」李安明啐了一聲，忿忿的仍拖著他走。

「求求你……阿明……我……」

老李雙腿扭結著，赤條條的下身顫抖著。

「走，敢作敢當，你忘了你當了一輩子軍人？」

「不……我沒有放過槍呢……我祇是……」

「啊？」李安明楞了一下。

「可憐我從小就逃難，跟著軍隊逃了一生，沒過過一天好日子……阿明……放開……

……」

李安明眞的一手便鬆開了拖著老李的手。

「沒放過槍？」李安明不敢相信。

「沒……我是逃難了一生啊……」

「我……一生在戰亂中飄泊……連家也回不去……沒有老婆……沒有個家……好不容易熬到退伍……呵……我呵……」

「哼，你還作威作福呢！」李安明舊恨塡膺不由自主的又罵了一句。

「不……我是怕你們瞧不起我……我祇是……」

「那你也不能那樣欺負小吳。」

「我知道我不好，我是豬，我是狗……」

「我呵……」

老李甚至坐在地上，失聲痛哭了。祇見他擂著地發瘋似的嘶喊著。

阿明因這突來的變故，怔怔的望著前方，不知如何是好。他的心思起伏有若波濤——老李的日子曾經那樣過來嗎？是否眞要原諒他的作爲呢？

他不禁回頭看那老人一眼，想到他飄泊有若浮萍的一生，戰亂的痛苦，遊子的悲哀……。

唉，算了。

李安明憐惜的喟歎了一聲，突然想到那慘白的路燈——便趁著今夜去看看吧。

他兀自留下倒在地上痛哭的老人，向河堤走去。

天要亮了吧？還是那路燈更加亮了呢？李安明昂然邁著步伐。

夜空又開始飄雨了，點點斜線滿天飛舞在茫然慘白的光暈中，李安明朝著路燈走去，他在這一夜中，彷彿突然長大了許多，然而，他又要如何去迎接明日呢？

明日，明日，明日也許又是從淸晨四點開始的吧……或是……明日便回去？……。

——原載一九八〇年六月《台灣文藝》第六十七期

陳君的日記

要準確、完美的表達一件事情，似乎是越來越難了。對我這個鄉村的國文教師而言，數十年來，我自讀書而至於教書，始終在文字語意中耗去所有的精力與時間去瞭解別人的思維——這毋寧是艱辛而喫力的工作，尤當在這凡事皆得講求怎樣直搗人心的時代裏，我的工作便益發使人覺著無奈與痛苦了。

然而今天我卻義務的擔負了一個額外的工作，因著某種特殊的原因，我拋去了一些職業上的倦怠，而妄想在以下的文稿中，準確的表達出我對一件事物的了解。而這些文稿並非我所寫成——我祇是條析演繹，在一疊雜亂塗鴉的紙片中，勉爲其難的湊出似是而非的屬於一個人的遭遇罷了。

文稿中大體以日記的形式記載，雖則有時難免日期倒錯或文句跳脫，但我相信那僅祇是有礙文學的美感罷了，並不有損它涵含的內容。

這些文稿的所有者，陳志和先生，其生前的諸般作爲，我從未知悉。祇緣於在他自絕後，他的母親前來求助於我，囑託我將其獨子所遺留的文稿整理以爲悼思之用，而使我有一睹這深邃靈魂的機會。

陳志和，他的行事及其抱負想法，雖然不見容於社會而終引頸自斃。但我以爲縱是惡人，亦有美善的一面，又何況他並非惡人，祇是受害者而已呢！

元月十六日

無端地，又興湧起弟兄們木然的臉孔了。昨夜噩夢連連，對那島上硬冷屋舍所存有的心悸，再次使我夜半驚醒。似地獄中無可逃遁的輪迴，就如附骨之蛆，啃噬心神。忘去吧！那夢魘般不可逃避的十年……

元月十七日

倒是小蔡及周老的溫熱臉孔，使那遙遠的海島，仍有一絲感懷呢！中午，在大學附近進食，拿著餐具排隊時，「菜——盆」那聲吆喝又似在耳邊響起。總是小蔡，搶著替周老把木盆推出去的吧，這個山地傢伙，眞是有無盡的血性及正義感，也虧得那樣的血性，使得十年漫長的磨難，我猶能心志清明不曾失去求生的念頭。

唉唉！小蔡，有生之年，有否再見的機會呢？

元月十八日

應徵的信函，仍然沒有回音。十年間這社會彷彿進步恁多，五光炫麗的店招，豐美的櫥飾，精緻的飲食，總使人體會到，這個社會已非十年前那種匱乏及無所進步的貧窮了。

然則這一切物質不匱的背後，是否有同樣比值的愛心及關懷呢？對於像我這樣一個坐牢者，大衆會對我有著怎樣的態度呢？

我曾因這社會的匱乏及不平而犧牲了十年自由，那麼，我有資格在這富足之後，得到一些補償嗎？——這樣子的念頭，毋寧是很愚蠢的吧。

那時候，年輕的心充塞著理想，不平於政治的專斷，更忿忿於財富的分配，而終至身陷牢獄，背負了叛國的罪名，然而，這十年後的今天，我到底向自己證明了什麼呢？——一連串的愚蠢罷了。

元月十九日

管區的警員今天又來例行訪問。

起來：

如同以往，胖傢伙仍然第一句話便提到工作的事，我苦笑著，而他卻嘿沉沉地笑了

「老弟！別作傻事喔！」

雖則十年間死寂規律的生活，已使心緒靜如止水，不知快樂、痛苦、驚懼、憂慮為何物，但那老兄的嘿笑，卻頗使我神經緊張起來。

「我……」

有時候，我想一個人眞必須對自己的行爲負責，尤其像我這樣總使自己陷入絕境的傻蛋，爲什麼要不安的搓著手掌呢？那豈非暗示著，我正有這個企圖嗎？

譬如昨日，我到郵局提款，正伏在桌上寫著單據時，冷不防有個中年太太，推了我一把：

「喂！你拿著的筆，是我的嗎？」

她高挑著眉毛，項間火紅的珊瑚圓滾滾地炫耀著。

我一下楞住了，在衆目睽睽下，扭捏的轉動著我的高仕原子筆。

「不！這是我的……」

「我本來放在這枱子上的，怎麼一轉眼就不見了？」

「我……我不知道……沒……看到。」

「哼！這支明明是我的嘛！你說你的筆是什麼牌子？」

「我的筆，是……高仕牌。」

唉呀！我為什麼要這樣結巴著應付那無理的女人呢？尤其我更不能原諒自己，竟然要在看了一眼筆上的牌名後才能回答她；以致那婦人一言不語的便搶了過去，瞪了我一眼：

「不要臉！」然後揚長而去。

我因這突如其來的魯莽而楞住了。

這樣懦弱的人便是我嗎？便是那個曾經企圖改造社會的人嗎？我必須低頭看看刻在筆頭上的名字才能回答她嗎？

十年來，自己苦苦想擺脫的，豈不便是這種根深的、遺產似的奴隸性格。

周老曾說過，所有的台灣人全是奴隸的子孫，不知進取，不知企求，祇有在挨打時才會痛哭身世……，而唯一改造之道祇有全數槍斃，重頭來過。

這樣的論調，眞使人痛心疾首，而如此的事實，又怎不令人失聲痛哭？

元月二十一日

恐怕周老料對了，我們這羣人，決沒辦法回到社會生存的，接二連三的拒絕驅走了尋求工作的熱望，我想對這社會，實需重新計量了。

元月二十五日

又是失望沮喪的一日，連打雜無酬的零工亦被拒絕麼？

今日又接獲母親口信催我回去，然則，我如何回去那個我成長的故鄉？

元月二十六日

通化街巷口轉角的小麵攤上，經常可以看到高山仔圍聚著喝酒；雖然我們彼此陌生，但每次隔著一張桌子見著面，我總是感覺到一股活躍躍的親切在心裏漾開，這樣的親切是那樣的眞誠流露，以至於當他們迷醉於酒精而顯露出憨厚、不假虛僞的醉態時，我亦因而感受到生活及酒精所賦予他們生命的喜悅。

通常他們來到麵攤的時間，總在七點左右，對於勞動者而言，這應是一個稍遲的晚飯，但他們是那樣精神奕奕，無視於一日的勞苦而開懷痛飲，雖則米酒烈苦，豆干味淡，但這一切的簡樸及實在，卻使我深刻體會到勞動者他們無窮的精力及他們掌握生活的偉大。

猶記得，剛從海島返回此地的那數日，我總喜歡坐到工地，看著工人們動手舉足的力量迸現，當陽光下黝黑的筋骨閃動著油光時，那不屈於折磨的體魄，是多麼的打動我瘻弱身軀裏脆弱的心靈啊！——設使我有那樣堅挺的身軀，我便可輕易渡過那十年間，恍若行屍的蒼白的牢獄生活了。

誠然，勞動是偉大的，而不屈於勞苦的人們，何嘗不是人中之雄呢？

元月二十七日

三個月了，遁身台北而找尋工作的這些時日，在我生命中，又與年輕時失去的那十年有什麼區別呢？那十年，我身不由己的陷入不知時日的悲傷中，可以當之爲沒有存在過；然而，這三個月，一張張日曆是自己在期盼中親手撕去的，那麼我又何嘗不是宛若置身於廣大的空虛中而消失了呢？

人「生」而價値何存？是僅證明「存在過」而已嗎？我曾經臆想到，在一個死寂的下午，風很靜，陽光耀眼沉熱，一個男子在熱氣騰騰的柏油道上突然昏厥，而救護車在十分鐘後劃過寂靜的街道急駛趕來，轉眼又急馳而回，當嗚叫聲在遙遠的空間中消失時，這世間又平靜下來了，柏油路面騰散著蒸汽，風很靜，街道沉寂，而時間的流去，又剩存什麼呢？是那男子終於被停置在太平間，抑或是街道的行人中有人意味到方才生命的消失？

爲什麼會有這樣的幻覺呢？是佝僂著背脊，蹣跚著脚步，在這不屬於自己的社會中存活的結果嗎？

市招中是有這樣的佈告：本市上月車禍死亡人數五十人，重傷人數一百二十人……然而爲什麼不必公佈像我這樣的猶如死者般的苟活者呢？而如若我車禍喪生，是否僅僅祇是那死者人數中的一名，而不具其他意義？

理想呵理想，我曾擁有過雄壯的抱負，然則……明日夢醒，安知今日何年……

二月五日

下了好多天的雨，傍晚時終於停了。鬱悶不堪的心鼓動著，迫使我朝通化街夜市走去。

巷口的麵攤，仍是高山朋友們踞坐著。

我坐在稍遠的桌上，默視著他們，他們的年紀與小蔡相彷彿吧，一個個有著黝黑的臉，粗壯的手臂，及豪氣壯烈的表情。

然而我所知道的小蔡呢？他卻是像所有的囚犯一樣，是那樣的蒼白與乏力，——雖然有時候，他試圖展現他曾經擁有過的強壯，但那總祇徒然的刺傷他自己罷了——在無可奈何的蒼白中，唯一能使人稍見過去雄風的，僅祇是灼灼的眼神罷了。

對於高山朋友們的眼神，我是極其欣羨的，那深沉幽邃不可測的深淵，是多麼顫動了心靈而使人想前去擁抱啊！

這樣的印象，當然是來自小蔡了。八年間，我們互相勉勵，互相擁抱，而許多許多引領我脫離沮喪的關懷便是透過那灼灼眼神傳達過來的。

緣此，我開始崇拜他們族人的正義及勇氣。

在他們的情感中有愛有恨，有恩有仇——那是毫不虛假的赤子血性，而這樣的習性，便是做爲漢人的我們所奇缺的——許多年來，有關這點早已成爲我最大的恥辱了！尤甚的，每當我思及我的漢人同胞們在面對痛苦羞恥時，不但不起而扭轉不平，卻反而陶醉在大漢民族沙文主義中，莫可奈何的苟活心態時，我對我的自身便更加的憤怒起來了。

在我的想法裏，血氣之勇未必是一種美好的德性，但當它充塞了爲正義爲公理而不計犧牲的精神時，它何嘗不是無所不摧的利劍呢？

正因如此，小蔡進了地獄——這弱小民族的一份子，慷慨的爲社會奉獻了他的青春及自由，一如他的祖父輩們，曾經爲了相同的理由而悲壯犧牲生命一般。

而我，是多麼希望我及我的同胞們，有高山朋友那樣的勇氣呵！

二月十五日

按捺著對酒精的陌生，晚上我終於嚐試的喝了杯米酒，也談不上是向高山朋友們看齊吧，實則這長期失業的苦悶，使人心常莫名的存有不可言狀的衝動慾望，於是便難免期待那一杯酒精可以稍釋不堪的心了。

然則，儘管祇是一杯米酒，已使我深感茫茫醉意。我踉蹌著走過人羣，頭竟昏沉了，祇得靠著電桿狠狠地喘氣，正觀望著回家的途徑，不知從哪兒鑽出一個小個子，對著我沙啞的從嗓中擠出微弱、囈語般的聲音：

「喂！少年仔，有興趣嗎？包你滿意的。」

我因這突如其來的男子而稍稍清醒過來。

「啊？」

「很漂亮的，祇要一點錢。」

他竄到眼前，以幾乎碰到我身子的姿態說著。

我看到他尖削的臉上，左眼無神的閃過一陣空洞的灰白。

「幹什麼？」我向後退了一步。

「哎！有沒有錢嘛？」他向我伸出了手。

「錢？」我不由自主的朝口袋掏去，袋裏的錢祇是一些零鈔罷了，但我仍將之掏了出來，並且向他遞了過去。

「夠了，夠了。」他搶去了鈔票，祇留下幾個銅板。

我直楞楞的傻住了。這一切突兀得使我不知所措，這個祇剩一隻眼睛的瘦小漢子，在打我什麼主意呢？

「哎！走呀！你不是要嗎？」他竟伸出手來，拉著我的手臂。

我輕易的掙脫他的手掌，並戒備的瞪著他。藉著微弱的燈光，我相信他是個高山仔。

「來！」他朝著黑巷走去。

我想我定是瘋了，竟一步步跟了上去。

我們通過一個窄小髒亂而潮濕的巷子後，終於來到了一幢建築物的後邊。看那龐大的外形，也許是個倉庫吧！漢子在類似樓梯的石階下停了下來。

「就這裏了。」他翻過頭，像是要我再肯定一下到底上不上去的樣子，而定定的望著我。

老實說，直到這時我仍然有些駭怕將要發生的事。一個膽怯似我者，在十年牢獄後，是不可能承受不可知悉的未來的恐怖。

我於是想起了十年前的某個夜晚，那也正是像今天這樣的冬夜；刮著風，襲著雨，在碼頭上我們一羣人踉蹌的移過搖晃的木板而被安置在前艙的甲板上。船很小，風浪很大，溼淋淋中大家面對廣浩的黑夜及無垠的海水時，原本枯燥及歎息的心卻突然沉靜下來了，祇木然的低著頭，陷入多少牽掛多少關懷已不可到達的深淵中。

出港不多久，嘔吐物及刺鼻的膻臭便像水銀似的流遍甲板，我們擠成一團，蜷縮著身子，除了忍受嘔心的搖晃外，充塞我們心中的更是舉眼茫茫而歸程何處的憂慮。

「哎！」

不知何時，那漢子已上到石階頂了，在鐵門前，他向我招手。

我是不在乎那被拿去的錢的，但使我向前去的，卻是無可名狀的一種服從命令的默然。

我們一齊推開了門，那鐵門出乎意外的沉重異常，而且門稍一推開，一股潮溼及惡臭便湧了過來。

這是相當大而空蕩的屋子。在正對面，是一排窗子，隔著三、四十公尺的距離，仍可看到對面巷子的燈光，藉著那微弱的燈光，隱約可以看出屋裏東西的大概輪廓。

果然是一個倉庫，一個被廢棄的倉庫。除了一些倒頹的桌子木架以及濃烈的潮溼腐臭外，簡直什麼都沒有。

那漢子往最裏邊的牆角走去，那兒有一排像是木箱的堆積物，我狐疑的跟了過去。

「偌！在那邊！」說完，他竟自走開，退至另一牆角去了。

我不知所措的在木箱間觀望，終於在窗戶下的一塊長條空隙中看到了這一趟冒險的目的。

——那是一個女人，完全赤裸白皙的女人正仰臥在地板上。

我小心翼翼的向前走去，每靠近一步，心頭便扯緊一吋。

在距離三公尺處，我停了下來，腸胃已有些翻騰了。這樣的臭氣，這樣的慘白，每當我呼吸一次，都使我猶如聞著毒氣般隱隱腹痛。

是女人嗎？在這樣的地方？

我狐疑地向前又跨了一步。

是了，那女人才二十出頭的樣子，正勻勻地呼吸著！我驚奇的發現她深邃的眼神及高聳的顴骨——也是高山仔哩！

可是，她在這裏做什麼呢？不著衣物的白皙的身軀，在黑暗中不僅顯得慘白，甚且有種透明、不實的感覺。

這時站在對面的瘦小漢子開口了：

「你可隨意啦！」

沙啞的聲音在黑暗中傳了過來，似乎有些發抖著說的語氣。

我正想回過頭去時，那女人的眼睛突然睜開了。

她看著我，注視著我。

有種期待，有一些感謝，亦有一種恐懼或是憤怒的意味。

怎麼？這原來是個虛弱的神女麼？「你可隨意啦！」那漢子是那樣說的，我莫名的感到一股熱意由脚底昇起。

我盯著她，貪婪著她的身軀，那起伏的曲線，那白皙的胴體，心頭不禁燥熱了，十數年來，那積壓著的洪流似乎要在這一刻裏宣洩，我不由自主的又往前邁了一步。

然而當那身軀更清楚的在我眼簾呈現時，我陡地打了個冷顫，想起了小蔡那灼灼的眼神及全世界受盡凌辱的肉體。

唉！唉！我是什麼樣的蟲豸呵？我竟要以她洩慾嗎？

我於是凝視著她，端詳著她而體會到了她的一生。

她一定是幼小便被賣下山來的吧！這可憐的山花，在一間又一間的娼寮中長大，沒有過歡笑，沒有過快樂，有的祇是被壓榨的蒼白時日；終至，她病了，再也壓榨不出東西了，卻仍要這樣垂死的躺在破屋中，讓人榨出最後一點的生命。

我莫名的冒起火來，向那男子奔去。他似乎因我的舉動而呆住了，一任我的拳頭擊落他的身上。

「滾開！」我咆哮著，把他推出了屋外。

鐵門碰的一聲關上了。

我轉身往那女子走去，那時的思緒，恐怕祗有「救她出去」的念頭吧！我魂不守舍的站在她的身邊。

「別……別打他。」她微弱的說。

「這些猪狗不如的東西，應該教訓一下。」我忿忿的說，並且湊近了她。

「妳要穿點衣服什麼的嗎？」直到這時，我才重又體會到面對的是一個裸體的女人，我羞窘的別過頭去。

「沒關係。」

那肉體，那在黑暗中展現白色的身軀，多似浮雕的石膏像啊！她竟毫不忸怩的一任隱私在眼前展露著。

「我……妳告訴我，是不是那個男的，害妳到這個地步的……。」

「不會啦！」

「別騙我，他給關在外面了，妳有話要告訴我嗎？妳有什麼要求嗎？我一定去辦的，譬如報警啦！通知妳的家人啦……等等的。」我匆匆的說，深怕那個男人闖了進來。

「拜託啦！你就讓我這樣啦！安靜的躺著，不要管我好嗎？如果你要摸我的話，也請你輕點——眞的請別再作那個啦……」

她囈語般的說著，不顧我情急敗壞的好意。說完，逕自闔上了眼，不再理會我的焦躁了。

面對著這樣的無奈，我深刻感覺到這個女的，已經完全爲壓在她身上的重負所擊垮了。她竟無法相信我，也不敢接受我的救助，世上還有比這更慘酷的絕望嗎？

「喂！」那男人果然如同鬼魅般的進來了，他向著我勾了下頭。

我知道他定是指示我時間到了。

「告訴你，小心對待她啊！你會有報應的。」我指著他的鼻尖。

「最起碼也要穿件衣服吧！」我見他不應聲，又向他吼了一句。

「衣服！與其脫下穿上的，倒不如這樣方便些……你們這些假慈悲的男子漢……」

「我……」想到自己剛剛確實是有那樣的邪慾的，祇得默然承受這句指摘，我眞汗顏了。

「走吧！請便！」

我回頭看那女子時，她似睡著了，蒼白的胸脯輕輕起伏著。

唉啊！眞是那樣安詳的熟睡了啊？我滿懷狐疑的退出了倉庫。

屋外仍又滴起了雨點了哩！

在回家的路上，我腦裏同時浮現了幾個奇異的幻覺，我恍惚的看到，在一個遙遠的山上，小蔡，那個瞎眼的男子，以及無數精壯的高山仔，共同圍繞著那個裸身的女子，在狂歡、舞蹈及笑嚷。

二月十八日

縈繞著心頭的，總是那女子的身影，我不知道一個人竟也可以淪落到如此萬刼不復的境地。

可能嗎？那樣慘白的身軀像死屍般的被橫置在潮溼惡臭的屋中，是一件可能的事嗎？雖然極想再去瞧瞧的，可是卻一直無法鼓起勇氣來。

或許需要人來同情的人，反而對別人付出同情心，是極爲不智的事。可是面對著那樣慘絕人寰的痛苦，我除了眼淚外，又能奈何？何況，我僅有的，也祇是出自虔誠的同情罷了。

二月二十日

按捺著自己別再理會那女子的，卻一刻也不能忘懷那廣濶的房間中，縮在牆角的白晳身體來。

那浮著微細青色血管的腿。

那瘦弱鬆弛的背脊。

那略帶黃色死白的指甲及僵硬泛白的脚背。

唉唉！我終於無法抵抗那些宛若風扇葉子在腦海裏翻騰的思緒了。

午夜已過，微弱的路燈，從前面巷口照射到厚重的門板上。對著緊閉的鐵門，我猶疑了好久：

是不顧一切的救她出來嗎？

是想再目睹那蒼白無衣物的身軀嗎？

我一任自己欲推開鐵門的手，僵死在門把上。

「怎樣？不錯吧！」

當那聲音自我身後響起時，我跳了起來。

「別怕！是我。到底她是還不錯吧？」那瘦小瞎了一隻眼的漢子突然出現在身後。

「你還有一些錢吧？」

「當然我有……」可是我卻沒這樣說。我不理會他，自顧自的推開門，跨了進去。

門一開，那股腐溼臭氣又湧了上來。瘦小子跟在身後，拉扯著我的衣服。

「你……」

不知從何處冒起的憤怒，我用力甩開了他的手。「碰」的一聲，祇見他竟不支的跌坐在地板上，在黑暗中以驚懼、害怕的眼神望著我。

「說！是不是，你害她到這個地步的？」

「沒……我……」

「你把她榨乾了，就聽任她這樣病死嗎？」

「不是的，我們……」

「那你說，到底怎麼回事？」

「唉！要我怎麼說？我們……她，是我姐姐啊！很久前，被賣來平地了！我，我是來找她的，可是……我爲了贖她的身價，做工很久了，而她又生病，阿媽不要她了，祇好在這裏……」

這時的他已泣不成聲了，我怔怔的楞在原地。

「那……你們可以回去啊！」

「回去？……回哪裏去？沒有人要她的，她的病……」瘦小子愈來愈不能控制自己，竟至放聲痛哭了。

我歎了口氣，正拉他起來時，卻意味到他的姐姐似乎不對了。我們在這兒好久，爲什麼卻絲毫不見她的動靜呢？

我翻身向她跑去。

「哎！別……別吵她！」

我一口氣跑到她身邊站住。

她仍蜷曲在牆角，身上空無一物。正熟睡吧！胸脯規律的起伏著。

「怎不給她穿衣服？」

「穿上衣服的話，許多人連錢也要討回去而走喔！我當然想她穿衣服，可是不這樣……」

「也不能這樣就不穿衣服啊！豈不凍壞嗎？」

「先生，你知道，吃藥比凍壞要緊的多。而且，我也病了。你要知道，許久以來，我們已確切的了解到我們都沒有希望好轉，所以我們沒有奢求別的，祇是想多活些在一起的時候罷了……」。

「就算這樣，也不必裸著身躺在這兒，受盡恥辱啊！或者你們都是在等死？」

「先生，我們都不想死啊！可是……」

他說著說著，卻突然刹住了自己的話語，而噗簌簌的掉起淚水來。

莫非他也意識到在他們眼前的便祗有羞恥、無望而已嗎？

我眞後悔沒有太多的錢可以提供給他們，但當我掏出我僅有的數百元，而塞在他枯乾的手上時，我淸楚的看到，那瘦小子乾渴的左眼像是擠出了晶瑩的淚水，在黑暗中閃著淚光。

我慢慢朝屋外走去，在要跨出門口時，我淸楚聽到一陣陣低低的被壓抑住的飲泣聲，迴盪在漆黑的空間裏。

二月二十一日

小蔡叮嚀著要我寫信告知現況的，拿起筆時，卻無論如何也寫不下去了。

唉啊！

祇得承認周老的話了。他說關了那許久出去，倒不如待在裏頭有一點生機。果然料著了，是否別人也同我一樣呢？或者祇是我的運氣不好，不再爲社會接受？或者問題祇是：社會能接受我的什麼呢？

二月二十二日

懷著忐忑不安的心緒，我又前去探訪那女子。瘦小子像是出去了，在偌大的空屋中，祇有裸身的女子孤零零地躺在那兒。

她像是睡著了，那麼安詳，那麼自足。

我在距離一公尺處停了下來，深怕吵醒她，可是，祇有老天知道，我是多麼的想向她跪拜啊！——一個人在受盡這許多折磨後，仍可顯露出這麼安詳的睡容。那豈不是最偉大的事嗎？

二月二十八日

呀呀，我是一文不名的蟲豸啊！在這世界上我擁有什麼呢？如果一顆飽受蹂躪的良心，仍能爲那姐弟有微許的幫助，那麼管待世人的天吶，你就以我的破碎的心去餵食那飢渴而無所歸依的野狗吧！——難道我的心除了搗碎受辱外，連助人以盡己之力的權利也沒有嗎？

昨天我四處借貸而一無所得，慚赧之餘我竟不敢前去探視那姐弟。而今日我前去賣血，僅祇換得了四百元之數，當我懷著忐忑的心情去到那倉庫時，我卻駭然的發現到，才兩日的工夫，這房子早已被拆除得祇剩下骨架了。

我怔怔的站在遠遠的巷口邊，不敢相信眼前的眞實，祇見那碩大的怪手正無情的撞擊著最後的一扇牆，那磚瓦滾落，沙石瀉地——轟然巨響中，我彷彿見到了道德及正義在人世間倒塌、消失。

我氣急敗壞的衝到工地中，試圖在瓦礫中找到一些蛛絲馬跡，然而連這樣也是無濟於事的吧！瓦礫中除了破壞、無情及死寂又有些什麼呢！唉！唉！這二月的最後一天！

三月一日

昨日的一切，已恍若隔世了。那麼激烈的悲傷，那麼深刻的自責，到了今天，我竟從而發現那些激情已沉入麻木一無知覺的內心中了——而這樣的表現是否暗示我已不再有心了呢？

失去心靈的肉體是短暫不長的，一如失去民心的政權，它祇會造成兩種人：一個奴才及一個叛逆罷了。而此刻，我雖然對那我沒有幫上忙的姊弟有一些悔恨，但我清楚的知道，那不能怪我，我祇是沒有足夠的錢足夠的勢力罷了，設若我有……，那麼在昨天那歷史上不可或忘的一天裏，他們不但不會消失在瓦礫中，而是應該在醫院中得到世人的照拂吧！

呵！白皙無寸褸的女子啊！妳可知道，在那一天中，妳消失得祇能讓我在無從討還的債上，淡淡的加上一筆嗎？

三月二日

作夢！作夢！又夢見自己浮腫的屍身了！

在那黝黑汚濁的水上，爲什麼會飄浮著漲腫變形而慘白惡臭的自己呢？媽媽又捎信來，要我返鄉去，這是說什麼也難以做到的。雖然媽媽每每說，我自離家，至今十年，她早已老邁，需要我這唯一的孩子去陪伴她。然而在我心裏，我又何嘗不思念她及家鄉的物事呢！祇是每當我思及此時，我便回想到，在我案發後，視我爲蛇蠍的鄉人們的眼神。唉！唉！那不是鄙視，那不是憐恤，而是彷彿我會牽連他們的無名恐懼啊！對於那種極端恐懼的印象，甚至在過了這許多年後，我仍然深記著我的好友、同學因該案被傳問時，那種歇斯底里的狂喊：「我不認識他，祇是鄰居！」扭曲臉龐來。

我當然不怪他們，他們祇是遵守著規定，無知純潔，滿足的生活著罷了。儘管日子不是頂好，自由空間不是頂大，但要抱怨的，對他們來說，永遠祇是自己而已；不必去指責制度，更不必稍有抗逆之心，而他們大多數的想法便一如當他們無法吃到蘋果時，除了抱怨自己缺欠那五十元外，他們又何能想到去抗議那五十元一個的高價呢？

總之，事情便是這樣了，十年後，所有的人都已經淡忘我時，就讓「陳志和」的名字，在他們的世界中永遠消失吧！一如那受盡折磨的姊弟消失在衆生之中一樣。

而這樣作，唯一對不起的，便是我那可憐的母親了。以後的日子中，她是否會像期待我出獄一樣的等待我呢？

我不敢再想下去了。

透過以上的諸篇文字，對於陳君及其遭遇，我們可以知悉多少呢？世上的愛是極其衆多的，然而陳君沒有得到，那裸身的女子及其瞎了一隻眼睛的弟弟亦沒得到。他們在這年代中，均慘然的掉落在黑暗中，無從知悉光明的溫馨；對他們而言，掙扎、呼嚎，似無補於他們的際遇。而最使我耿耿於懷的，陳志和的母親，那滿佈皺紋於臉上的老婦，自送來陳志和的文稿後，便一直未曾露面，而我四處打聽，亦不再有人見到她。

那麼這一切的物事，包括日記的文稿在內，是否僅祇是我的一個夢魘呢？——一個無休無止的夢魘——因爲終我一生，我將無法忘懷那許多無依堪恤的人們。

那裸女，那老婦，此刻究竟在哪裏呢？是否仍在痛苦煎熬中領略著人生的苦楚，而怨歎祖先賦與的命運？

我不禁開始期待我的子孫們，能有高山仔那樣的血性及勇氣了。

花果飄零的傷痕

林芝眉

台灣，雖然由於風光明媚、物產富饒，號稱「美麗寶島」，然而，正因爲如此，台灣的歷史却交織著異族侵略的血淚，使得它的美麗，披上深重的哀愁。

二十世紀的台灣，若是以一九四五年爲分界線的話，前半世紀籠罩於扶桑國的陰影下，後半則又落入另一批統治者的掌握中，儘管星移物換，人民依舊在無情的歲月中喘息。

如果說文學是時代的一面鏡子，已有許多作家歷經炮火的轟擊、社會的艱辛，而刻繪出前半世紀的台灣風貌。至於第二次世界大戰後出生的新生代，孕育於瞬息多變的環境裏，他們的心靈感受，亦源源不絕的，繼續爲歷史的長河，留下峥嶸的巨石。近兩、三年來方才異軍突起的鍾延豪，正是屬於後進的作者羣之一，他憑著深厚的家學淵源和個人的經驗，關心發生在他周圍的事，並且筆之於文，因此，從他的小說，將可發現他所成長的世界，而這個縮影，是與四十年前的台灣社會大異其趣的。

生於一九五三年的鍾延豪，台灣桃園龍潭人，曾就讀師範大學夜間部國文系，其父即爲著名的台灣文壇前輩鍾肇政先生。他大約自一九七八年開始寫作，處女作似乎是〈過客〉，一九七九年，〈高潭村人物誌〉獲得中國時報文學獎，〈故事〉則得吳濁流文學獎，而葉石濤、彭瑞金編選的《一九七九年台灣小說選》，收入他的另一篇小說〈華西街上〉，以他短短的寫作生涯，得到文學界如此的肯定，算是難能可貴的了，一九八〇年，他將陸續完成的十二篇小說，編成《金排附》一書，這也是他的第一本短篇小說集。

依據鍾延豪的小說集來觀察，寫得比較深刻的幾篇，主要是描述翻湧於時代巨浪變動中的人物悲劇，如〈高潭村人物誌〉、〈金排附〉、〈故事〉、〈荒城〉、〈過客〉這一系列：他之所以引人注目，也就是這一類大膽突破禁忌的題材，是在他之前，少有作家敢輕易挖掘的世界。另一類則是具有鄉土風味的作品，不過並不全然以農民事務爲專注的對象，他的小說背景有漁村、山村、鄉村、城市等，像是〈華西街上〉、〈風箏再見〉、〈歸〉、〈山村〉、〈夜學者一日記〉、〈脚步〉、〈陰溝〉這幾篇，雖然比較上水準不如前一類，仍亦不乏靈機一現的珠玉之作。

無期的刑罰

一九四九年國民黨政權退據台灣之後，隨之而來的政治難民，包括原先位居要津的黨政軍要人，國大代表之流，他們既是既得利益者，祇要政權存在一天，便能繼續輝煌騰達，享受偏安時的榮華富貴。不幸的是，這僅是少數特權階級的專利，更有一大羣奔赴逃亡潮的平民、士兵，有的是隱忍家破人亡的痛楚，有的是盲從懵懂的被迫南遷，而他們的物質生活，很顯然在粥少僧多的分配下被犧牲了，以致淪入弱者的一環；更悲慘的，莫過於在「反攻大陸」的神話背後，夢想著家鄉的青山綠水，年復一日，青絲變白髮，英挺成佝僂，把歲月消磨於無盡的等待，他們這種精神的折磨，宛若無期的刑罰，惟有面臨死亡的一刹那，方能自然的超脫。數十年來，這承受時代巨變下可憐的一群，便躲在陰暗的角落裏呻吟，既無人關懷，也無人敢揭示這一層當權者的瘡疤。如今，鍾延豪勇於浮現這類卑弱的人物，雖則有其欲語還休的障礙，亦不難管窺這些歷經世紀飄泊的靈魂，他的〈金排附〉、〈故事〉、〈荒城〉和〈過客〉，誠可視爲發揮人道精神的結晶。

〈金排附〉與〈故事〉是兩篇以軍中外省老兵爲主角的小說，作者特別把故事的背景，置於離中國大陸咫尺之遙的金門海岸據點，照〈金排附〉的描寫，金排附顯然是個戎馬一生、作戰經驗豐富的老兵，因此十分瞧不起文縐縐的年輕預官，稚嫩氣盛的軍官自然也很不滿老兵的驕傲，兩者的鴻溝便愈來愈深，作者倒是就這個故事，明確的指出軍中很普遍的現象。對這樣的老兵，僅能採取不聞不問的態度，否則多餘的關心反而自討沒趣，而事實上，作者深一層說明，這些拒人於千里之外的冷峻臉孔下，懷有一顆多麼寂寞、傷感的心，由反攻大陸的無望，年華老去的悲哀，凝聚成無涯的遺恨，促使金排附在自己碉堡裏吃自製的家鄉飯，閒時楞楞的注視海面，不然就酒入愁腸，醉臥夢鄉，都可說是這類老兵的正常反應。而透過作者筆端的敍述：

「他穿著棉布衞生衣，在草地間一動不動的注視著海面。……祇見他的臉孔在月光照射下，空洞的一無內容，便像白色的木頭上，用刀刻上了一道道的陰影——那些皺紋，如此的怵目驚心。」

「他一動不動的扒著，在五燭光的照射下，我突然感到一陣心悸，那弓著單薄背影，灰白的亂髮，及那滿布皺紋的臉龐，使我驚駭的聯想起什麼來，但覺孤零蒼老的悲哀從他身上溢出，……」（見〈金排附〉）更令人感觸老兵思鄉情結的淒楚。而〈故事〉裏的老兵形象，作者正面描寫他們的心裏，使之更爲清晰眞實；文中的方樹民與鄧昌菊均是同病相憐的老士官，鄧昌菊整天醉生夢死的過日子，醉了，哭了，就嚷著要回家鄉去，沒多久，又抱怨退伍沒有核准；相反的，方樹民精神奕奕地認眞從軍，不時會咒罵醉薰薰的老鄉，沒有出息的思念故鄉，而後同伴個個退伍，他才驚覺時光流逝，心境頓時委靡、老邁下來，在等待退伍令發下的煩悶中，又驚聞鄧昌菊退伍後，作臨時工不幸摔死，於是覺得希望破滅，縱身入海。

「落葉歸根」，原本是這些純樸的老兵最終的盼望，無辜的他們，却互絕於無情的苦難，故而無由責怪他們瀰漫的思鄉情懷。問題的癥結是，爲之南北征戰的國家，既無力達成「反攻大陸」的美夢，復又拖延老兵退伍的時間，退伍後又不好好輔導他們的生活，令他們難以適應社會的生存，台灣社會裏曾發生過退伍老兵人財兩失，或持槍搶刼的悲劇，或多或少與此相關。鍾延豪安排方樹民的結局，毋寧是以一種很悲壯的心情，投射老兵的命運。而在多少滄海桑田的變幻中，留下幾許唏噓之情，令人徘徊慨歎不已。

此外，〈荒城〉、〈過客〉也是同一類型，表達寄寓台灣、煢獨無依的外省人遭遇。〈過客〉的篇名，適足以一針見血，直指逃難者的心情；羅多年是部隊退伍後，任教中學的老師，孑然一身，獨自塵封於過往苦澀的回憶裏，因爲隨時記掛著馬上可以回家，便不敢另行迎娶，以致時光磋跎，幾經相親對象屈辱之後，便自我了結生命。〈荒城〉一篇，則指陳逃亡的第一代，在故鄉有豐碩的依恃，到了台灣一無所有，卑屈下賤的在人前低頭，甚至導致第二代也在人前抬不起頭，故事內的父子代表著一個極端不幸的例子。

國民黨政權蟠踞台灣，卅年歲月，悠悠逝去，然而他們的過客心態，也日漸產生畸形的文化。顯赫的高官，繼續營私坐大，然而全然不顧弱小者的哀號，任其如變形蟲似的，蜷縮在被隔絕的環境裏，失去做人的權利，基於人道主義的立場，是有必要施予各種聲援，使之早日脫離苦海。

時代的傷痕

日據時代的台灣人民，有的自始即以堅強的民族意識，抗拒日本人的統治；有的是身受其害後，覺悟鄉土命運的悲慘。鍾延豪的〈高潭村人物誌〉，是唯一一篇試圖藉著小鄉村的人物傳奇，勾勒出台灣人民處過兩個時代後，被劃傷的刻痕。

這篇小說串連四個人物的軼事，時代背景約於四十年代，到七十年代之間。其中的三個人物癩仔坤、阿福伯、旺仔仙，不約而同是受日本教育的台灣人，一心以爲爲日本人服務是最大的光榮，也是爲自己同胞遭受侮蔑爭一口氣，因此癩仔坤作過威武的日本憲兵補，阿福伯官位至校長職而傲視羣儕，旺仔仙則爲日本警察拉警報器而洋洋自得，似乎當時的村民也莫不恭敬巴結。然而，戰爭的殘酷和日本的失敗，如晴天霹靂震醒他們的美夢，癩仔坤無法相信日本戰敗的事實，卻更無法拋棄「日本精神」的烙印，於是受不了深痛的打擊而精神分裂了，最具諷刺意義的，是他死後被葬在抗日紀念亭之後；阿福伯在戰爭期，眼看村子裏的子弟，被抓去南洋，各個妻離子散，於是湧起民族自覺，從此不再說日本話，勸村民不必咒罵美軍飛機，因爲那是來炸日本人的，「然而當一棟棟房舍倒塌，而時見斷肢殘骸的鄰人從瓦礫中尋出時，他却祇能深深地爲自己的同胞而哀傷，爲時代的殘酷而悲痛不止了。」老實的旺仔仙，雖不懂民族意識的大道理，却也了解未婚妻被炸死的切膚之痛，拉警報無疑變成日後夢魘的回憶。

姑且不論那些始終緬懷日本的可憐蟲，或是甘爲外來政權御用的士紳；某些上一輩的台灣人，初時會無知的陶醉於作順民的愉悅，等到付出很大代價後，才會幡然覺醒，他們既能生存於苦難的夾縫裏，自然深悟民族自尊的重要性，便教導子孫要努力，要有志氣，此篇小說的最末一段〈林明的故事〉，即是寫阿福伯的孫子林明，幼年時目睹村民的徬徨及挫傷，憤而反抗美、日資本主義的壓迫的歷程。林明雖然失去美商公司優渥待遇的工作，而對黑人老闆傷天害理姦污員工的行徑，和一毛不拔的日本副經理，予以嚴正的反擊，總算爲可憐的台灣人出了一口氣，這是新生的一代，應該勇於發揚的民族意識。

迷失的一代

戰後的台灣社會，逐漸在安定中復甦、興起，加上教育的普及，使得做父母的心願，逐漸歸納出一條學優仕進的道路，讓新生的子女循序而進，麻木的接受官定灌輸的教育，已經不習慣獨立思考更多種價值體系，來確立人生的目標，這可預卜台灣教育的未來危機。

〈風箏再見〉、〈夜學者一日記〉、〈山村〉、〈歸〉四篇，是鍾延豪探討屬於他那個年紀的青年人，所遇到的徬徨和迷惘，尤其是囿於教育制度，產生的各種問題。

結構比較完整的〈風箏再見〉，是寫一個貧窮的漁村子弟李義明，爲了擺脫困境，於是拚命鞭策自己用功讀書，終於順利的踏入都市，建立夢寐以求的家庭、事業，此時他却茫然的厭煩生活，覺得一切得來太過輕易，他不斷的思索：

「然而這一切是否眞的便是自己熱烈去追求的呢?他不停的反問自己，終於發現，那祇是循著順序的層次而已。讀了初中，自然要升高中，讀了高中自然要升大學。這些都是那麼樣的自然來到，而自己所唯一付出的，便祇是跟著它走罷了，就像隻被牽著鼻子的牛，盲目的行進。

而這樣的盲目，便是一生中，汲汲營營努力著的原因嗎?自己是否眞正去選擇過呢

?」

爲了證明他有選擇的能力，於是發展出一段軌外的愛情，然而他又懦弱得不敢和賢慧的妻子離婚，與心愛的女友結合，祗好一任美麗的錯誤長埋心底，作者用一段話：「命運！命運是否就像這風箏，始終爲這個繩索所繫住，當我們奮掙而去，以爲超越了命運之時，是否又陷入了另一種絕境呢？」說明本篇故事的主旨。

當貧窮不再成爲難以克服的障碍後，證明時代進步、個人的努力，或許可一洗過去困乏的陰影，關鍵在於層層的奮鬥中，僅是隨潮流漠然前進，或是自私自利的追逐世俗的成就，自然免不了嗒然若失之憾。幸福家庭之外的愛情，不值得鼓勵，更不該以「眞正的選擇」爲藉口來肯定，惟有另尋出路才是正途。

此外，〈山村〉敍述大學畢業後失業的年輕人，躲在山村，逃避親友關懷的詢問，而世外桃源裏的母子，却爲考不取大學而爭論不休。〈夜學者一日記〉，藉描寫一位貧苦子弟到都市求學的一日生活情形，一方面顯示其半工半讀的苦學精神，另一方面自責於讓母親做工操勞，自己却無法全力負擔家計的矛盾，這兩篇故事雖然表達不夠細密，所幸尚能浮出某些眞實的社會現象。

至於〈歸〉，則淡淡勾勒一個懷才不遇的歸國學人，透過高級知識人才，充滿熱情，却不能貢獻所長，終而自盡的例子，影射某些社會制度的滯塞難通，以至於失去很多棟樑之才。此篇讀來呑呑吐吐，作者顯然未暢所欲言，很可惜未能好好掌握這個絕佳的題材。

近二十年內，台灣學生出國留學，已然蔚成風尙，除了研究新穎的知識，獲得學位爲目的之外，大多數人感於就業市場有限，工作環境也不夠好，或其它難以預料的因素，便遲疑不歸。至於有心人，摒棄國外優厚的條件，欲回鄉施展長才時，却往往陷於人事糾葛，毫無參與感，換句話說，這是隨著時代的需求，日益嚴重的問題，〈歸〉這篇小說點出了當代年輕人另一面的苦悶。

陰黯的角落

鍾延豪的鄉土世界，在描繪年輕的一代所見所思之餘，尙能將觸鬚延伸至頹廢、破敗的角落裏，台北著名的，以綠燈戶爲主，環繞興起的黑社會——華西街，便在他的筆下栩栩如生，任何人讀了他的小說〈華西街上〉，馬上就進入那個世界，體會出社會底層的小人物，各以自己的方式掙扎求生的衆生像。

〈華西街上〉是由麵店小學徒、妓女戶和賣草藥、耍猴戲的江湖老人交織而成的故事。老人與猴子的形象，使學徒金德感懷自己身世的淒涼，由於無意中得知經常送麵去的妓女戶內，囚著一個被賣來的小女孩，基於惻隱之心，偷偷放她逃生，自己依舊祗能待在華西街麵店，度過沒有希望的明天。

這篇小說寫得最好的部分，是作者刻劃猴子的情景，他利用猴子被主人撥弄招攬顧客，暗示妓女的賣身；和猴子企圖脫下鍊子逃跑，意味著金德與小女孩的命運。整個說來，猴子是弱者的象徵，最後猴子死去，顯示作者對這一類可憐蟲抱持的悲觀，無怪乎這篇故事完全籠罩於黯淡的氣氛中。

由農業轉型至工業的過渡期社會裏，有些人能很迅速的拋開落伍的生產方式，自然，也有人固執的眷戀祖先的田地和耕牛，〈陰溝〉一文，就是寫後者的遭遇。世代務農的阿雄，與體弱多病的祖父相依爲命，爲了醫治祖父的病，他想把牛賣掉，但又痛恨牛販子屠殺牛的殘酷，躊躇不決之際，祖父却爲了保護牛以免被宰的命運，而跳水自盡了。

守舊的農人，總認爲耕田是一種責任，是一種天命，就像人生下來要吃飯般的自然，當然如此耕一輩子田，是不會有什麼怨言的。不過，時代瞬息萬變，無法適應新時代的來臨，就很難擺脫貧窮的壓力，因此，祖父叫阿雄到工廠作工，放棄種田，時勢所趨，不得不然，但無論如何，還是拚死命的保護耕牛。這篇小說可以反映工業起飛前，台灣社會的必然轉變，以及當時農民的想法。

評論

大體而言，由於鍾延豪一部分小說取材特殊，甘冒大不韙去刻劃老兵、外省人的痛楚，使得他的小說畫面，具另一層豐富的意象，却也因爲當道者的忌諱，令他的筆鋒不得不收斂而壓抑，當然，如果認眞去揣度，還是不難尋繹隱喻所在。同時，他的故事人物，幾乎都帶有人生的創傷，是以不論時代的悲劇，或環境的挫折影響下的形貌，便自然溢出陰鬱的色調，雖無開朗光明的啓示，却是鍾延豪獨異的風格。

在寫作技巧方面，鍾延豪喜歡採用象徵的手法，譬如〈華西街上〉裏的小猴子，〈故事〉中的八哥鳥，〈風箏再見〉的風箏，無不扣緊故事內容，隨主角的命運起伏沉落，人與物的穿插，遂構成小說的經緯；而且透過物的比喻，將有助於對人物悲愁的掌握，這是鍾延豪用心之處。

此外，鍾延豪非常執著於人們所依附的自然憑藉，表達其濃厚的鄉土意識。例如〈風箏再見〉裏的海，〈陰溝〉中的池塘，〈山村〉內的山，可以看出他用千錘百鍊的字句，極力傳達撈海人與海的搏鬥，農民受池塘的灌溉，以及山民取諸山林的勤勉，彼此共存共依，而生死遞換，便也在這美麗的山河蔭護下交替著的信念，由此揭開序幕的這幾篇小說，背景的氣勢相當有力。

綜合十二篇小說，比較具有深刻意義的是〈高潭村人物誌〉、〈華西街上〉、〈風箏再見〉、〈故事〉諸篇，佈局合理和文筆簡潔是成功的原因。

但是，其它的作品，有些失之粗疏，像是幾個安排自殺結尾的故事，〈歸〉、〈過客〉、〈陰溝〉之類，沒有細膩的交代何以尋死的動機，驟然轉折，令人突兀不解，雖欲借用死亡強調其悲劇性，很可惜未得應有的效果。

鍾延豪的含蓄筆法，儘管給他的小說世界，帶來「富於陰翳的動人意象」（葉石濤語），惟其欲語還休的拘謹，有時帶來負面的後果，諸如〈山村〉、〈歸〉、〈脚步〉，過分短小的篇幅，既難客觀呈現事實，自不易正確領略主題意義，這是上述幾篇顯而易見的缺陷。

以鍾延豪這樣年輕的作家，生活經驗的限制，當然會影響他的創作水準，不過，他能大膽嘗試捕捉苦難的心靈，將他們的哀戚公諸於世，便也不必苛求他的小說篇篇珠玉了，照他目前的成果評判，假以時日，相信他這塊璞玉，必可琢磨成器。

——原載一九八六年一月《台灣文藝》第九十八期

鍾延豪小說評論引得

許素蘭 編

說明：

1. 本引得，依發表或出版日期之先後順序排列，以一九九一年十二月卅一日以前國內發表者爲限。
2. 若有遺漏或舛誤，容後補正。

篇名	作者	刊(書)名	卷期(出版者)	出版日期
1.〈華西街上〉簡評	葉石濤 彭瑞金	舞鶴村的賽會	民衆日報	一九七九年九月
2.時代苦難的切片觀察——鍾延豪〈高潭村人物誌〉	詹宏志	書評書目	八三	一九八〇年三月
3.六十九年度「吳濁流文學獎」評選感言(關於鍾延豪〈故事〉)	彭瑞金	台灣文藝	六六	一九八〇年三月
4.乍現的新星——談鍾延豪的小說世界	葉石濤	民衆日報		一九八〇年四月三日

5.命運夾縫中的人群——〈華西街上〉簡介	彭瑞金	一九七九台灣小說選	文華	一九八〇年六月
6.過河卒子——〈故事〉簡介	彭瑞金	一九七九台灣小說選	文華	一九八〇年六月
7.〈金排附〉評介	季　季	六十八年短篇小說選	書評書目	一九八〇年六月
8.〈高潭村人物誌〉附註	詹宏志	六十九年短篇小說選	爾雅	一九八一年五月
9.〈陳君的日記〉附註	李　喬	七十二年短篇小說選	爾雅	一九八四年三月
10.果飄零的傷痕	林芝眉	台灣文藝	九八	一九八六年一月
11.鍾延豪作品的特色	黃　娟	文學界	一九	一九八六年八月
12.鍾延豪作品的特色	黃　娟	先人之血土地之花	前衛	一九八九年八月

鍾延豪生平寫作年表

鍾肇政　編訂

一九五三年　1歲　二月七日，出生於台灣省桃園縣。父鍾肇政、母張氏，世居桃園縣龍潭鄉九座寮。
一九五九年　7歲　九月一日入龍潭國民小學。
一九六五年　13歲　九月一日入龍潭國民中學。
一九六八年　16歲　九月一日入省立桃園高級中學。
一九七一年　19歲　六月，畢業於私立泉僑中學。
一九七三年　21歲　十月，入伍服役。
一九七五年　23歲　十月，自金門退伍。
一九七六年　24歲　九月，入師大夜間部國文系。
一九七九年　27歲　一月四日，發表處女作，短篇小說〈過客〉於《民衆日報》副刊，普受矚目。
二月十三日，發表短篇小說〈華西街上〉於《民衆日報》副刊，確立新進作家地位，此後經常有新作發表。
十月，以〈高潭村人物誌〉獲中國時報第二屆「時報文學獎」。
十一月，〈故事〉刊於《台灣文藝》第六十四期。
一九八〇年　28歲　三月，獲吳濁流文學獎，得獎作品爲〈故事〉。

一九八一年　29歲　四月，短篇小說集《金排附》由東大圖書公司出版，此後作品銳減，以至絕跡。是年起積極參與《台灣文藝》編務，一手承擔編排、付印、校對、發行等業務。仍寫作不輟。

一月，結婚，妻王菁筠。師大畢業。

是年，助乃父成立「台灣文藝出版社」（實則出版業務於一九八〇年八月開展，藉「文華出版社」名義發行，首批印行鍾肇政著《原鄉人》等三冊。又年末成立門市部「泛台書局」）。

一九八二年　30歲　一月，獨女韻潔誕生。

成立「聯台文物供應社」，亟思有所作爲。

一九八三年　31歲　八月，短篇小說集《華西街上》在大陸印行。

九月，任私立開南工商教師。

一九八五年　33歲　十二月一日深夜十一時十五分罹車禍於中壢龍潭間中豐路上逝世。

十二月七日舉行告別禮拜後安葬。是日《台灣時報》、《民衆日報》等副刊製作追悼紀念特輯、《聯合報》、《中國時報》等副刊亦有紀念文字發表。

附記：

爲亡兒作年譜，似未曾見及，姑且做個「始作俑者」吧，唯未敢以「爲惡」自居耳。自立晚報副刊編者先生期限甚嚴，盛意難卻，匆促爲之，缺漏難免，來日倘得機會，自當詳補。唯一需在此說明者：延豪首篇發表文章係在民國六十七年十一月二、三日民衆副刊，題爲〈教育界未完成的奇蹟〉，報導其母校私立泉僑中學種種切切，係奉余之命而爲者，蓋余初未料及渠亦於暗中嘗試小說創作也。未幾忽有〈過客〉一作交余，通讀之後，難禁突兀之感。刊登次日即有一友好謂：「一出手即不凡」，無異道出余心中驚詫。本譜既云「簡略年譜」，姑以〈過客〉爲處女作列之。走筆至此，欷歔不能自已，乃擲筆而罷。

——一九八五、十二、十七午夜　鍾肇政附識

【編按】：本年表原發表於一九八五年十二月二十四日《自立晚報》副刊，原題〈鍾延豪簡略年譜〉，以民國紀年。

附錄

目錄

目　錄

前言

鍾肇政

再過幾天，就是亡兒延豪的六周忌了。

六年。兩千一百多個日子……

去年，爲他「撿骨」，我没敢去——應該說我不忍看吧，所以特命延威前往。然後，把骨罈安置在他祖母剛剛遷出入塔的原址，那是一所我們鍾家大菜園一角的竹叢下。俗例是「蹲寮子」蹲得越久越好。過三兩年，我也會把他遷入塔内，那時，他就可以和最疼他的祖父母在一塊了。

這些年頭，每次跟他母親談起往事種種，她都會落淚，難過好久好久。至今猶然……

鑒於以後爲亡兒印行著作的機會恐怕不多了，所以特商請出版社方的同意，把這本《鍾延豪集》製作成紀念專輯的樣子——其實也不過是多幾幀照片，加上這麼一個附錄而已。這兒要向慷慨賜予同意的文欽老友，表示我衷心的謝意。我也知道此舉不合本全集體例，跡近私心自用，只好在此懇請各方原諒！

這裏輯錄的，是兩則延豪的遺作，以及他死後不久出現在各種報章上的文章，有些副刊還特地製刊了專輯，又是照片，又是悼念文字，也算熱鬧了一陣。套一句俗話，眞是「備極哀榮」了。對那些編輯先生及執筆的識與不識的朋友，也眞個「存歿均感」，在此再表達我衷心的謝意。

末了還要提一筆，紀念特輯題爲「永遠的金排附」，是取自陌上塵與彭瑞金兩位老友的悼文題目。也在此一併誌謝。

安息吧，吾兒……

——一九九一年十一月十八日

聯想小集

鍾延豪

盼望

你像石膏的美神凜然在夜晚的薄霧裡，
在月亮初起的剎那中，
不經意的把身影投射在眼前，
但那不可侵犯的神靈，
卻使我停留在渺小的自卑中，
多麼希望你輕輕的回頭，
將我的期待融入你的一笑中。

念

像是一朵湛藍的小花，

聯想

自夜晚的海上漂浮而來，
淡淡的勾起了些微的臆想，
那悠邈的遐思啊！
爲什麼總令我憶起，
那在風中飄動的秀髮！

夜晚，狂風驟起，
罐頭的警鈴，打破了孤室中的沉思，
靜聽著，那伴著風聲的
多像遙遠家園裡
掛在窗邊的風鈴！

後記：

青年作家鍾延豪不幸於本月一日深夜，在一起車禍中遇難；他是名小說家鍾肇政先生的長子，師大國文系畢業後，任中學教職。鍾延豪生前熱愛文學寫作，作品多發表於《台灣文藝》、《民衆日報》副刊等刊物，曾獲吳濁流文學獎，結集作品有《金排附》、《華西街上》。《聯想小集》選自鍾延豪早年留下的稿本。他以三十二歲英年即告別文壇，令人深爲惋惜！

鍾延豪日記

——鍾延豪遺作

王菁筠 輯

五年來，也終於是抱著書本，又進入課堂讀書了。想到這不短的時間中，有過那許多的沉默、失望、落魄與氣餒，心頭不禁沉重起來，這眞是段難挨的階段啊！曾經暗暗的哭著，也曾經瘋狂的迷醉以逃避著，更也曾下過無數的決心與誓言以鼓起自己的勇氣奮鬥著。而今又是一個開始的階段了，面對著學者教授，面對求知慾甚強的同學，我該如何吸收並超越他們呢？我始終相信自己天資庸凡，不是IQ高的人，那我該要花下多大功夫與決心呢？再者，我知道現階段的我，比起他們是差得太遠了。負擔再加上負擔，該要有多大的努力啊！

已開始上課了。

——一九七六、九、廿七

「人若生活於順境，終日渾渾噩噩，很少有面對自己的機會——只有在絕境中，人才會被迫檢討自己。」

——一九七六、十、廿六

愈來愈是覺得心有所屬了，能有機會說句話，何啻是美好的感覺？只是當有時間時，卻又惟恐一次一次的或將陷入絕境，昨天不是告訴自己說算了嗎？怎麼又……

要我怎麼說呢？明知那是無望的絕境，卻又捲了進去，那……我該要如何脫離自己所建的苦惱網中！

也許該要細心的分析下自己了，大概我在自作多情吧！想來我何嘗有過分的條件，雖是自卑之語也好吧！就讓自卑之悲哀淹沒我嗎？要作的何其的多？怎能再有時間？

——一九七六、十、廿八、通二二〇教室

兩天來心境稍佳，也許是與她更熟稔了些？但始終覺得她玄不可測，也許不太樂觀吧！但僅希望長久保此心境，如此對進修該有所助益才對的。爲要爭取芳心，有理由不將功課弄好？作文課是個例子，天知道我心裡是多麼的洋溢著歡樂，卻又更深怕下次又作不好呢？而這下子不正保證我下次作文非要用心？

就是了！幹吧！五年，研究所！

——一九七六、十、廿九、純文學

又是一本新的開始了，一本又一本記下了無數心靈的遐思與痛苦，一年又一年帶走這些愁苦，我步入了年歲的成長中。

又何必去探求歲月的
流逝呢？
這一點一滴的心的獨語
不是已經坦然的表明了一切？
在乎的，不重要的
得到的　失去的
不就明顯像陳列在時間
中
一顆一顆醜惡的淚珠
笑吧！哭吧！
有一天白髮皤然，滿臉
皺紋時

你定會發現，那些悲哀
啊！
已像一顆顆晶瑩的鑽石
在向你炫耀呢！

——一九七六、十二、二十、純文學

昨晚與筠到台大買了雞翅膀，一面走一面啃，沿著新生南路慢慢的走著，是「冬至」之夜吧！傳聞習俗裏總要在家團圓，吃湯圓的；但身在異地，離家不過百里，卻不能與家人團聚一處，不禁為這冬風初起的寒冬感到無限的傷懷了。

走著走著似乎夜又更寒冷起來了，偶經小店，都掛滿了湯圓上市的招牌。既然不能在家裏吃到，何不在這裏街頭的小店中有些惋惜浩歎的自慰呢？

於是兩人摟著，分吃了一碗芝麻湯圓，雖然味極甘美，但望著那飄著紅豆的湯裏，卻總覺得那碗熱騰騰的湯欠缺了什麼似的，於是我對筠說：

「今天冬至，沒有回家，媽媽一定準備了，把未煮的擱在冰箱裏，等後天放假回家時再吃……」

也許不提起這些還好吧！神思不免又盪回家裏溫熱的廚房裏，兄弟們坐在一塊，隨著媽媽的動作而搖晃著，天南地北的聊著。分離久了，總是有那麼多的事要告訴對方……。有時或唱唱歌，或輕輕的哼著……溫暖的家啊……為什麼現在想起來，卻又離得那麼遠呢？（以下略）

——一九七六、十二、廿三晨、純文學

莫非寫得多而寫濫了，總覺得這些日記未經深思熟慮便匆匆下筆：文字未經雕琢，涵意未經推敲，全憑一己一時的美感來完成，難怪影響文筆吧！

可是若又以這樣的原因而失去練習的機會，這其中的得失又如何呢？

這兩天醉生夢死，書看得極少，不禁悲傷自起！該要如何待自己才能有所奮發呢？天氣又寒了，為前程所作的努力也竟像冰的結起寒漠了。唉！說什麼總抵不上自己的絕望吶！

——一九七七、一、十午、純文學

開始上課的日子，總是很緊張的，坐在課堂內感懷著同學們久離重逢的吵雜，那份屬於油然而至的厭惡，總不易壓抑。雖然明知這無論如何不是對的，顯然我不能推諉孤僻的惡名，只是有時不免想到，既無必須吵雜一番，又怎不避免而靜坐沉思，緬懷逝去，期待將來，難道膚淺著生活的人竟不止一人，抑或憤世嫉俗的人便只我一個？

愈想愈發感慨無限了，有誰說過一句：

「怎能對他們期待太多？」

是吧？便也就是如此堪悲的生活吧！

——一九七七、三、三、通二二〇教室

下午驀然悲哀，一時三十分回到出版社，只覺惆悵滿懷，不知該如何打發？緊記著常自謂的「在苦痛中站起」的豪語，對目下的生活，不免感到懊恨唏嘘了。昨晚作文「椰樹下」，我把人生的得失起落，發抒到高矮不一的椰樹上，兀然獨立自足不錯，然而又誰知，他們如此的挺拔俊立亦需在太多的苦痛中掙扎而成；寫著那些感懷的當兒，我突然憬悟自身的缺失，正便在於沒有力行的毅力。該怎麼作，我是清楚的；需要多少的奮鬥，我亦是明白的。然而我疏懶、慵倦，又爲自己盡了多少的心力？作文未完，心已黯然，卻是無論如何寫不下去了。（以下略）

——一九七七、五、六、純文學

昨日母親節，適逢週日，便也就買了兩雙鞋回去。母親當然歡喜，但我卻因著那笑顏而深深羞赧。二十五、六歲的男人了，至今仍斷續接受家裏補助，雖說仍然唸書，不得不如此，但我想人世裏，這也算是一種悲哀。父母總希望兒女及早成立，卻不想近三十的我仍然領點薪水，連生活費都無法如常，兩雙鞋對母親來說感觸不知如何？而我看著那欣喜卻更愧對於她了。

此生不知何時方能有反哺之恩？

——一九七七、五、九、純文學

好些日子沒跟爸見面了，中午十二點二十分趕到鄭清文處時，原來阿威也到了，父子三人於是相視而笑，爸噓寒問暖的。也許喜歡與長輩相處也便是這個原因，總會感到額外關懷與愛心，但談笑間，我卻深感到爸的身體不比以前硬朗，不覺間，似乎看到些許疲憊的神色在眉間晃過，我知道爸年事半百，雖不算得老人，但每禮拜三的如此台北奔波教書，相信年輕人也是不好消受的，何況爸的身子一向也不怎好的時候！

四十分，短暫的聚會要散了，阿威說還約了小妹在立法院候爸上車，但時間上顯然來不及，非要到城區部上車才行呢！於是只好叫阿威去立法院見小妹，而我，騎車到城區部上車了。離別分手，情總依依，也不知是什麼滋味可與比擬，只覺人世艱苦，我們肩上的擔子委實太重了。

送了爸上車後，想順路到立法院與阿威小妹們碰面，碰巧也不遠，想著也可與他們說，爸會探頭來打招呼呢！到時，校車也正好開到，老遠便看爸的半個身子都探出窗外，小妹喜得直招手，我在旁眼見著這天倫之樂，想，親情便就是如此的正經，雖然昨日才分手，但今日在異地重逢了，倒卻使人覺得相見之難與遠呢！

望著車開過去，猶見爸仍揮手不停的朝著這邊望。我在想：爸的現在心情不知如何，當我們兄妹三人，揮手向他送別時，他可否曾經想到人世的充滿離情與依依。

這時候，我們父子能依偎一起該多好呢！

然而車子卻去得好遠，爸爸是否仍揮手？已看不清楚了。我想，如果不是淚眼模糊的話，當可知道的。

——一九七七、六、一、純文學

凌晨二點一刻，很是倦了，卻不願放棄這難得的午夜，摸索著文句，極想在這新的一天，新的日記本中留下波瀾的一頁，但我字是那麼的醜，以至於想心平氣和的馳騁思緒也總是顧忌了一些。

許多書擱在桌上，本該早看完的，但一直不能避免懶懶的閒散，暗地裏卻想起中午與爸他們的聚會了。也許該當是奔波幾許慨然風雲，竟格外的興起奮力書寫的慾望來！

提筆是多麼的令人興奮的事啊！

我能安排一個小的故事，簡單的人物，但那深深的賦予了自己的痛苦，替自己承受了更深的苦難。而輕輕淺訴的筆調又是多麼的可顯示自己的歡喜及風情啊！我更可安排一個悲壯的情節，可憐的小蟲，卑屈的小人，他們活著是那樣的歡欣與無奈，雖然那不免是齷齪的人物，但何嘗不能表達著高貴聖潔的人格？（以下略）

——一九七八、十、一

第二十七號了嗎？方當編序時，連自己亦不知所以了，盼望的是無限的努力及振作吧！

顧前塵已渺茫，竟自十五編號起，前時的皆不存在了。難道一個生命便只若夜空流星，只在暗夜裏閃迸一點火星便失去淪落蹤跡：這樣才努力的嗎？抑或者只因那遙遠的熱烈已再度激起希望！長大的男人不可再哀號自己的不力了！

二十七號！二十七號！

隔了這許多年，又拾起了日記本了。昨夜偶然間翻得了大學時代的日雜記，感念當年的勤於自責，及現今渾渾噩噩的生活，若不興寫日記之念，豈不放棄自己，可憐那當年一片赤誠！

遠矣！什麼都遠了。

還能怎麼去希望自己呢

——一九八五、十一、廿九、夜於龍潭

延豪的日記在一九八〇年八月二十二日夜就中斷了，感傷與熬夜守靈中讀這些瑣事記憶，益發覺得伊人的「好」，更再度拾起了往昔甜蜜的回憶。畢竟他的日記本中，不時黏貼著我的肺腑字句。但我試問：往者已矣嗎？

可悲的是近四年來，伊在事業的逆境下，承擔了一切不悅——而他這一去，彷彿他得道昇天，而活著的人都虧欠他似的。我只想說一句——英才未得發揮、展現，就憾恨、愁悵而逝。難道是天意嗎？

見他案頭幾年來苦心經營的小說稿，雖僅是大要，卻已動人心弦，可惜我差他遠矣，不能完篇，只企盼小女韻潔能繼承衣鉢，寫出時代鉅作，以告慰延豪在天之靈。

筠，一九八五、十二、四　凌晨四時

——一九八五、十二、七月《台灣時報》

告吾兒

——爲亡兒延豪罹車禍逝世而作

鍾肇政

你一定還記得我曾經告訴過你：你像極了你的「太太」：他老人家就是我的「公太」——曾祖父，也就是你的太太——曾曾祖父：別說你，連我也緣慳一面的人物。是你的一位堂房伯婆說的。在你稍長之後，她說了不少次，口吻每次都含驚奇與喜悅：這孩子多像那個老公太喲，面貌、身材，一模一樣！

在親戚及鄉人口裏，他是個傳奇人物，昂藏六尺，孔武有力。長大後才奉當時已是雄踞一方的來台祖（也是他的祖父）之命棄農從文。科場上雖未得意，却也以詩文以及做人處世的圓融而在地方上名重一時，加上他刻苦用功的治學態度，贏得了極普遍的讚譽與尊敬，附近各庄爭相禮聘去教門館，成了一名出色的教書先生。日人來台，他率領族人返回長山，但過了一段時間之後，還是回到他的根上來。從此他又專心向學，也重拾舊日衣缽，在異族鐵蹄下，爲傳遞漢學香火，樂而不疲。

你肖似的就是這麼一位祖先。

我以有這麼一位先人而驕傲。我也以九座寮鍾家人而驕傲。

你該也可以成爲九座寮鍾家出色的一個人。因爲在衆多的子子孫孫當中，你是唯一像那個他們引爲驕傲的人物。尤其一代代下來，越來越矮小的這些「不肖」子孫當中，你更顯得鶴立雞羣啊。

可是你壯志未酬就匆匆地離開了。僅留下兩本著作《金排附》，及此間未之曾見的《華西街上》。

那可咀咒的十二月一日深夜十一點十五分以後，到這一刻我已過了三個未眠之夜。十二年前，我料理了你阿公的葬事，兩年前是你阿媽的。我就堅挺著，爲你再來一次吧。一連的跑分駐所、殯儀館、醫院，兩次的「筆錄」，外加驗屍時在場，今天總算把你迎回家門了。往後還有一連串的劇務。更後也還有無數的折磨吧。

我都會挺下來的——你一定不知道，今天好不容易地有了近兩個小時的午眠之後，我又精神抖擻了。我能不奮勇起來嗎？因爲在這三天的過程裏，有若干値得我再去細細推敲之處。你清楚不過，可是我必需去旁敲側擊、去琢磨。你的死，已是無可爭的，但我不得不爭公道——公道啊！

我唯一擔心的是你媽。在夢裏，你該給媽媽多一些鼓勵，因爲她也非堅強不可。還有你的愛妻愛女也是。還有姊姊、弟弟、弟媳、么妹等。

你在天之靈，不妨就近向神禱告吧。

——一九八五年十二月四日午夜後掙扎而寫

附聯一副：

延豪夫君千古

昔日你我同窗共枕情意彌篤怎奈天不佑人成永訣

今後母女相依爲命前途渺茫但願奮力撫孤渡殘生

妻　王菁筠率女韻潔泣輓

——一九八五年十二月七日《中國時報》

延豪！忍見人間白髮相送？

彭瑞金

書桌上正堆著令尊一生的心血——二十幾本長、短篇著作，應邀為他這三十五年文筆生涯定個文學史上的位置，總覺得他的文學志業很辛勞，勤勉得令人感動，再想他如斯苦苦煎熬所為為何？除了想到用「文學的奉獻者」「台灣的奉獻者」形容他之外，我正苦思不知該如何下筆。忽然電話傳來你忍心拋棄老父親一走了之的惡耗，內心不禁痛苦地大叫：「天道何在？」眞眞想不到一生在文學裏咀嚼台灣人的苦難的人，臨老上蒼還要用這麼重大的現實苦難試驗他。

我們這批和你誼屬兄弟，和令尊義兼師友的老台灣文藝人，數年前眼看著你師範大學的學業即將完成，又以旋風一般的姿態吹進文壇的時候，莫不深慶令尊的優異文學資質有了傳人。前輩作家對你的期許，毫不保留的讚揚，帶給令尊的快慰、滿足，幾乎讓我們懷疑他不是我們所熟悉的深邃。我親耳聽到他連聲問道：「眞的那麼好嗎？」你能繼承衣鉢的欣喜，遠超過他自己的努力，這樣的父親失去了他的愛子，但願他能大聲的哭出來！

不知是誰？是否不該？用「旋風」形容你的文學姿態，你竟然眞像旋風一樣，狂暴地來，又迅捷地走了，讓許多人想念你的文學天才。仔細讀過你的作品的人，應該可以明白，你的文學成績並沒有沾令尊一絲光，也不肯相信你的文學資賦僅足夠颳一陣旋風。你紮實而深刻的現實生活體驗、昂揚的人生抱負、承續衣鉢、光大門楣，都是可以期許的，你遽爾走了，我也要爲台灣文學失去一「被期待的後來者」傷慟。

台文改組後，你忽然從文壇失去了踪影，不再見到你的作品，不再參與文學的活動，專心開書店。這也許是你對文壇失望、抗議的一種方式，偶爾見面，聽你談出版、談正進行著的創作計劃，談對台灣文化的抱負，卻令人放心你只是在韜光養晦，隨時可能再出發。我是相信後者的，我們也看到你那鬢髮蒼蒼的老父親更是你的堅決擁護者。這些年來，你應該可以體會到，文友們以看待偉大作家的心情看待一個平凡的父親，因你加在令尊上、身上的壓力。千斤重擔，如今又爲你的離去再加一碼？雖然明知不該再道你的不是，卻又忍不住要爲那個平凡父親的心願抱不平。問蒼天？還是對你？

延豪！你走了，不信、不忍、不願，已非人力可及了，只能交給命運，歸諸上蒼了，然而想到你那情何以堪的蒼髮老父這一生一世的背負還不夠沉重嗎？我又忍不住要說，你何其忍心！在天有靈，應該深深庇祐那位操心、苦難的父親。

——一九八五年十二月七日《台灣時報》

永遠的「金排附」

——悼念延豪君

陌上塵

靜寂的夜晚，電話鈴響，心中預感似的起伏著不祥的忐忑。拿起話筒，延豪君的噩耗叫人不敢相信的傳進耳鼓，再一次證實了這是眞實而非虛構。那一刻，進入腦海的是：肇政先生老年喪子的哀痛，然後凝神追憶那位在南鯤鯓與我侃侃而談的謙謙君子——延豪君。

即使再如何以神奇的筆法串連，也無法將橫遭不幸的延豪君，與那年我在南鯤鯓廟的電話亭旁相遇的他連想在一塊。

是淒風苦雨的那夜，也是我最後與他見面的那夜，他手執水藍色的話筒，用他特有的家鄉話向遠在龍潭家裡的父親——肇政先生，報平安，他細心的報告著自己的行程，以及在南鯤鯓廟中的所見所聞，當時在一旁的我，卽被他那細心的神情所吸引。

然後，他與我在廟中的長廊閒聊，他頎長的身高站立在我對面，使得矮小的我必須昂首與他談話，他炯炯的目光一直注視著我，他是一個注重禮節的人。

斯時，他的〈金排附〉剛剛出版，我們自然而然地談起他的〈金排附〉，他謙遜地說那是不成熟之作，當然這只不過是他謙虛客氣之詞，〈金排附〉自有其在文學上的價值，凡讀過此文者，皆能證實此言不虛。

談話之時，廟外正好下著一場大雨，我們沿著長廊漫步，他深沉地望向雨中，也不知他腦海中在想些什麼？當我詢及他最近有何新的寫作計劃時，他緊咬雙唇，很堅定的告訴我：「有很重要的小說正在我腦中構思。」

這些，都是他所給我的第一印象，告別他時，我是懷著羨慕的心情，對於這位才華洋溢的同輩，他既有的優厚成就，難道我不該羡慕嗎？

南鯤鯓一別之後，似乎就此斷了消息，偶爾在某些文藝的場合裏與肇政先生見面，總要問起延豪君的近況，而每回聽到的總是他在不斷忙碌的訊息，這忙碌正代表著事業的精進。

而我仍然一如等待果陀那般的，等待著展讀他那篇重要的小說。

而延豪君這一走，他竟不能實現他的諾言了，不知他在臨走之前是否已經將那篇小說交代清楚了，或者有更多的小說的題材正在他腦中醞釀。

此刻，當我結束這篇悼念延豪君的文字時，舉首望向窗外，彷彿看見一線流星在我眼前稍縱卽逝。

——一九八五年十二月七日《台灣時報》

今將酒戒

——悼好友鍾延豪君

許振江

如果人生是酒，且不管第一口是辛辣或是甘醇，總得喝下去，喝得半醺、微醉，抑或酩酊大醉，這是各己的造化，由不得人，還是得舉起杯來啜它一下香醇，喝上一口甘美，甚而乾掉一大杯苦辣！這就是「人生！」

而你！一位善飲的好友！竟忍心地「今，將，酒，戒！」這是何等豪邁的氣勢！何等悲壯的姿態！

我無言，彷彿中見你舉杯邀飲的形像栩栩如生，卻又看到杯子在你手中爆裂，碎片飛濺，我的心隨卽縮緊縮緊，趕急閤上眼，一顆「怨歎人生」的眼淚緩緩滴落！

曾幾何時，我才剛看到你的〈金排附〉被讚譽交加；才看到你的作品一篇篇刊登出來，一篇篇墊成往成一大家之路的基石，那時所想的是不久之後，你將繼令尊鍾老師，又爲一代大師，不料……唉。

不談這些吧，談了，我又要「怨歎人生」。我們來談些快樂點的事。譬如：

那年，《文學界》剛創辦，我奉命北上，邀請多位年輕作家聊談，碰到午餐時間，我提議找個小館子喝酒，較易入興。十一、二位朋友喝了一打半的紹興，也算暢飲了。席間，你的「豪」勁十足，令我傾倒。

散了之後，你開著那部大車，兜著要帶我們去品味更特殊的，結果車子上了山，才知道原來你也不是常客，東巡西轉，結果到了最頂上的公墓，陰風颯冷，黑幕漆沉，我們一車的好友，囂喊叫嚷，雖說驚呼連連，但其中濃濃的嘻笑，反逗得你童心大發，故意來個急轉彎猛煞車，更添不少驚險。

你那份童心，仍相伴著嗎？

人生酒，你喝了一杯接一杯？近來「苦」的多吧！我是喝得多了，反而不知其滋味，你呢？那陣子聽聞你如何如何？又傳說你如何如何？風風雨雨，人生就是這麼一回事。最難得的，是我曾聽別人說你怎樣，卻不曾聽你說別人怎樣，這時代的人哪！做了，人家說你，不做，人家也說你，好像你的一舉一動、一言一笑，都要歸列他們自訂的範疇，可是，他們又比你高明多少？又比你清白多少？

要說別人的是非很容易，嘴巴一張就行了。但是誰又會了解你行爲的背後動機是什麼呢？是好的？是壞的？睜著眼睛說瞎話，人云亦云，比比皆是。你卻總是一揮手，全不理睬！

還是你瀟灑！

我結婚時，曾到貴府拜訪鍾老師，那晚的消夜菜色之豐，令我這號稱「歪嘴雞」的人都嚇一跳。那天，馮輝岳、鍾老師及你，陪我喝了那麼多酒，使得北部的冬寒一掃而空。

唉，人生似酒，酒中人生！

年前我接編《台時》副刊，曾在電話中晤談，邀你撰稿，你先是嘻嘻一笑，說：「江郎才盡」。不久，聽鍾老師說你已完成數篇，尚未潤色。早知道，唉，該逼得緊些，或許……

或許……早走的人較幸福吧！而我還要繼續喝這杯「人生酒」，不管辛酸苦辣，甘美香醇……唉！人生？

——一九八五年十二月七日《台灣時報》

長夜漫漫路迢迢

——悼延豪兄

吳錦發

延豪：

接到你惡耗的剎那，我的心一陣緊抽，隨即一句話閃電般的掠過心頭，我幾乎脫口而出。

他媽的，又來了！

又來了，我眞不知道這個世界是怎麼回事？怎麼車禍老愛找我們這羣苦命的台灣作家開玩笑。

先是尤增輝，接著洪醒天、李堃，現在竟然輪到你了，（前些年陳恆嘉也在鬼門關繞了一圈回來了，李喬有白素貞菩薩保祐才倖免於難），有騎摩托車被撞死的，有自己摔死的，有坐別人的車也被搞掉生命的，這回據說你是端坐在駕駛座上，莫名其妙被人迎面撞扁的，媽的！爲什麼我們這羣苦命的兄弟隨便怎樣都會被人家搞死！難道正如葉老所說的，我們是遭受「天譴」的一羣嗎？

（縱使是遭受「天譴」的一羣吧，上帝，我求求祢也讓這些兄弟死在稿紙上、戰場上，或者爲百姓爭福利爭民主的路上吧！上帝，我不得不這樣怪祢，實在大可不必在奪去他們生命的同時還要羞辱他們一頓，「車禍死掉」，再沒有比這個更窩囊的死去了。）

延豪，我明白你的脾氣，你對於這種形式的結束一定也是心不甘情不願的，尤其是在深夜的路上，被一個醉鬼開著車迎面「幹掉」，這如何能使你甘心？「幹掉」人的迷迷糊糊，被幹掉的人也莫名其妙，（媽的，這眞是莫名其妙的混帳事！）你一向的脾氣，雖然小事上和我一樣時常迷迷糊糊，但是大事上，我知道你一向都主張要明明白白的。就像多年前你當著一個動輒要大談「帝國主義」的作家面前，把囊葩一奉，罵他「懂個屁帝國主義」，那般地明白俐落，那種事你都要爭個明白，這回「生死」這種大事你怎麼可以甘心如此就不明不白的離去呢？

不要說你不甘心，連我們這些兄弟也不會甘心的，尤其是你父親，那苦命的老作家，晚年顚沛流離之際，竟還要遭受喪子之痛，這種完全不合小說邏輯的生命境遇如何能使他甘心？他的小說一向充滿了理想主義，充滿了愛，總要在暗無天日的世界中替小說人物找到最後的一絲光明，如果說我們的人生是上帝編寫的小說，那麼上帝給你們父子編寫的這部小說眞是糟糕透了，這樣的結局未免太沒道理，這種小說，我想不通祂怎麼敢拿到人生舞台上來搬演？尤其搬演到老作家的身上？這如何能使他心服？

說到文學，生前你和我的文學觀始終有些不合，記得多年前，你的父親——肇政叔還在編民眾日報副刊時，我們幾個常在民副上發表作品的小伙子，每個星期總要在南京東路的民眾日報台北辦事處樓上，爲我們發表的作品激辯，這羣不知天高地厚的傢伙，現在除了王幼華和我還一直持續在發表作品之外，其他的差不多都成了文壇逃兵，應鳳凰改行搞書評去了，陳萬源早不知道逃到哪兒去，鍾延耀專心教書也多年不見他的創作了。但要認眞說起來，逃得最徹底的，還是要算你這個傢伙！

「寫這些東西有個鳥用！」這就是你用來逃避文學的藉口，我倆的衝突點也就在這裏，你什麼事都想搞大的，連文學上也一樣，我勸你「文學上，大的不一定就是好的！」但你卻反過來告訴我們「沒有囊葩就不要寫！」我們再想辯解，你一句話卻眞的讓我們心虛了，「放著那麼大的問題不寫，寫那些無關痛癢的東西有什麼用？要逃避，那就乾脆不要寫！」

你這一句話可眞的殺到我們的痛處了，從某一個層次來說，我們的確在內心深處逃避著某些東西，你罵我們沒囊葩，但你知道，這個時代，有囊葩的人都一個個離我們遠去了，我們還能怎麼樣？

要說逃避，你徹底的離開文學恐怕也是一種逃避吧！

唉！老友，你看，一說到文學，我又忍不住要和你起爭辯了，你……，媽的，你要不服氣，你就回來和我們一起來辯論，時間、地點任你選，你不要罵完我們就逃走，陽間逃不過，你小子這回逃到陰間去了，你……你這樣就走，我告訴你，我不服氣，我一百個、一千個、一萬個不服氣，多年前你在吳濁流文學獎得獎感言上半自嘲又半諷刺的說「你們不在牢裏，你們又做了些什麼？」我知道你這小子現在又一定在那兒嘲笑我們了「你們不在陰間，在陽間你們又幹了些什麼？」

我要說你這種放了銃就跑的行爲，不夠光明正大，你要是條漢子，你就回到陽間來，要吵架，要打架也要回到陽間來，你……，你現在躲得那麼遠，躲到那麼陰冷的地方，我告訴你，我們一千個、一萬個、十萬個、百萬個，怎麼說怎麼說怎麼說也不甘心，啊！老友！

——一八九五年十二月七日《民衆日報》

生命無常

鍾鐵民

民國五十二年春，我拎了一個小小的提包北上討生活，第一站就是龍潭的肇政叔家。我們父子兩代得到肇政叔的關照已超出許多至親的親人之上，這才是我第一次得以拜識了他的家人。延豪是肇政叔長子，高高黑黑的，說話聲音略帶嘶啞。他們姊弟五人都有著鄉下孩子的腆腼和樸實，在肇政叔的指示下規規矩矩的叫我「鐵民哥」，我們雖然相處的時間不多，但總感到十分親密。那時我高中畢業，延豪國小六年級。我的南部客家話，尤其是感歎詞的差異總使他們兄妹開懷大笑，然後我們互相比對之間的同異。三月天氣南部已經很熱，我只穿了一件薄薄的舊夾克，北部的陰雨使我瑟縮，肇政叔給我一件又輕又暖的長袖羊毛背心禦寒，到得台北後卻沒有辦法再脫下來。台北這麼寒冷，我又沒有能力添衣，這件背心一直陪伴我渡過在台北的六年悠悠歲月，我知道這是延豪的衣服，在那段時候也一直記掛著將來要補償對延豪的虧欠。

我和延豪相差十一歲，在我心目中他一直是一個孩子，我南歸後繼續聽到他唸高中唸大學的消息。突然之間讀到他發表的作品〈華西街上〉，既爲他文中所顯現的年輕熱情、悲憫的胸懷所感動，更由他能挖掘出大都會裏陰溼而隱密的死角，描寫了衆多在時代夾縫中對生活的小人物的悲苦無奈，使我驚訝的發覺到延豪的長大，他已堂皇的擠入了我們的行列中，還感受到他後來居上的凌人氣勢。以後陸續讀到他的小說〈故事〉、〈金排附〉、〈高潭村人物誌〉等筆觸尖銳深刻，不由爲肇政叔慶幸有子克紹箕裘。

吳濁流老去逝，放下了《台灣文藝》未竟的工作，肇政叔毅然承擔下來。幾年之間延豪由分擔而至接下父親全部重擔。爲了讓這份代表台灣文學精神的刊物生存下去，父子二人用盡了一切可行的方法。設書店門市部，成立出版社，無非是想藉其他收入來維繫這份雜誌的生命。勞力勞心，雖然沒有成功，但也擔負了承先啓後的任務。只是這些工作扼殺了他的創作生命。這對延豪不能不說是一件重大的犧牲。

或許年輕人做事比較富豪情，我聽過他說過他的理想和抱負，那都必須有大資本做後盾。可是我們誰有這種條件呢？將《台灣文藝》雜誌全套合訂再版，印刷裝訂比原本更精美，爲保存文獻做虧本事業，或許這正是延豪不顧後果投入理想的傻勁吧！

三十四歲正是人生的黃金時代，交通事故先後奪去了洪醒夫和鍾延豪這兩個人不平凡的生命。當年洪醒夫去世令我悲痛竟日。今天又傳來鍾延豪噩耗，全家無不震驚悲歎。我想起近年來他爲「鍾理和紀念館」籌建奔走的熱情，爲我們南部幾個文友排隊購買車票、接送我們的殷勤。想起肇政叔全家喪失親人的哀傷，想起延豪一聲聲「鐵民哥」的親切稱呼，無不令人激動難抑。

唉！生命無常！

——一九八五年十二月七日《民衆日報》

天忌

——悼開南商工鍾延豪老師

蔡忠修

這是一種什麼感覺
必需付以骨、肉、血、淚
親情離別的方式
完成你未竟的遠路
一捲淌滿鮮血的稿件
尚未發表的訊息
我怎能相信？
昨夜未眠的星光
竟是今夜風暴的淚水

我如何想像你的表情
在一條暗藏陷阱的公路
你以瘦弱的軀體
迎接生命最後一擊
讓殷紅的血水
證明你的歲月

我如何再讀？
你的霧社今昔①
迄今仍然迷漫白霧的地名
我又怎忍翻閱你的
悲愴的金排附②
迄今社會仍未解決的問題
你是無法再告訴我

這是一種什麼滋味了
包括我們寧靜校園
全體師生向你最後敬禮的
這顆一直不願落地的眼淚

附記：①霧社今昔②金排附。係鍾延豪老師生前的作品。

——一九八五年十二月七日《民衆日報》

《華西街上》偶遇記

應鳳凰

八月裏一個涼風舒爽的晚上，大夥兒從一場純應酬的宴會裏回來，三三兩兩，零零落落回到旅館。九點鐘不到，應該還早，這裏是高樓如雲的香港，我們是一個四十多人的書展團體，在此地有一週的停留。

我不肯死心呆呆躲在房間裏。穿了外套，一個人溜到街上閒逛，看是否能找到什麼新花樣。果然不壞，我在旅社附近的小街巷裏，找到一家尚未關門的小小書店。

角落裏兩個木箱子堆著廉價書，各式各樣半新不舊；有大陸出版的文學作品、歷史小說，像姚雪垠的《李自成》，《郁達夫評傳》等等，也有道地香港版的書，像波文書局的《聞一多傳》，許芥昱原著，卓以玉翻譯的，看完第一段就知道那文字極好，字裏行間洋溢著藝術家的才氣。

待要拿到櫃台付帳，才想到能不能帶回台北的問題，一時猶豫起來。算了，就在這裏看吧，泡到這家書店打烊爲止。哪裏知道臨要走，竟又發現了一本朋友的短篇小說集，好傢伙，他們竟敢盜印；有猶疑，即刻買下，並下決心挾帶此書，試試自己的運氣——也許運氣好就讓我「闖關」成功。

是鍾延豪的《華西街上》。我一眼看到它時，立刻覺得面善，像在異鄉的街頭上，遇見小學同學；那種感覺是忍不住要用力拍他一下，同時呼叫一聲。一翻開裏面的目錄，就如清楚知道它是從東大版的《金排附》上一字不漏照本翻印的。連葉石濤的序，作者的「代後記」也通通照錄不誤，只是繁體文全變成簡體，看上去不太習慣。

「偷偷挾帶一本回台北去吧，讓鍾延豪吃驚一下」，心裏這樣想著。

付了錢帶回旅館仔細翻閱，才發現這本「友誼出版公司」一九八四年七月第一版的《華西街上》，不署名的「編者」，在書後加有短短的「編後記」，算是對鍾延豪簡單的評論與介紹，其中一段說：

「……鍾延豪敢于以台灣前輩作家未敢嘗試的題材爲描寫對象，文筆含蓄，感情抑郁而眞摯，敍事平鋪而又含隱喻，有鄉土氣息，形成了自己獨特的風格，是台灣年輕一代作家之一。……」

又說：「他筆觸台灣社會底層的悲涼、城鄉一隅的呻吟。描寫的是病態社會的病態人物——勞瘁的農民、飽經憂患的老兵、貧困的學生、可憐的妓女、失常的留美博士等等。小說無一不是悲劇，讀後有凄愴之感。……」

讀著這些文字，不免憶起鍾延豪正寫〈華西街上〉那篇時的一段歲月。大約是民國六十七年吧，那時鍾肇政先生正編民衆日報副刊，每天從桃園趕到台北來。也忘了怎麼開始的，只記得當時，吳錦發、我、鍾延豪等幾個毛頭小孩，不知爲什麼，對小說竟染上了無法解釋的、一種狂熱的學習精神，大概總與鍾肇政先生的鼓勵提攜有關係。還記得鍾延豪曾與我們約好，說以後每逢週末下午，要帶一篇寫好的小說，就借用在民衆副刊的辦公室，大家互相傳閱討論，藉以切磋琢磨。當然，那時一股狂熱是有的，但並不認眞實踐，每週集會的事幾次之後就不了了之，但三個人倒都有短篇小說在民衆副刊上發表，記得〈華西街上〉是在那時刊出的，我還記得鍾延豪給我們看這篇小說原稿之後，我們大爲驚歎並稱讚時，他那愉快的、天眞的笑容，並一疊聲問：「眞的很好嗎？眞的嗎？」

在桃園機場海關，凡是簡體字的書一概沒收，海關關員不管你內容是正是邪，是自家人還是敵人。與他們爭執半天，毫無結果，我說，這是我們台灣作家寫的作品，你可以去查，同樣內容的書，台北已經出版過了。

他不管這麼多：「凡寫北京出版，就不可以過關。我們收了，有什麼理由，你將來寫公函來申請吧」。

回到台北，已是萬家燈火。十一月中旬爲《文藝月刊》寫鍾肇政先生的訪問稿，在信中還向他談到這本書。鍾老師，有機會帶這本書給您看看，這是用金蟬脫殼的方法才帶回來的，一次買兩本，一本被收，一本夾在巧克力糖盒裡面……。

誰想到鍾延豪竟遇上車禍。使得鍾老師「生機頓失」——這是鍾老師信上的句子：「此後如何過下去，成了最大的課題，但願上蒼賜我力量……」。鍾老師，文學，它也許正是上蒼賜予的各種力量的一種。

——一九八五年十二月廿四日《自立晚報》

永遠的金排附

——懷念延豪

彭瑞金

鍾延豪是在七〇年代與八〇年代銜接的那段時間，毅然躍入文壇的小說界彗星。在那個時段，有一批年輕而熱切的文學生力軍匯入台灣文學的陣營，他們主要是受到鄉土文學論戰煽起的文學烈焰鼓舞而奮力投入的，他們也的確曾經因此創造出一番極壯濶的文學世代氤氳。他們之間個別的差異固然不小，然而卻共同呈現了醒覺的、創新的、熱烈昂揚的特色，他們似乎針對著上一個世代沉悶、保守、憂傷的文學色調而來，他們共同具備了剛猛的特質，企圖爲台灣文學注入嶄新的血流，他們像一羣土撥鼠一樣，盡情地翻動鬆散的現實，希望找到社會內裏較堅實的岩層，鍾延豪在這一羣新銳作家中尤見猛勇。

其實，鍾延豪的出現文壇像一陣旋風，暴起急走，前後大約只有短短兩三年的時間，卻一口氣寫下了十幾篇短篇作品。奇妙的是，他的文學姿態極高，幾乎篇篇都引出驚歎號，並且很快地找到整個大時代的動脈，理清離亂時代的紛爭，以他獨特的價值焦距去省思大時代的種種。在思想上，表示他已經把過去三十餘年來，在此間離地生長的個人主義，虛無的人道精神逐漸落實到根土之上，因此，他不但擁有犀利、敏銳而深刻的作家眼光，同時他關懷的層面又廣，他的筆下有老兵、有妓女、有保鏢、有老鴇、有夥計、有小販、有農民、有學生，豐碩之極，可謂道盡人間風情。他那年輕而敏銳的作家觸鬚，已經探索、感應到了推動整個時代巨輪前進的衆多微末的靈魂，都有他們各自為自己扮演的角色犧牲、奉獻的故事，也各自有他們的血淚和歌聲，這樣的文學出發點，使得鍾延豪暫如彗星，急如旋風的文學生涯留下了令人懷念不已的作品。

在七○、八○年代邊界誕生的新銳小說家中，鍾延豪優異的小說家資質是最被看好的。客觀說來，所謂優異的資質得之於他那著名前輩小說家父親鍾肇政的並不太多，他們父子兩代在文學上的因緣極爲淡薄。鍾延豪豐富而深刻的現實生活體驗，是他知識分子本質的小說家父親所不能及的，我以爲鍾延豪的作品，已充分而適切地發揮了他這一獨特的寫作特質，例如他在那出名的描述風化區的小人物小說〈華西街上〉，以浮世繪的手法，把一羣市井小民錯綜複雜的生活，巧妙地刻劃出來，並試圖以人道的觀點勾勒小人物的靈魂，所達成的驚人效果，不但顯露了他在人生經驗與生命體驗上的獨到之處，也展露了在處理龐雜題材的不平凡的小說技巧。這篇小說對隱藏在大都會陰溼而隱密角落的小人物洞澈其靈魂的素描，成爲他獨步同儕之處。

〈華西街上〉之外，〈過客〉、〈金排附〉、〈故事〉描寫動亂時代中被塵封的小人物悲劇，其感情描寫之深刻，和過人的胆識、道德勇氣也是極受稱道的。〈金排附〉系列，旨在解剖老兵的靈魂。嚴格說來，在七〇年代老兵的世界還是充滿禁忌的台灣小說圖騰，〈金排附〉以超越台灣年輕一輩小說家應有的遼廣的人道精神和率直的道德力量，解脫老兵世界的環結。老兵的故事，原本是特定時代、特定人羣的問題，應該遠隔在鍾延豪的意念世界之外才是，然而鍾延豪一輩的作家對老兵那個神祕的現實角落顯示極濃厚的興致。實際上，這之間泛道德意識、泛人道悲憫要遠遠凌駕老兵世界的投注，甚至，基本上這種對卑微人物生命意識的提示，和對〈華西街上〉在現實隙縫中掙扎的小人物的悲憫是一致的。因此，可以這麼說，鍾延豪的作品世界是建築在年輕而率直的道德基礎上的。

稍晚，鍾延豪又以〈高潭村人物誌〉獲得肯定，這篇作品在架構上是小鄉村傳奇的人物描述，卻逐漸帶引鍾延豪的寫作世界延伸到歷史的暗處深層，這之中試著去暴露、澄清歷史病癥的題材，證明鍾延豪企圖將關懷的範疇從平面的現實推向立體的歷史層面，之中具有對自己族羣高亢的歷史情懷，也許還很難從這短篇的形式表達中看得出來較具體的歷史架構，但隱約涵蓋的企圖很有機會凌駕《台灣人三部曲》，甚至《寒夜三部曲》，謂之台灣文學明日之星，誰曰不宜？

雖云「剛猛」已成爲八〇年代年輕新銳作家的重要特色——一起步便有極純熟、極深刻、具創意的作品出現，而且姿態極高。然而鍾延豪之獲普遍肯定在於其作品有明顯的後續力，具有深廣的作品世界規模，從〈華西街上〉、〈金排附〉延伸到〈高潭村人物誌〉之中，有一輩子寫不完的題材；其次便是他的「勇氣」無人能敵，他在作品中表現的道德情操的「勇敢」，好像是針對整個保守、憂鬱、懦弱的舊世代而來，憑著這兩點，鍾延豪很有希望開創台灣現代小說的新紀元。然而，也許也因爲太過強烈的自我期許，又賦予小說世界太過嚴厲的道德戒律，現實的挫折感也因此更大吧！使得鍾延豪的創作火焰猛爆驟落。

彗星殞落了，希望之星也許會在另一時另一地升起，想不到延豪剛達成許多人期待中的——他最好找個學校教教書，寫他的小說——的心願時，上蒼竟以車禍帶走他，抽掉台灣文學的一根柱子，難以讓人心服。延豪只留下一本永遠的「金排附」便退役了，台灣文學失去了一員猛將、鬥士。

——一九八五年十二月廿四日《自立報晚》

悼鍾延豪

葉石濤

每當電話鈴響起來時，我的胸部一陣絞痛，一股恐懼感如流水般迅速地擴展到整個身子。本來我不是這樣的，我常以愉快的心情接電話，捨不得擱下受話器的。可是今年流年不利，我所接到的電話都是令人心驚肉跳的壞消息。首先是八十五歲老母患丹毒，連骨頭都爛得發黑的一通無情的電話。這使得我寢食難安，飛也似地連夜趕回台南，接著是噩夢似的兩個月日子，左營和台南兩地跑，不分晝夜，天天在公路局車上過日子。好容易老母奇蹟似地好起來，長了肉，補了皮，這才鬆了一口氣。

劫難過去後，不到一個月，有天夜裏弟媳來了個電話，告訴我，三弟病重，送去鳳山軍醫院的消息。我又趕到鳳山去，好容易在特別加護房見到三弟最後一面。接著又忙著準備葬禮，又去了一趟金門，從金門回來的第二天清晨趕到台南去，送走了三弟。

大概這樣子，人世間的所有痛苦大多齊全了；我以爲平和安穩的日子指日可待。哪裏知道，政府下了一道命令，爲了拓寬道路，要拆我的房子。要進步總得要犧牲，即使我反對也無濟於事，就這樣，整天價屋子在搖動，工人動手拆房子，使得房子變成一堆瓦礫堆。我沒地方睡，只好在四樓的地板上鋪草蓆，天天與老鼠、蟑螂爲伍，窩窩囊囊的過我邋遢不堪的日子。

我以爲我已經把前世所缺的所有債都差不多還清了。老母生病，弟弟去世，房子被拆，所有人間「業苦」豈非都集中在這一年裏頭折磨了我，讓我付出了最後一滴血了嗎？我跟上天已「銀貨兩訖」，誰也不欠誰了嗎？除非是我一命嗚呼的時期來到，否則我也想可以過那平安的日子了。至於我所欠銀行的一屁股債及其它家裏各色各樣的不如意事，只好一笑置之，不去想它也算了。

可是，這些苦難或者刼數，好像不是專找我麻煩，此次卻抓到了老友鍾肇政。他的日子也不好過，這是我知道的。十二年前他送走了老父，兩年前送走了老母，而今年竟是延豪。

肇政是聞名國際的台灣文壇的老作家，如果他生在美國或日本，雖無法像松本清張一樣家財萬貫，也應該在晚年過逍遙自在不慮缺乏的生活才對。可惜，到現在爲止，他仍然跟我一樣欠了銀行一屁股的債，每天孜孜不倦地寫作不輟，以換取三餐溫飽。從日據時代以來，台灣社會一向對藝術家冷漠而輕視，這使得享譽國際的肇政，無法從容不迫地過活，卻要像牲畜一樣，脖子套上軛，寫個不停；寫了賺取薄薄的稿酬，一日不寫就有斷炊之慮了。

當十二月初的某天晚上電話鈴響起來時，我底心一陣悸動，我有莫名的不安。我有預感，這一定又是壞消息；果然不錯，電話那邊傳來的清晰的聲音是許振江告訴我鍾延豪出事的消息。我久久不能從衝擊中恢復過來，難過得要死，那夜在地板上輾轉反側，一夜無眠。接著吳錦發打來的第二通電話證實了這凶耗。據說，延豪在省公路上被人所撞而死。我想起了以往洪醒夫之死，感到一抹微微的不安；因爲以洪醒夫和鍾延豪的文學天才而言，他們有朝一日都有資格成爲台灣文學獨當一面的優秀旗手。雖然洪醒夫到死爲止仍然固執地爲文學理想創作不停；而延豪在這幾年似乎心灰意懶，振作不起精神來寫作，但他仍然在頹廢之中刊行了《台灣文藝》季刊本的大部頭套書。這充分表現了他跟他的父親一樣有爲台灣文學鞠躬盡瘁而死的奉獻精神。延豪啊！我了解你在這不毛之地的曠野裏喊破了嗓子，得不到回響，卻備受打擊而頹喪的心境。但是你何嘗想到生爲台灣作家本來就是比別人要多受些痛苦的，你這頹喪，我同情你，可是並不讚成。

從七〇年代鄉土文學論戰末期，你出現在文壇上以後，你的確有獨樹一幟的表現，眞不愧你是肇政的長子。你的小說〈華西街上〉、〈金排附〉，的確叫我和瑞金兄擊節擊賞，高興之極。你的小說有新的題材，有新的看法和技巧，描寫了向來台灣作家認爲禁忌不敢去碰的層面；如退伍軍人的生活，妓女的被虐待的日子等。而你的作品一出現就具有大將的風格，好像你從來未曾有過摸索和習作的階段似的。這實在是很難令人相信。但是你的老父卻說，他從不知道你在寫小說，也從沒有看過你的作品，如果這是別人所說的話，我以爲那是矯飾，但是肇政的話向來句句眞言，所以也不得不叫人相信了。這樣看來，你的確是天生的作家無疑。那麼，我們只是怪上天無眼，過早奪走了你，禁不住怨恨之外別無他法。

延豪你安心的去吧！訃聞上你的太太王青筠女士寫下了要撫養你的女兒韻潔長大成爲有用的人的誓言，而你的老父也寫下轉悲憤爲力量、繼續爲台灣文學鞠躬盡瘁的諾言。你的老父也許是鐵打的，但我卻知道他有一顆比別人脆弱的心，但願他眞能從悲傷中堅定地站起，證明父子兩代都爲台灣文學燦爛的遠景流盡了最後一滴血。

延豪安息吧，對你而言，這也許是一種意外的解脫，但我們心仍有遺憾，不得不爲你同聲一哭！

——一九八五年十二月十八日《民衆日報》

懷念鍾延豪

林文義

民國七十四年十二月一日夜晚，小說家鍾延豪離開了這個不美的紅塵，在桃園、中壢的縱貫線上，他告別了我們。

鍾延豪，民國四十二年出生，桃園龍潭鄉人，是台灣文學前輩作家鍾肇政先生的長子。師範大學國文系夜間部畢業，曾以〈高潭村人物誌〉獲得六十八年中國時報文學獎小說佳作獎，並由台北東大圖書公司出版他的第一本小說集《金排附》，作品大都發表於民衆日報、台灣文藝、自立晚報等，爲新生代台灣小說家的代表人物之一。

年前，曾和延豪相聚，他是個酒量很好的人，在一起很少談文學，倒是說起生活，延豪是十分豪邁的。

這麼年輕，還有很長的一段路要走，不論生命是如何的艱辛、苦澀，我們堅信，強韌如延豪，應該都會坦然的走過來才是。台灣文學還要他及一羣有良知、有血性的文學朋友一起承接薪火的；旅美作家陳嘉農在致台灣文藝總編輯張恆豪的航郵上說——我一直在期待鍾延豪的小說。

關心台灣文學的朋友，誰不期待鍾延豪呢？

這幾年，鍾延豪的小說很少，他說，都是爲了現實生活而奔波。不錯，在台灣這塊悲愁的土地上，一個秀異而不願矇蔽自我的作家，是注定要備嘗苦痛的。

可是，我們眞的沒有想到，鍾延豪會走得那麼快。

當年，那個豪氣干雲、憨直誠懇的鍾延豪那裏去了？

我們很黯然、很哀傷，但我們要說——延豪，您慢慢的走啊。

——一九八六年元月《文學家》第三期

棋戲差錯

——撫肇政兄悼延豪

沙白

英年撞逝曇花落
喪子劇痛烈刀割
人生棋戲常差錯
驚墜深淵不復活

——《台灣文藝》第七十八期

悼鍾延豪

《文訊》編輯部

聽到鍾延豪不幸車禍去世的消息，許多人恐怕都覺得驚愕而且不甘吧！尤其是被一名喝醉了酒的人開車迎面撞來，結束了三十二歲正熾熱、有爲的生命。更是令人爲之扼腕、悽惻，從楊喚、尤增輝、洪醒夫到鍾延豪，這樣的意外，已奪走多名正有作爲，可以爲台灣文壇留下更多有價值作品的作家。這樣的不幸，不僅是文壇的損失，對於他的家人、朋友，更是無以名狀的殘忍。鍾延豪的父親鍾肇政先生，晚年喪子，哀痛之情，令人不忍，這樣的骨肉別離，以血，以淚，誠如吳錦發在悼念鍾延豪的文章中寫道：

這種完全不合小說邏輯的生命境遇，如何能使他（鍾肇政）甘心？他的小說一向充滿了理想主義，充滿了愛，總要在暗無天日的世界中替小說人物找到最後一絲光明。如果說我們的人生是上帝編寫的小說，那麼上帝給你們父子編寫的這部小說眞是糟糕透了，這樣的結局未免太沒道理。

鍾延豪的寫作歷程，和最近幾年文壇上崛起的新生代來比，開始的算是比較晚了，二十六歲那一年，才在民衆日報發表了第一篇小說〈過客〉，然而，只要開始永遠不嫌晚，他的出現像文壇上的一陣旋風，短短兩三年的時間，就寫了十幾篇短篇小說，彭瑞金在〈永遠的金排附〉中曾說：「他的文學姿態極高，幾乎篇篇都引出驚歎號，並且很快地找到整個大時代的動脈，理清離亂時代的紛爭，以他獨特的價值焦距去省思大時代的種種。」

其實，早年鍾延豪對小說一直抱著一種懷疑的態度，雖然他的父親鍾肇政先生是著名小說家，鍾延豪卻寧可讀些西洋哲學方面的書。他對於小說態度的轉變，可能是開始於軍中的生活，看見部隊中形形色色的人物，各有不同的故事及遭遇，於是產生了寫小說的衝動。

他雄厚的寫作潛力，使許多人都自歎弗如，很短的時間，他就先後以〈高潭村人物誌〉獲時報文學獎，及〈故事〉獲得六十八年吳濁流文學獎。六十九年，他又結集出了生平第一本著作《金排附》，葉石濤曾在爲他作的序中說：

鍾延豪寫得特別深刻的幾篇主要小說，都以前輩作家未敢嘗試的世界爲其描寫的對象，雖然突破某些人認爲禁忌的觀念爲小說題材時，他的文筆是含蓄而抑制的，但仍然隱隱含有評估與隱喻的意味在內。作者深厚的人道主義精神有助於克服處理題材時產生的各種障礙，給這些小說世界帶來富於陰翳的動人意象。……

他的小說背景較廣大，有鄉村，有城市；然而似乎也有共通的特色；小說人物都是在社會底層掙扎的可憐蟲，而他筆下的鄉村或城市卻是破敗、隱秘的一角。如果說每一個作家呈現出來的小說世界都反映了作家潛意識裏的某種夢魘，那麼鍾延豪的內心裏一定始終存在著洞悉人性機微的分裂的自我，否則他無法機智地捕捉了〈脚步〉這一篇小說裏，那妓女的反常、荒蕪、殘酷的人性頹廢。這樣的才華並不能依靠經驗和學習去獲得；這是天資，蓋在頭額上作家的烙印呢！

才起步，就有了這樣輝煌的成績，應該是會有更多動人的作品傳世。師大畢業後，鍾延豪擔任教職，結了婚，也生了一個女兒，幸福的家庭，穩定的生活，正適於一個作家專心的創作，卻反而少見他的作品現世，或者是對現實有所失望，因而振作不起精神來寫作。然而，他愛好文學的心依然不減，他參與《台灣文藝》的編輯工作，刊行了《台灣文藝》的合訂本，顯現他與父親鍾肇政先生一樣有爲台灣鞠躬盡瘁的熱情。他曾在獲頒吳濁流文學獎的得獎感言中說：「生活著總要關心時代，關心發生在周遭的事，或許有些事情與小說的藝術無關，而有些痛苦也不必我去唏噓，但我想，戰戰兢兢的去爲受苦受難的蒼生說些話……」以鍾延豪關心大衆的心情，如果能有長一點的時間，相信會有更多有價值的作品問世。

奈何天不從人願，十二月一日深夜，鍾延豪於中壢省公路上，因車禍喪生，留給他的父母、妻女刻骨的悲傷，人間白髮送黑髮，該是世上最讓人心酸的事。他的妻子王菁筠，在哀傷中寫下了：「昔日你我同窗共枕情意彌篤怎奈天不佑人成永訣，今後母女相依爲命前途渺茫但願奮力撫孤渡殘生。」感人的輓聯，稚女無依的呼喚，也喚不回鍾延豪。一顆文壇上的彗星，就這樣早逝了。

——一九八六年二月《文訊》月刊第廿二期

王育德全集

(黃昭堂博士總策劃)(黃國彥教授總監譯)

WA01《台灣・苦悶的歷史》(歷史專著)	300元
WA02《台灣海峽》(文學評論)	280元
WA03《台灣話講座》(系列講義)	300元
WA04《台語入門》(台語教材)	200元
WA05《台語初級》(台語教材)	200元
WA06《台灣語常用語彙》(含台灣語概說)	600元
WA07《閩音系研究》(閩語學專書)	2000元
WA08《台灣語研究卷》(研究論述)	200元
WA09《福建語研究卷》(研究論述)	300元
WA10《我生命中的心靈紀事》(隨筆卷)	280元
WA11《創作&評論集》(小說・劇本・評論)	300元
WA12《台灣獨立的歷史波動》(台灣獨立論集)	320元
WA13《蔣政權統治下的台灣》(批判文集)	350元
WA14《台灣史論&人物評傳》(史論・列傳)	250元
WA15《王育德自傳》(自出世到二二八後脫出台灣)	300元

世界台語研究權威
台灣獨立運動教父

伊用功作學問兼獨立運動，
阮良心出版，請恁來做功德！

◆本全集承國家文化藝術基金會獎助出版/海內外熱心台灣人士助印 **全十五卷 總定價：6180元**

直購特惠價 5000 元 / 附贈池上秀畝著・張良澤編譯《台灣紀行》(彩色精裝)1 本

前衛・草根

典藏榮耀・自由挑選

◆圖書館、台灣家庭必備，台灣人必讀

台灣文學名著系列

●陳冠學 著
BA81/360元(精裝)

●宋澤萊 著
BA82／240元（精裝）

●吳濁流 著
BA83／320元（精裝）

●吳濁流 著
BA84／260元（精裝）

●吳濁流 著
BA85／280元（精裝）

●李 喬 著
BA86／210元（精裝）

●李 喬 著
BA87／410元（精裝）

●宋澤萊 著
BA88／380元（精裝）

●鍾理和 著
BA89／320元（精裝）

●葉石濤 著
BA90／230元（精裝）

●呂則之 著
BA11／330元（精裝）

●呂則之 著
BA12／280元（精裝）

●呂則之 著
BA13／400元（精裝）

●鍾肇政 著
BA14／350元（精裝）

●鍾肇政 著
BA15／340元（精裝）

●鍾肇政 著
BA16／380元（精裝）

●王世勛 著
BA18／320元（精裝）

●王世勛 著
BA18／320元（精裝）

●呂秀蓮 著
BA19A／320元（精裝）

●呂秀蓮 著
BA20／340元（精裝）

●葉石濤 著
BA21／160元（精裝）

●東方白 著
BA22／180元（精裝）

●胡長松 著
BA23／300元（精裝）

●宋澤萊 著
BA24／250元（精裝）

●宋澤萊 著
BA25／300元（精裝）

●郭松棻 著
BA26／200元（精裝）

●宋澤萊 著
BA27／160元（精裝）

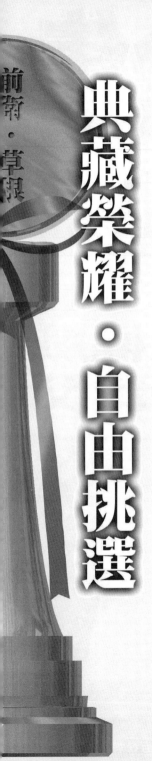

《浪淘沙》

你忍不住要頒給自己一個獎

~買《浪淘沙》送《真與美》~

東方白一百五十萬字滾滾大河小說
千錘百鍊，原汁原味的台灣文學名著

獎

- 吳濁流文學獎（1982）
- 中國時報開卷十大好書（1990）
- 吳三連文學獎（1991）
- 台美基金會人文成就獎（1993）
- 電視連續劇製拍中（民視）
- 英文版翻譯中（葛浩文教授）
- 日文版翻譯中（是永駿教授）
- 法文版翻譯中（Claude Geoffroy 博士）

《浪淘沙》電視劇民視開拍！

近一百年來台灣人民的歷史運命和精神意志
三個台灣家族三代間的人事滄桑和悲歡離合

日本絲綢燙銀字封面，荷蘭翡翠皮書盒，德國歐肯紙蝴蝶頁
上、中、下三冊特價 2000 元

東方白大河文學自傳～一個台灣作家的激盪一生

從大稻埕永樂市場寫起，歷經小東方白、少年東方白、青年東方白、壯年東方白、、、、人間的酸甜苦辣、喜怒哀樂、愛恨情仇盡皆躍然紙上，真實

國家圖書館出版品預行編目資料

鍾延豪集／鍾延豪作.高天生編.
－－初版.－－台北市：前衛，1992［民81］
384面；15×21公分.－－(台灣作家全集，短篇小說卷，
戰後第三代：10)

ISBN 957－9512－62－0(精裝)

857.63　　81001533

鍾延豪集

台灣作家全集・短篇小說卷／戰後第三代 ⑩

作　　者／鍾延豪
編　　者／高天生
出版者
前衛出版社
總本舖／112台北市關渡立功街79巷9號1樓
電話／02-28978119 傳眞／02-28930462
郵撥／05625551 前衛出版社
E-mail:a4791@ms15.hinet.net
http://www.avanguard.com.tw
出版總監／林文欽
法律顧問／南國春秋法律事務所・林峰正律師
總代理
凌域國際股份有限公司
地址：台北縣五股工業區五工五路38號7樓
電話：02-22983838 傳眞：02-22981498
出版日期／1992年4月初版第一刷
2005年4月初版第五刷

ISBN 957-9512-62-0
定價／300元